»LA GAJA SCIENZA«

VOLUME 1474

# NEL CERCHIO DEL MALE

*Romanzo di*
*JAMES PATTERSON*

*Traduzione di*
*ANNAMARIA BIAVASCO*
*e VALENTINA GUANI*

LONGANESI

*www.longanesi.it*

ISBN 978-88-304-6059-1

*Titolo originale*
Criss Cross



Questo libro è stampato col sole

Azienda carbon-free

Certificato PEFC
Questo prodotto è realizzato con materia prima da foreste gestite in maniera sostenibile e da fonti controllate
PEFC
PEFC/18-31-226
www.pefc.it

Fotocomposizione:
Nuovo Gruppo Grafico s.n.c. - Milano

Finito di stampare
nel mese di settembre 2023
per conto della Longanesi & C.
dalla Grafica Veneta S.p.A.
di Trebaseleghe (PD)
Printed in Italy

# NEL CERCHIO DEL MALE

# 1

Era un orribile pomeriggio di metà marzo, nevicava leggermente e faceva freddo. Io e John Sampson partimmo di corsa verso l'ingresso principale del Greensville Correctional Center, un carcere di massima sicurezza a pianta esagonale in mezzo alla campagna della Virginia.

Ci infilammo nel gabbiotto del corpo di guardia, mostrammo distintivi e documenti e consegnammo l'arma d'ordinanza. Il cancello si aprì e varcammo la soglia.

Avendo lavorato come investigatore nella squadra Omicidi della Metropolitan Police di Washington e come profiler nell'FBI, ero stato in moltissime strutture carcerarie, ma ogni volta il rumore dei cancelli di ferro che si chiudevano alle mie spalle mi faceva venire la pelle d'oca. Ne superammo sette, seguendo il direttore del carcere, Adrian Yates, e alcuni giornalisti arrivati prima di noi.

Una di loro, Juanita Flake, chiese: « È vero che ha scelto lui? »

Il direttore del carcere non le rispose.

« Può... »

Yates si voltò di scatto e le lanciò un'occhiataccia. Stava per perdere la pazienza. « Non voglio rilasciare dichiarazioni, signora Flake. Personalmente, sono contrario. Ma fa parte del mio lavoro. Se ha qualcosa da ridire, chiami il governatore. »

Yates, che era stato pesantemente criticato dai media, aprì un altro cancello. Ci toccò varcarne altri tre prima di arrivare al piccolo anfiteatro, che aveva una trentina di posti a sedere.

Venti erano già occupati. Sebbene fossero passati anni

dall'ultima volta che li avevo visti, riconobbi la maggior parte dei presenti. Anche loro ci riconobbero. Alcuni ci salutarono con un cenno del capo e un sorriso incerto.

Cinque persone sedute vicine ci fulminarono con lo sguardo e incominciarono a parlare sottovoce. Erano tre uomini e due donne, i più eleganti di tutta la stanza.

Gli uomini, due fratelli di mezz'età e il padre, erano in giacca, cravatta e panciotto, e le signore, una sui sessanta e l'altra fra i venti e i trenta, avevano tailleur Chanel antracite, acconciature perfette e gioielli vistosi.

Sampson scelse due posti davanti al lungo vetro rettangolare, oscurato per metà da una tenda.

Mi stavo chiedendo se avessi fatto bene ad andare. Ero lì per delle buone ragioni, ovviamente, ma non riuscivo a togliermi i dubbi dalla testa.

«Lo avete incastrato» disse una voce femminile.

Alzai gli occhi e vidi che a parlare era stata la signora sui sessanta, una donnina minuta con i capelli tinti biondo cenere e la faccia semiparalizzata a causa dei ripetuti interventi di chirurgia estetica.

«Signora Edgerton» dissi stancamente. «Questa linea difensiva non ha salvato suo figlio né al processo né agli appelli.»

«Appello» mi corresse Margaret Edgerton. «Uno solo. In questo Stato primitivo che non vede l'ora di mandare a morte i condannati, la possibilità di appello è una soltanto.»

«La Corte Suprema della Virginia ha confermato la condanna in primo e secondo grado, signora Edgerton.»

La donna tremava per la rabbia. «Non ho idea di come abbia fatto, dottor Cross, ma lei lo ha incastrato, io lo so. E spero che per il resto dei suoi giorni lei viva con il rimorso di aver portato dall'altra parte di quel vetro un povero ragazzo innocente.»

«Mi dispiace, ma non è mia responsabilità. Si è messo lui in condizioni di finire lì dietro, tanti anni fa» ribattei.

« È innocente. »

Il direttore del carcere annunciò: « Cominciamo ».

« Mio figlio è innocente! » gridò la signora Edgerton. « Non potete fare questo! »

« È la legge » dichiarò Yates. « Se preferisce non presenziare, capisco benissimo. »

E uscì.

La signora Edgerton mi scoccò un'occhiataccia. « Ricordi questo momento. Adesso la sua anima è definitivamente dannata. Brucerà tra le fiamme dell'inferno, Cross! »

Raggiunse il marito e scoppiò in lacrime fra le sue braccia.

Sono pochi gli Stati che permettono al condannato di scegliere la modalità di esecuzione. In Virginia, la scelta è fra l'iniezione letale e la sedia elettrica. La tenda si aprì del tutto e al di là del vetro apparve non un lettino, bensì una pesante sedia di legno con grosse cinghie per braccia, gambe e torace.

Entrarono due guardie carcerarie, seguite dal direttore che assistette all'apertura dell'altra porta del locale.

Comparve un uomo sui quarant'anni, alto e dinoccolato, con la testa rasata. Sembrava sotto l'effetto di qualche sedativo. Non guardò la sedia elettrica, ma noi dall'altra parte del vetro.

Michael Edgerton, detto Mikey, avanzò a testa alta verso la sedia, quasi a dimostrare che voleva andare incontro al suo destino da solo, senza alcun tipo di coercizione.

« Mamma, papà, Delilah, Pete, Joe. Sapete perché ho scelto la vecchia sedia elettrica? » disse all'interfono. Si sedette, rise e mi guardò negli occhi. « Non me ne andrò come un bimbo che si addormenta felice e beato. Voglio che Cross e Sampson e tutti quelli che li hanno aiutati a incastrarmi vedano il mio corpo che sussulta sulla sedia, il fumo che mi esce dalla testa e le ustioni provocate dalla scarica da duemila volt con cui stanno per mettere fine alla mia vita, la vita di un povero innocente. »

La madre, il fratello maggiore e la sorella scoppiarono a piangere. Solo il padre e il fratello più piccolo rimasero stoicamente composti.

«Sei colpevole, invece!» gridò una donna di mezz'età in jeans e felpa del Georgia Tech, seduta non lontano da noi. «Sei stato tu, e meriti di morire, bastardo! Spero che la scarica elettrica ti disintegri!»

# 2

L'ultimo macabro desiderio di Mikey Edgerton venne esaudito.

Non avevo mai visto morire nessuno sulla sedia elettrica e fu uno spettacolo che turbò profondamente sia me sia Sampson, tanto che quando il condannato venne dichiarato morto e le tende si richiusero a stento trovammo la forza di rialzarci.

Uscimmo dall'anfiteatro cercando di evitare la madre di Edgerton, che alternava momenti di profondo sconforto ad accessi di rabbia incontenibile.

« Vi distruggerò, tutti e due! » gridò a un certo punto. « Ce la metterò tutta per far sì che moriate su quella sedia per ciò che avete fatto a mio figlio! »

Fummo costretti a sentire sia le sue invettive sia le proteste indignate dei parenti delle vittime di Edgerton, finché anche l'ultimo cancello si chiuse alle nostre spalle e uscimmo dal penitenziario sotto una pioggerellina sottile.

Gli Edgerton uscirono poco dopo di noi e salirono su una limousine che li stava aspettando. Noi ci dirigemmo dalla parte opposta, verso l'auto di servizio con cui eravamo arrivati.

« Dottor Cross? Ispettore Sampson? »

Mi voltai, pensando di trovarmi di fronte una giornalista armata di microfono. Invece era Crystal Raider, la donna con la felpa del Georgia Tech, e ci guardava con un'espressione che lasciava trapelare emozioni contrastanti.

« Ci ha tormentato fino all'ultimo istante » disse. « Dopo quello che già aveva fatto a mia sorella e alle altre... »

« Lo so » risposi. « Ci è riuscito. »

Crystal alzò la testa con aria di sfida. «Può darsi. Ma sono certa che, se ci sta guardando, Kissy è stata contenta di vederlo crepare in quel modo. E pure le altre.»

«Torni a casa, e pensi al figlio che Kissy le ha lasciato» le consigliai pacatamente. «Cerchi di non indugiare sui brutti ricordi.»

Lei scoppiò a piangere e ci abbracciò. «Grazie di averle reso giustizia. Non l'avete mai giudicata, e di questo vi sono grata.»

«Anche le ballerine di lap dance hanno i loro diritti» disse Sampson. «Sua sorella era una brava persona.»

Crystal Raider accennò un sorriso fra le lacrime, ci salutò con la mano e si incamminò verso un pickup con la targa della Florida.

Il viaggio di ritorno durò tre ore ma parlammo poco, ciascuno immerso nei propri pensieri.

Smise di piovere quando eravamo quasi a Washington. Sampson tossicchiò. «Non me l'aspettavo, Alex» disse.

«Non se lo aspettava nessuno. A parte Edgerton» risposi, sentendo un brivido.

Sampson, il mio amico di vecchia data, mi guardò. «Non so se essere contento che sia stata fatta giustizia o mettermi a pregare per i miei peccati.»

Cercai di vincere il senso di nausea e dissi: «Mikey Edgerton ha ucciso otto persone se non di più. Su questo non ho dubbi».

Seguì un lungo silenzio. Sampson imboccò l'uscita per la Beltway, dirigendosi verso casa mia, in Fifth Street, nel Southeast di Washington.

«No, neanch'io ho il minimo dubbio» disse. «Però...»

Deglutii. Stavo per rispondere, quando mi suonò il cellulare. Lo tirai fuori dalla tasca, guardai chi era e risposi. «Come va, capo?»

«Sono io che dovrei chiederlo a te» ribatté la responsabile

della squadra Investigativa Bree Stone, che era anche mia moglie. «Ma non c'è tempo.»

Drizzai la schiena. «Che è successo?»

Bree mi dettò un indirizzo nel quartiere di Friendship Heights e ci chiese di andare lì subito. Quando mi spiegò perché, il reflusso minacciò di trasformarsi in conato.

«Subito» risposi, e chiusi la chiamata.

«Cos'è successo?» chiese Sampson.

«Dio mio, John!» esclamai. «Che cosa abbiamo fatto?»

# 3

Arrivammo a Friendship Heights, nella parte nordoccidentale di Washington, parcheggiammo in Forty-First Street e partimmo di corsa verso l'auto della polizia con i lampeggianti accesi, ferma davanti a una transenna in Harrison Avenue.

« Qual è? » chiese Sampson all'agente.

« La terza a destra. Ci sono già alcuni colleghi in borghese. »

« Immagino ne arriveranno altri » dissi superando la transenna per raggiungere la villetta grigia con un bel giardino curato e il furgone dell'Istituto di medicina legale davanti.

Sulla scena del crimine c'erano tre agenti in divisa e due in borghese, gli ispettori Owen Shank e Deana Laurel, della Omicidi.

Stavano parlando con due donne fra i trenta e i quaranta che sembravano sconvolte. Laurel ci vide e ci venne incontro.

Ci spiegò che le due donne, Patsy Phelps e Anita Kline, erano vicine di casa dei Nixon, i proprietari della villetta grigia. Gary Nixon, il marito, era un avvocato di successo che aveva lo studio in K Street. Era partito con i due figli piccoli per andare a San Diego a trovare la madre che non stava bene. Doveva stare via quattro giorni. Katrina, con cui era sposato da quindici anni, logopedista, non era potuta partire per motivi di lavoro.

« Dicono che i Nixon si sentivano due volte al giorno, ovunque fossero » riferì Laurel. « Perciò, dopo che la moglie non ha risposto né stamattina né stasera, Nixon ha chiamato la signora Phelps e la signora Kline perché andassero a vedere se... »

L'ispettore Shank la interruppe. «Non vorrei mancare di rispetto, ma... Dottor Cross, ispettore Sampson, siete sicuri che vada bene che siate qui? Non c'è un conflitto di interessi?»

«Ci è stato espressamente ordinato di venire» rispose Sampson. «Entriamo?»

Shank, che era un tipo tosto, ex Marine, non era del tutto convinto, ma gli ordini erano ordini. «Subito, ispettore.»

Laurel tornò dalle due vicine di casa e noi seguimmo Shank all'interno della villetta, che era arredata con mobili e accessori Pottery Barn e Toys R Us.

Shank ci disse che non risultavano segni di effrazione e, sebbene la casa fosse in disordine, sembrava la normale confusione di una casa vissuta, con dei bambini, e nulla lasciava pensare a una colluttazione. Percorremmo un breve corridoio ed entrammo in una cucina che sembrava uscita da una pubblicità di cibi gourmet. Sulla porta del frigo in acciaio inox erano attaccati disegni di bambini e una pagina di calendario con appuntamenti medici e orari delle babysitter. Fu solo quando superammo i fornelli che notammo segni di lotta: una sedia rovesciata per terra e un vaso di cristallo in frantumi sotto la penisola. Nella sala adiacente il televisore era acceso e trasmetteva un servizio sulle forze dell'ordine intervenute in Harrison Avenue, nel quartiere di Friendship Heights.

Katrina Nixon, graziosa brunetta fra i trentacinque e i quaranta, era accasciata senza vita su una poltrona, completamente nuda, la pelle livida coperta da una sottile patina bianca. Aveva la bocca spalancata come se fosse morta urlando e il rigor mortis l'avesse colta in quel modo. Aveva gli occhi sbarrati e lo sguardo vacuo.

Si sentiva un forte odore di candeggina. L'arma del delitto, una cravatta di Hermès sui toni del rosso e del viola, era stretta intorno al collo della vittima.

In grembo aveva un foglietto bianco.

In preda all'angoscia mi avvicinai per vedere cosa c'era scritto e, quando lessi, mi sentii gelare il sangue nelle vene.

*Hai combinato un bel casino, caro il mio dottor Cross, ma non ti preoccupare: alla fine Mikey Edgerton ha avuto quel che si meritava. M.*

# 4

*M.*

Due ore dopo, quando posteggiai davanti a casa, ero ancora piuttosto scosso. Aveva smesso di piovere e soffiava un vento stranamente caldo per essere metà marzo.

Vidi che Bree era sul dondolo con un plaid leggero sulle ginocchia. Mi fece segno di andare a sedermi accanto a lei e chiese: « È vero? »

Annuii e mi sedetti. « C'è la sua firma. »

Bree rimase in silenzio un momento, poi disse: « Gli Edgerton sosterranno che questo dimostra che il figlio è stato condannato ingiustamente, che il colpevole era un altro. Lo sai, vero? »

Mi lasciai andare all'indietro contro lo schienale, esasperato. « Se la cosa diventerà di dominio pubblico. »

« Nulla resta segreto per sempre, Alex » disse accarezzandomi la testa.

« Lo so, ed è ciò che mi spaventa » risposi. « Non voglio finire su tutti i giornali. »

« Ce l'ha con te. »

« Questo l'ho capito, ma... »

« Cosa? »

« Sono confuso. »

« Mikey Edgerton era colpevole. »

« Sì, lo so » replicai notando qualcosa nel giardino dei vicini. « M sta facendo uno dei suoi giochetti. Cos'è quella roba? »

« Ponteggi. Rifanno anche la facciata, oltre alla ristrutturazione interna. »

« Ancora lavori? » dissi, irritato. « Ora capisco perché si sono trasferiti per un anno: per non sentire il rumore. »

« Hanno preso entrambi un anno sabbatico. »

« Beati loro » osservai. Mi alzai. « Ho fame. »

« Nana sta preparando la cena. Io vado a dormire presto. Domani sarà una giornata difficile. »

Le diedi un bacio, le dissi « ti amo » ed entrai in casa.

In salotto c'era la tv accesa, sintonizzata sulla serie preferita della mia figlia diciassettenne, Jannie: *Terriers – Cani sciolti*. Dalla cucina proveniva uno squisito profumino di soffritto e basilico.

Gli odori e i rumori di casa ebbero un immediato effetto calmante. Andai a salutare Jannie, che sonnecchiava sul divano in tuta da ginnastica con il libro di biologia in grembo e il telecomando in mano.

« Ciao, tesoro » dissi, dandole una scrollatina.

Jannie si svegliò di soprassalto e mise in pausa. « Ciao, papà » disse con voce assonnata.

« Stavi dormendo, studiando, o guardando la tv? »

« Tutt'e tre » rispose. Sorrise e sbadigliò.

« Contemporaneamente? Non è possibile. »

« Per i maschi, no. Ma le femmine sono brave nel multitasking. »

« Ah, davvero? »

« L'abbiamo imparato a scuola la settimana scorsa. Alcuni studi hanno dimostrato che il cervello dei maschi è fatto in maniera tale che funziona meglio se fa una cosa per volta. Voi uomini ottenete la massima efficienza, sia nell'apprendimento che nei risultati, quando vi applicate a un progetto per volta e lo finite prima di dedicarvi a quello successivo. E funzionate meglio se vi muovete. Studiando, tipo. »

« E voi femmine, invece? »

« Be', la donna è un essere straordinario. »

« Non oso contraddirti » risposi con un sorriso. « Ma perché? »

Jannie alzò l'indice e tracciò dei cerchi immaginari in aria. «Il cervello della donna è in grado di svolgere più compiti contemporaneamente. Un po' come i giocolieri, secondo la prof. Mentre l'uomo tende a concentrarsi solo su quello che sta facendo in quel momento, senza pensare a nient'altro, la donna resta collegata all'ambiente circostante, continua a sentire odori, ad ascoltare, a vedere cose... E riesce a fare tutto contemporaneamente!»

«A parte quando dorme.»

Jannie rise. «A parte quando dorme, sì.»

«Brava, vedo che sei preparata. Se ti accorgi che tuo fratello fa le cose in multitasking, spiegagli che il suo cervello è fatto in maniera diversa e digli di smettere. Okay?»

«Tu pensi che mi darà retta?»

«Probabilmente no» risposi. La abbracciai. «Mi sei mancata, tesoro.»

«Anche tu» rispose lei, e sbadigliò. «Non so perché, ma ho sempre un sonno tremendo.»

«Va' a nanna presto, stasera.»

Jannie annuì e prima che andassi in cucina mi disse: «Martedì pomeriggio ho il primo meeting outdoor».

«È già sul calendario, marcato come *Priorità Assoluta*» risposi.

La mia ultranovantenne nonna, cuoca sopraffina, stava rimestando qualcosa in un tegame.

«Non so cosa tu abbia preparato, ma il profumo è squisito.»

«Una nuova ricetta» rispose, posando il cucchiaio sul bordo del tegame, un piatto unico a base di pollo.

«Papà!» Ali mi stava chiamando dalla stanza accanto. «Vieni a vedere!»

«Vuole che guardi con lui un video di mountain bike. Vai da tuo figlio: si cena fra un po'» disse Nana.

Alzai le mani in segno di resa. Il minore dei miei figli, Ali, aveva dieci anni ed era intelligente e curioso, sempre alla ricerca di nuovi stimoli. E, ogni volta che scopriva qualcosa di interessante, si buttava a capofitto e non mollava, peggio di un terrier.

La sua ultima passione era la mountain bike. Se ne era innamorato quando l'anno precedente un suo amico gliene aveva prestata una, e per Natale aveva chiesto una bici in regalo.

L'avevamo prontamente accontentato perché, a differenza della sorella, Ali non faceva esercizio fisico a meno che non fosse costretto. Andare in bicicletta però gli piaceva e usciva anche con il freddo e la neve.

Lo trovai sdraiato per terra con il portatile aperto davanti.

«Sei tornato più tardi del solito» mi fece notare un po' offeso.

Alzai le mani. «Non per scelta. Sei andato in bici, oggi?»

Ali annuì. «Ho fatto il solito giro lungo il Tidal Basin.»

Bree e io andavamo spesso a correre intorno al lago artificiale. Era un posto frequentato, non era pericoloso e avevo dato ad Ali il permesso di andare lì per i suoi giri in mountain bike, a condizione che ci avvertisse e che non andasse né troppo presto, né troppo tardi. «Volevi farmi vedere una cosa?»

Ali premette un tasto, lo schermo del suo computer si accese e mi mostrò un video girato da un ciclista con la telecamera sul casco. Era su una vetta da cui si vedeva una grande città.

«Dov'è?» chiesi.

«Lima, Perù» rispose Ali. «Incredibile, guarda.»

Il ciclista si lanciava giù per una scalinata ripidissima all'interno di una galleria, poi usciva alla luce del sole e pedalava sopra un muro largo meno di un metro e con un baratro altissimo da entrambi i lati.

Acclamato dalla folla, il ciclista arrivava fino alla fine del muro e si librava nell'aria. Dopo un volo di cinque o sei metri atterrava su un sentiero così ripido che per un attimo temetti si ribaltasse e rotolasse verso morte certa. Invece, senza la minima difficoltà, proseguiva la sua corsa, girava a sinistra, attraversava uno stretto ponte di legno, saliva su un'altra rampa, volteggiava per aria e atterrava su un'altra scalinata. La folle corsa durò quattro minuti buoni. Alla fine il ciclista si fermava e scoppiava a ridere. Fine del video.

«Fantastico, eh?» osservò Ali.

«Cos'è?»

«Si chiama *urban downhill.*»

«Wow. Ogni giorno inventano un nuovo sport.»

«Prima o poi ci provo anch'io» dichiarò Ali.

«Finché avrò voce in capitolo, no» intervenne Nana dalla cucina. «Alex, vuoi venire a mangiare?»

# 5

Cercai di non pensare alla morte di Edgerton e allo strangolamento della signora Nixon, né al messaggio di M, e mi concentrai sulla pasta e fagioli neri con sugo di pollo e basilico, che era deliziosa. Incoraggiai Nana a rifarla spesso.

Arrivò Ali con il portatile sottobraccio.

« Vai a letto? » gli chiesi.

Lui sbadigliò e annuì. « Papà, tu hai Wickr? »

« Cos'è? No, non credo. »

« Un'app per messaggiare come le spie. »

« Cioè? »

« Ha un sistema di crittografia di livello militare » mi spiegò Ali convinto. « E garantisce la massima privacy perché scompaiono i dati. »

« Ti cancella tutti i dati sul telefono? »

« No! » si indignò lui. « Solo i messaggi. Dopo un paio di minuti scompaiono. Per una spia è il massimo, non trovi? »

« Se fa la spia per telefono, sì. »

« Te la scarico, papà? Ci vuole un attimo e poi potremmo... »

« Comunicare fra di noi come le spie? »

Ali si illuminò.

« Ci penso » risposi, e gli diedi il bacio della buonanotte.

« Papà? Se l'*urban downhill* fosse riconosciuto come sport olimpico, potrei diventare bravino. »

Sorrisi nel constatare che mio figlio passava da una passione all'altra con grande facilità. « Diventerai bravo qualsiasi cosa sceglierai di fare, se continui così. »

Nana si ritirò in camera sua e io sparecchiai, riordinai la cucina e andai in salotto. Jannie era già a letto. Provai a guardare una partita di basket e verso mezzanotte salii in camera.

Bree dormiva come un sasso quando mi infilai sotto le coperte. Nonostante la giornataccia, stranamente presi sonno senza problemi.

Mi disturbò un cane nelle vicinanze, che aveva un modo di abbaiare tutto suo: tre latrati bassi, una pausa e poi altri due più alti e striduli. Mi alzai per chiudere la finestra, pur sapendo che non sarebbe bastato, perché lo si sentiva anche con i vetri chiusi.

La cosa stava andando avanti da quasi un mese, ormai, ma non avevo ancora trovato il tempo di andare dai padroni del cane a protestare. Non ero dell'umore neppure quella sera. Preferii mettermi i tappi nelle orecchie e accendere l'app di rumore bianco sullo smartphone.

Chiusi gli occhi e, senza volerlo, mi ritrovai a pensare a M e a ciò che sapevo su di lui. Erano informazioni scarse e contraddittorie.

C'era un'unica cosa su cui non avevo alcun dubbio: il messaggio che aveva lasciato addosso a Katrina Nixon non era il primo che mi mandava.

Per la precisione, era il quarto nell'arco di dodici anni.

# 6

Ali Cross entrò nella camera da letto di suo padre intorno alle sette della mattina dopo, sabato. Bree era già sveglia ed era scesa in cucina.

Ali si avvicinò al padre che russava leggermente e lo scrollò per una spalla. Alex aprì gli occhi e si tirò su a sedere, confuso.

« Andiamo a correre? » chiese Ali. « Cioè, tu corri e io vado in bici. »

Alex si lasciò ricadere sul cuscino con un gemito. « Ho dormito pochissimo, scusa. Non credo di farcela, stamattina. »

Ali rimase deluso, ma gli diede un bacio sulla guancia e disse: « Dormi. Andiamo sabato prossimo ».

Alex sorrise e scivolò di nuovo nel sonno.

Ali trovò Bree in cucina che prendeva il caffè, già vestita e pronta per andare a lavorare.

« Neanche tu hai voglia di venire a correre? » le chiese.

« Mi spiace, ma oggi ho un sacco di cose da fare. »

« Faccio il solito giro, okay? E mi porto dietro il cellulare. »

« Hai chiesto il permesso a tuo padre? »

« Mio padre è in coma. »

Bree non poté fare a meno di sorridere. « Quando Nana si sveglia, la avverto io. »

Ali sorrise. Aveva temuto di incontrare maggiore resistenza.

D'altra parte aveva dieci anni, ormai. Anzi, quasi undici. E frequentava il sesto anno di scuola, cioè era un anno avanti rispetto alla maggior parte dei suoi coetanei. Era in grado di badare a se stesso.

Andò a prendere la bici nel casotto sul retro e partì. Si sentiva più a suo agio davanti al computer a fare ricerche su Internet o immerso in un libro, ma andare in bicicletta gli piaceva un sacco e lanciarsi dalle rampe ancora di più. Gli ammortizzatori di quella bici erano straordinari.

Superato il Martin Luther King Jr. Memorial, si diresse verso sud lungo la sponda occidentale del Tidal Basin. Lungo il percorso incontrò almeno dieci salti e li fece tutti. Il sentiero era libero: non c'era quasi nessuno.

Mentre pedalava verso il Franklin Delano Roosevelt Memorial, vide un uomo in ginocchio vicino alla sua bicicletta sulla destra del sentiero. Nel sentirlo arrivare, l'uomo si voltò e gli fece segno di fermarsi.

Ma era troppo tardi. Ali aveva distolto lo sguardo dal sentiero e finì anche lui sopra ai cocci di bottiglia.

Forò la gomma anteriore e cadde. La botta lo lasciò un po' intontito.

L'uomo che gli aveva fatto segno di fermarsi accorse immediatamente. «Ti sei fatto male?»

«No, no. Niente di grave.»

«Maledizione. Appena ti ho sentito arrivare, ho cercato di avvertirti.» Aveva un accento del Sud. «Io ho forato entrambe le ruote. Ed è già tanto che non mi si siano piegati i cerchioni.»

Era alto e muscoloso, in tenuta da ciclista, pantaloni corti e maglia con la scritta US ARMED FORCES CYCLING TEAM, occhiali da sole Oakley e caschetto da corsa Bell da cui spuntavano corti capelli chiari.

Aiutò Ali a rialzarsi e si presentò: «Sono il capitano Arthur Abrahamsen».

«Piacere, Ali Cross.»

«Piacere mio. Vuoi che dia un'occhiata alla tua bici?»

«Grazie, la spingo fino a casa. Non c'è problema.»

«Magari riusciamo a ripararla, invece» replicò con un sorriso il capitano Abrahamsen. « Se la gomma non è lacerata. Do un'occhiata, okay? Un po' me ne intendo. »

Ali ebbe un attimo di esitazione, poi si strinse nelle spalle e annuì, pensando che effettivamente tornare a casa in bici sarebbe stato molto meglio che spingerla per quasi sei chilometri.

« Mentre io controllo se si può sistemare, tu togli i cocci dal sentiero, per favore » disse il capitano. « Così non ci finisce più nessuno. »

« Certo » rispose Ali.

Abrahamsen sollevò la forcella anteriore e fece girare la ruota.

Ali spostò i cocci più grossi con il piede, spingendoli nell'erba. « È capitano dell'Esercito? » domandò.

« Sì » rispose Abrahamsen, continuando a esaminare la gomma.

« E corre nella squadra di ciclismo? »

« Più o meno » rispose Abrahamsen. « In realtà sono a un livello sufficiente per allenarmi con la squadra, ma non abbastanza per rappresentare il mio Paese nelle competizioni internazionali. Non ancora, perlomeno. »

Lo disse con tanta convinzione ed entusiasmo che Ali non poté fare a meno di sorridere. « Che bello! »

« Speriamo » replicò Abrahamsen. « Ecco il foro. »

Mostrò ad Ali il punto in cui la gomma era stata perforata dal vetro.

« Si può riparare? » domandò Ali.

« Posso provare a metterci una pezza che regga nel tragitto fino a casa, ma poi ti toccherà cambiare pneumatico e camera d'aria. »

Abrahamsen tornò alla propria bici. « Sei capace di portare la bici così? » La sollevò e infilò il braccio destro nel telaio per caricarsela in spalla.

Ali annuì. Lo aveva visto fare ai ciclisti di mountain bike nelle tratte impraticabili.

« Dove andiamo? Credevo avesse il kit per ripararla... »

« Con quello che ho ne posso riparare una soltanto » spiegò il capitano. « Ma sul pulmino della squadra c'è tutto quel che serve. È parcheggiato al porticciolo. Già che ci siamo, ti regalo un adesivo del gruppo sportivo dell'Esercito. »

Ali era entusiasta. « Non ho mai conosciuto un ciclista professionista. »

« Ancora non mi posso definire tale, però. Sbrighiamoci, perché ho un appuntamento a mezzogiorno e immagino che fra un po' tua madre incomincerà a preoccuparsi. »

« La mia bisnonna » lo corresse Ali, sollevando la bici e mettendosela in spalla per far vedere al capitano Arthur Abrahamsen che era forte abbastanza da portarla fino al porticciolo.

« Bisnonna? Senti, vuoi chiamarla un attimo? Così le dici dove sei e con chi. Non vorrei che si preoccupasse. »

Ali aggrottò la fronte, posò la bici e si tastò le tasche in cerca del telefono. « Quando sono uscito da casa lo avevo » borbottò.

« Tieni » disse il capitano Abrahamsen porgendogli il proprio. « Chiamala con il mio. Vado a vedere se l'hai perso quando sei caduto. »

Ali prese lo smartphone del capitano, fece il numero di casa e guardò l'uomo che tornava indietro lungo il sentiero.

Dopo qualche squillo, Nana rispose. « Pronto? »

« Ciao, Nana, sono Ali. Ho forato, ma il capitano Arthur Abrahamsen, del gruppo sportivo dell'Esercito, adesso mi aiuta a riparare la gomma. Ti sto chiamando dal suo telefono. »

« Ringrazialo. »

« Torno presto » disse Ali, e salutò la bisnonna.

Si voltò e vide che Abrahamsen era chino a cercare nell'erba alta. Dopo un po' si tirò su e gli mostrò un cellulare nero. « È questo? »

Ali tirò un sospiro di sollievo. Se avesse perso il cellulare, suo padre lo avrebbe sicuramente sgridato. « Sì. Grazie. »

Si scambiarono i telefoni. « Sei riuscito a parlare con la tua bisnonna? » gli chiese Abrahamsen.

« Sì. »

« Meglio non farla stare in ansia, no? »

Ali annuì e si rimise in spalla la bici. « Giusto. »

# 7

Mi risvegliai verso le nove di quel sabato mattina. Dopo essermi lavato e vestito, scesi di sotto e uscii sulla veranda a prendere il giornale e vidi arrivare un pulmino decorato con l'immagine di uomini e donne in bicicletta e il logo delle forze armate americane. Si fermò proprio davanti a casa nostra.

Con mia somma sorpresa, vidi scendere Ali. «Papà!»

L'uomo alla guida scese subito dopo mio figlio. Era sui trent'anni e aveva una felpa dell'Esercito e i pantaloni da ciclista.

Salirono i gradini di casa e Ali disse: «Il capitano Abrahamsen è praticamente nella squadra di ciclismo delle forze armate degli Stati Uniti, papà! Ho bucato una gomma e siccome non siamo riusciti a ripararla, mi ha riportato a casa».

Il capitano sorrise e mi porse la mano. «Arthur Abrahamsen. Complimenti, ha un figlio eccezionale.»

Gli strinsi la mano e sorrisi. «Grazie. Grazie di tutto.»

«Si figuri.» Abrahamsen fece una risatina. «Mi ha parlato di un sacco di argomenti interessanti.»

«Le avrà fatto una testa così...»

«No, no, tranquillo» replicò il capitano. «Aspetti, le do la bicicletta. Pneumatico e camera d'aria sono da sostituire.»

«Siamo passati su dei cocci di bottiglia e abbiamo forato» spiegò Ali, mentre Abrahamsen andava ad aprire il portellone dietro.

Nel pulmino c'erano ruote, pneumatici e attrezzature varie.

«Gareggia per il gruppo sportivo delle forze armate?» gli chiesi mentre scaricava la bici di Ali.

«Si allena con loro» rispose mio figlio.

«Non sempre, purtroppo» precisò Abrahamsen chiudendo il portellone. «Lavoro al Pentagono e a Capitol Hill e quando posso mi ritaglio un po' di tempo per correre.» Mi porse la bicicletta.

«Grazie ancora» dissi. Ci salutammo con un'altra stretta di mano.

Il capitano sorrise ad Ali. «È sempre un piacere incontrare un altro cavalleggero.»

Ali lo guardò stupito.

«Ero nel quarto reggimento cavalleggeri dell'Esercito» spiegò Abrahamsen. «Artiglieria pesante. Ma ho sempre pensato che ormai bisognerebbe usare le biciclette, non i cavalli.»

«Mountain bike» precisò Ali con un sorriso.

«Giusto. Sono più simili ai cavalli, rispetto alle bici da corsa» disse il capitano con una strizzatina d'occhio. «In bocca al lupo, allora. Mi ha fatto piacere conoscerla, signor Cross.»

«Piacere mio» risposi.

Il capitano risalì a bordo del pulmino, salutò con la mano e ripartì.

«Bel tipo» commentò Ali.

«Sembra di sì» risposi, sollevando la bici.

«Pensi che potrei entrare nel reggimento dei cavalleggeri, da grande?»

«Con la tua bicicletta?»

«Con la mia mountain bike, sì.»

Ci pensai su un attimo e risposi: «Se ti impegni, puoi entrare ovunque, figlio mio».

# 8

Per tre giorni non lessi niente di quello che dicevano i giornali a proposito di Mikey Edgerton e delle dichiarazioni dei suoi familiari, secondo i quali l'omicidio di Katrina Nixon dimostrava l'innocenza dell'uomo che era appena stato giustiziato. Il martedì mattina mi presentai all'ingresso del centro di detenzione federale di Mill Street, Alexandria, Virginia, non lontano dal tribunale.

La vicesceriffo mi restituì il documento e mi chiese: «Dirty Marty è al corrente della visita?»

«È stato proprio il signor Forbes a richiederla» risposi.

La vicesceriffo, un donnone che si chiamava Estella Maines, tirò su con il naso e disse: «Adesso lo vado a prendere, dottor Cross. Ma non so chi glielo fa fare: vedrà che non servirà a niente».

«Sono un inguaribile idealista.»

Maines stava quasi per sorridere. Mi fece entrare.

Mi accomodai e pensai che quei colloqui erano molto importanti per me. Le consulenze per la Metro Police e l'FBI mi tenevano molto impegnato, ma il lavoro che mi dava più soddisfazione era quello del terapista.

Martin Forbes aprì una porta di metallo e venne a sedersi al di là del divisorio in vetro antiproiettile. Fra i quaranta e i cinquant'anni, era un uomo che non si notava, se non per la cicatrice bianca appena sotto la mascella. Avevo acconsentito al colloquio proprio per via di quella cicatrice.

Avevo lavorato con Forbes all'FBI, quando era venuto per

un periodo all'unità di Scienze comportamentali. All'epoca era un giovane pieno di zelo.

E proprio a causa del suo zelo aveva rischiato di perdere la vita, e aveva salvato la pelle a Ned Mahoney. Stavamo indagando su alcuni omicidi particolarmente violenti avvenuti in Arizona, New Mexico e Texas, che credevamo opera di un serial killer e che invece erano stati commessi da un gruppo di narcotrafficanti decisamente abili nel coprire le proprie tracce.

Mahoney si era avvicinato un po' troppo a una cellula del cartello di Sinaloa e una sera a Tucson era stato rapito. Forbes aveva assistito alla scena, aveva seguito i rapitori ed era riuscito a liberare Ned. Peccato però che uno del cartello di narcotrafficanti avesse tentato di tagliargli la gola.

Forbes prese la cornetta dalla sua parte del divisorio. «Grazie di essere venuto, Alex.»

«È il minimo che potessi fare.»

«Sono innocente.»

«Ho visto che ti sei dichiarato non colpevole.»

«Sì, ma non perché me l'ha suggerito il mio avvocato, Alex» replicò. «Mi hanno incastrato.»

Sospirai. «Mi hai chiesto un colloquio in quanto terapeuta, Marty. Sono venuto per questo.»

«Sapevo che altrimenti non saresti venuto. Alex, non sono stato io.»

«Non è stato un episodio isolato, Marty. Era inevitabile che prima o poi ti prendessero.»

Forbes divenne paonazzo, ma poi ritrovò la calma. «È stato accertato che ho sparato a ragion veduta. Non hai detto tu stesso che per spegnere un rogo bisogna per forza avvicinarsi alle fiamme?»

«Non l'ho detto io, ma Mahoney.»

«Be', io non sono un giustiziere. Non so chi sia stato a sparare a quei delinquenti sullo yacht. Sono d'accordo sul fatto che se lo meritassero, ma non li ho ammazzati io.»

Rimasi zitto per un po', ripensando al caso e a quanto avevano scritto i giornali a proposito dell'agente dell'FBI Martin Forbes, che si era improvvisato giustiziere e per questo si era guadagnato il soprannome di Dirty Marty.

In merito a quegli omicidi Forbes era stato assolto, ma il Bureau aveva preferito trasferirlo da Chicago, dove lavorava sul campo, a Quantico, dove avrebbe svolto lavoro d'ufficio. All'epoca Forbes indagava su un'organizzazione di trafficanti di esseri umani responsabile dell'immigrazione clandestina di donne e minori di ambo i sessi provenienti da Paesi poveri, che facevano entrare negli Stati Uniti dal Canada o dal Messico per avviarli alla prostituzione.

Dopo due anni di lavoro, gli investigatori erano riusciti a liberare oltre cinquanta donne costrette a prostituirsi su tutto il territorio nazionale, schiave di sfruttatori violenti, le quali avevano permesso di identificare i tre cervelli dell'organizzazione, due uomini e una donna.

Carlos Octavio, panamense che parlava correntemente otto lingue, in tandem con Ji Su Rhee, una coreana che ne parlava nove, acquistavano minori e giovani donne in Paesi afflitti da miseria e illegalità. L'idea era stata di Gor Bedrossian, un armeno legato alla criminalità organizzata russa e statunitense, che sovrintendeva con il pugno di ferro all'immigrazione clandestina e allo smistamento delle vittime di quella diabolica rete di sfruttamento.

Il problema per Forbes era duplice: da una parte non c'erano le prove concrete di un legame fra i tre presunti cervelli dell'organizzazione e le donne che erano state liberate nel corso di varie operazioni in tutta la nazione, e dall'altra Octavio, Rhee e Bedrossian non mettevano quasi mai piede negli Stati Uniti.

Prima del trasferimento a Quantico, Forbes aveva tracciato i flussi di denaro, ma non era riuscito a trovare nulla di incriminante. Un anno dopo, aveva preso due mesi di aspettativa per scrivere un libro sullo schiavismo sessuale nel Ventunesimo secolo.

Secondo il pubblico ministero al processo che si era concluso con la sua condanna, in realtà Forbes aveva smesso di lavorare per uccidere i tre di cui sospettava.

Quando era in aspettativa da sei settimane, la Guardia Costiera aveva intercettato uno yacht alla deriva al largo della Florida. Si chiamava *Harén*, che in spagnolo significa «harem». A bordo c'erano sei cadaveri in avanzato stato di decomposizione, fra cui Bedrossian, Octavio e Rhee. Erano stati uccisi a colpi di pistola e poi decapitati.

Sottocoperta gli uomini della Guardia Costiera avevano trovato sedici adolescenti brasiliane, cambogiane e indiane, disidratate e denutrite.

Le ragazze avevano dichiarato di aver sentito numerosi colpi di arma da fuoco quattro giorni prima. Una barca aveva avvicinato lo yacht nella notte, come spesso succedeva quando dovevano salire a bordo acquirenti o venditori.

Si erano uditi alcuni spari a intervalli lunghi e regolari, seguiti da altri più frenetici. Poi l'altra imbarcazione si era allontanata e non avevano più sentito niente per giorni. Poiché lo yacht alla deriva si era avvicinato alle acque internazionali, era intervenuto l'FBI. Le condizioni dei cadaveri avevano complicato le indagini, ma non le avevano fermate.

Le sei vittime erano state uccise a colpi d'arma da fuoco, sparati alle spalle a distanza ravvicinata, e poi avevano subito l'amputazione della testa, effettuata con precisione chirurgica.

Le analisi balistiche avevano stabilito che i proiettili recuperati erano stati esplosi da una pistola calibro 40 che apparteneva a Forbes e che era stata ritrovata nello chalet del West Virginia in cui si era ritirato per scrivere il suo libro. Inoltre l'FBI aveva rinvenuto tracce del suo DNA a bordo dello yacht.

«Alex» disse Forbes in quel momento, posando una mano

sul vetro antiproiettile. « Ti prego, stammi a sentire. Non sono stato io. Mi hanno incastrato. »

« Chi? »

Forbes ebbe un attimo di esitazione. « Non lo conosco... Ma si firma M. »

# 9

Alle tre di quel pomeriggio salii sugli spalti del campo sportivo della Coolidge High School, ancora scombussolato dopo l'incontro con Martin Forbes.

*M?*

*Di nuovo?*

*Com'era possibile?*

*Eppure quei sei cadaveri erano proprio come...*

« Alex? »

Mi riscossi e vidi Nana che si sbracciava per farsi vedere. Aveva un berretto di lana in testa, un cappotto pesante e un plaid sulle gambe. Aveva smesso di piovere, ma l'aria era ancora umida. Ali, seduto vicino a lei, era concentratissimo sullo smartphone.

« Come sta la nostra campionessa? » chiesi prendendo posto accanto a loro.

« Non si è ancora vista » rispose Ali senza nemmeno alzare la testa.

« Davvero? » Guardai il campo e la pista, dove quel giorno gareggiavano atleti di tre scuole diverse. Molti si stavano già riscaldando. « Non è da lei. »

« Ultimamente è sempre stanca » osservò Nana. « Hai notato? Secondo me, non dorme abbastanza. »

« A diciassette anni nessuno dorme mai abbastanza » rimarcai.

« Papà, mi presti il tuo smartphone? Il mio è morto. »

« Per finire il videogioco? »

Mi guardò con aria offesa. «No, per finire il libro che sto leggendo.»

«Che libro è?» chiesi, passandogli il mio telefono.

Con i pollici che si muovevano veloci sullo schermo, rispose: «*Breve introduzione alla criminologia*».

«E dove l'hai trovato?»

«Online.»

«Dovresti scegliere letture più adatte alla tua età» sentenziò Nana.

«Mi annoiano» rispose Ali, fissando lo schermo del mio smartphone.

Mia nonna mi lanciò un'occhiataccia, esortandomi a dire qualcosa. Siccome tacevo, borbottò: «Servirebbe un po' di sostegno, a volte».

Stavo per far valere la mia paterna autorevolezza, ma vidi Jannie che incominciava a correre lungo la pista, in tuta da ginnastica e cappuccio sulla testa. Di solito correva con uno sprint caratteristico, quasi rimbalzasse a ogni passo che faceva. La sua corsa così spontanea e naturale aveva attirato l'attenzione di diversi allenatori della prima divisione della National Collegiate Athletic Association, e a Jannie erano già state offerte borse di studio per meriti sportivi in diverse università.

Ma quel giorno, mentre la osservavo durante il riscaldamento, notai che appoggiava i piedi in maniera diversa dal solito, con il risultato che la sua corsa appariva un po' goffa. E mia figlia, quando correva, era tutto fuorché goffa.

«Le fa di nuovo male il piede?» chiese mia nonna preoccupata.

«Spero proprio di no» risposi, inforcando il binocolo per vedere meglio.

Jannie aveva passato un anno difficile, dopo la frattura di un osso sesamoide. Era stata operata e per un certo periodo avevamo temuto che non recuperasse del tutto. Invece per fortuna era guarita perfettamente e durante la stagione indoor aveva registrato tempi davvero interessanti.

Quel giorno però c'era qualcosa che non andava e avevo la netta sensazione che non fosse un problema al piede, perché teneva la schiena diritta e non faceva smorfie di dolore quando lo appoggiava.

Ma non aveva il solito sprint.

«Ha problemi a scuola? Ti ha confidato qualcosa?» domandai a Nana, mentre Jannie rallentava, con le mani sui fianchi e la testa bassa.

«I voti sono ottimi.»

«Problemi sentimentali?»

«Jannie li fa scappare tutti» disse Ali con una risatina sarcastica.

Arrivò Bree e si sedette con noi. «Non me la sono persa, vero?»

«No» risposi, continuando a guardare con il binocolo mia figlia che andava verso la sua squadra. Sembrava poco concentrata, quasi distratta.

Abbassai il binocolo per salutare mia moglie con un abbraccio e un bacio. «Sono contento che tu sia riuscita a venire.»

«Anch'io» rispose lei. Sorrise. «Dicevi di avere qualcosa da raccontarmi?»

# 10

Effettivamente dovevo raccontare a Bree una cosa incredibile che avevo appreso da Forbes, che aveva implicazioni e possibili ramificazioni che andavano ben oltre il mistero di M.

«Una cosa bizzarra. E complessa» dissi.

«Cosa?» saltò su Ali.

«Nulla che ti riguardi» intervenne Nana. «Perché non leggi un manuale sulle mountain bike e sulla loro manutenzione, come ti ha suggerito il capitano Abrahamsen?»

Ali inclinò la testa di lato e sorrise. «Buona idea, Nana.»

«Ne parliamo in un altro momento?» suggerì Bree.

«Sì, meglio.» Cercai di non pensare al colloquio con Forbes e di concentrarmi su mia figlia, che si accingeva a correre i quattrocento metri piani e poi i duecento.

Mentre si preparava alla gara, sembrava aver superato il problema di poco prima. Si sistemò in corsia tre, saltellò sul posto e accennò alcune partenze.

«Mi sembra in forma» commentò Bree.

«In formissima» disse Nana.

Io tacqui e la guardai mentre tornava ai blocchi di partenza, prendeva posto, si metteva in posizione e al via scattava insieme a tutte le altre.

Partì forte, con falcate leggere ed elastiche, e fu perfetta fino alla prima curva.

«È in testa» esclamò Ali. «Le ha lasciate tutte dietro!»

Effettivamente, Jannie uscì dalla prima curva con un ottimo vantaggio.

Lo mantenne per tutto il rettilineo e affrontò la seconda

curva con grinta, ma ai trecento metri iniziò a dare segni di cedimento.

Una ragazza più grande, di un'altra scuola, la superò. Si vedeva che Jannie stava provando ad accelerare, ma non ci riusciva.

Venne superata da una seconda avversaria e poi da una terza e arrivò quarta al traguardo. Era il suo risultato peggiore dopo l'infortunio.

Rallentò e si fermò, con la testa china. Immaginavo il suo sconforto in quel momento, ma quando finalmente si girò e la vidi in faccia, mi accorsi che era più che altro sbigottita.

Allungò un braccio come per cercare qualcosa a cui aggrapparsi, ruotò gli occhi all'indietro, barcollò e cadde a faccia in giù.

«Jannie!» gridai. Corsi giù dagli spalti e sulla pista per raggiungerla. L'allenatore e uno dei preparatori atletici erano già con lei.

L'avevano sistemata in posizione supina. Aveva un graffio sulla guancia, ma aveva gli occhi aperti ed era vigile.

«Papà?»

«Stai ferma, tesoro mio» le dissi. Arrivò la mamma di un'altra atleta, la dottoressa Ellen Roberts.

La visitò velocemente. Jannie stava già meglio. «Che cosa ti è successo?» le chiese.

Jannie rispose di essersi sentita molto stanca tutto il giorno, ancor più dei giorni precedenti. Durante la lezione di biologia si era addirittura addormentata in classe due volte e prima della gara aveva dovuto fare una doccia gelata per svegliarsi. Subito dopo la partenza e per tre quarti di gara si era sentita bene.

«Poi, di colpo, mi sono mancate le forze» spiegò. «Non so...» Chiuse gli occhi. «Ho male dappertutto.»

«Secondo me, ha la febbre» disse la dottoressa. «Non mi stupisce.»

«Ha l'influenza?»

«Penso sia Epstein-Barr. Bisogna che si sottoponga al test appena possibile.»

«Epstein-Barr?» chiesi.

«Il virus che causa la mononucleosi» spiegò la dottoressa Roberts. «A scuola è abbastanza diffusa. Se la diagnosi sarà confermata, non potrà correre per almeno sei settimane.»

# 11

«Sei settimane...» Jannie era sconsolata. Eravamo tornati a casa dopo essere stati al pronto soccorso e aver ricevuto conferma della diagnosi.

Jannie era coricata sul divano del salotto con un plaid e l'aria afflitta. «Mi brucio tutta la stagione primaverile. Per la seconda volta di fila. Perché sono così sfortunata?»

Sentii il suo sconforto e provai a consolarla, ma lei scoppiò in lacrime.

«È finita!» diceva. «Non mi vorrà più nessun allenatore. Ho una maledizione addosso.»

«Ti sei ammalata perché hai chiesto troppo a te stessa» le dissi. «E sono abbastanza certo che a tutti gli allenatori della prima divisione sia capitato di avere atleti che si beccano la mononucleosi.»

Jannie guardava il muro.

«Volevo fare bene. Ero convinta di essere pronta.»

«Lo so. E sono sicuro che gli allenatori continueranno a trovare interessanti i filmati delle tue gare e i tuoi tempi. Hanno ben presente il tuo potenziale.»

Mi guardò speranzosa. «Tu dici?»

«Certo. Quello che devi fare adesso è seguire i consigli della dottoressa Roberts, prendere le vitamine che ti ha prescritto, bere tanta acqua e riposare. Vedrai che ti riprenderai presto.»

Jannie parve convincersi che non c'era altro da fare. «Nana mi porta la minestra.»

Bree tornò dopo aver fatto scorta di vitamine e salimmo a cambiarci.

«Allora, com'è andata con Dirty Marty?» mi chiese dalla cabina armadio.

«Si dichiara innocente» risposi.

Bree fece capolino e mi guardò stupita. «E tu gli credi?»

«Sono confuso» dissi. E le spiegai che M lo aveva contattato.

Nessuno al di fuori della nostra cerchia ristretta all'interno della polizia sapeva che M mi aveva mandato dei messaggi, e Forbes non era fra i pochi eletti. Avevamo deciso sin dall'inizio di tenerlo segreto.

«Potrebbe aver hackerato gli archivi FBI e aver letto di M nei file secretati» mi fece notare.

«È vero» ammisi, e le raccontai tutto il resto.

Forbes sosteneva che M, la prima volta, lo avesse contattato con un'email impossibile da tracciare da un server di Panama, e poi con un messaggio inviato da un telefono usa-e-getta.

Sembrava al corrente di aspetti molto specifici della rete di schiavisti del sesso che Forbes voleva sgominare, e si era offerto di fornirgli prove e di dirgli dove poteva trovare i tre che la gestivano. Poi gli aveva mandato l'atto di compravendita di uno yacht a Panama e dei documenti che attestavano i lavori di ristrutturazione effettuati per dotare l'imbarcazione di celle per le schiave.

Lo aveva convinto ad andare in Florida promettendogli di dirgli dov'era lo yacht non appena fosse rientrato in acque statunitensi per consegnare un nuovo carico di schiavi. Gli aveva chiesto di portare venticinquemila dollari e raggiungere un certo motel a Fort Lauderdale.

Il secondo giorno che era lì, Forbes era rientrato in camera dopo cena ed era stato aggredito da un uomo in agguato nel bagno, che gli aveva premuto sul volto una pezza imbevuta di quello che secondo Forbes era cloroformio.

«Ho perso i sensi, ma non del tutto» aveva detto. «Non riuscivo a muovermi e ne ero consapevole, come in un incubo, mentre mi coricava sul letto e mi infilava un ago in una vena. Con quella flebo mi sono addormentato. Ho dormito quattro giorni.»

«Quattro giorni?» avevo chiesto stupito. «In una camera del motel? E nessuno ti ha trovato?»

«So solo che quando ho riaperto gli occhi avevo un mal di testa terrificante, erano passati quattro giorni, era pomeriggio e i soldi non c'erano più.»

«Ma non hai sporto denuncia alla polizia.»

Forbes a quel punto aveva abbassato gli occhi e scosso il capo. «Avrei dovuto, lo so. Ma all'epoca mi vergognavo: mi ero imbarcato in un'indagine non autorizzata e mi ero lasciato fregare da un delinquente.»

«Che oltre a rubarti i soldi ti ha fatto condannare per l'omicidio di sei persone.»

Forbes mi aveva guardato con rabbia. «Questo io ancora non lo sapevo! Mi vergognavo talmente tanto che sono salito in macchina e mi sono rimesso in viaggio per tornare in West Virginia. Sono arrivato l'indomani e ho ripreso a scrivere il mio libro. Due giorni dopo si sono presentati gli agenti.»

Avevo riflettuto un momento. «In Florida ti eri portato la pistola calibro 40?»

«No, la 9 millimetri. So cosa stai pensando: come hanno fatto a prendermi la 40? Evidentemente chi mi ha addormentato è andato allo chalet, oppure ha mandato un suo complice a prenderla. È l'unica spiegazione che mi do.»

«Su quell'arma c'erano soltanto le tue impronte» gli ricordai. «E sullo yacht sono stati ritrovati capelli e cellule epiteliali con il tuo DNA.»

«Ce li ha messi apposta per farmi condannare al posto suo!»

«Queste cose le hai dette al Bureau?»

«Certo! Ma nessuno mi crede.»

«Perché?»

« Perché le prove contro di me sono schiaccianti » mi aveva detto con amarezza. « E perché ho detto chi è M, secondo me. »

« E cioè? »

« Non mi crederai nemmeno tu, Alex. Io stesso fatico a crederci. Ma quando mi ha intontito con il cloroformio l'ho visto in faccia. Ero annebbiato, ma mentre mi metteva la flebo l'ho visto chiaramente. »

Ero abbastanza sicuro di dove volesse andare a parare. « E saresti in grado di riconoscerlo? »

Martin Forbes si era morso un labbro e aveva annuito appena, quasi non fosse convinto neppure lui.

« Chi era? » avevo chiesto.

Forbes aveva preso fiato e mi aveva guardato dritto negli occhi.

« Il tuo vecchio amico Kyle Craig » aveva risposto.

# 12

Dopo che le ebbi raccontato tutta la storia, Bree rimase a fissarmi sbigottita.

«Kyle Craig? È impossibile! È morto, Alex. Sono anni, ormai. L'hai visto morire.»

Annuii. «Sì, è morto sotto i miei occhi. Durante la nostra luna di miele.»

Kyle Craig non c'era più. Il mio acerrimo nemico era defunto ormai da tempo.

Lo avevo ferito e, pur di non finire in carcere, Craig aveva sparato un proiettile in una bombola di ossigeno ed era morto nell'esplosione che ne era conseguita.

Seduto sul letto in camera nostra, cercai di non rivivere nella mia mente la scena, che però sembrava scolpita in modo indelebile nella mia memoria. Bastava che chiudessi gli occhi per riviverne ogni attimo.

«Forse il cloroformio gli ha dato le allucinazioni» dissi. «Forse Forbes ha soltanto creduto di vedere Craig.»

«Oppure si è inventato tutto» disse Bree. «Non so come, ha saputo di M e sta facendo leva sulla tua ossessione per Kyle Craig.»

Ci riflettei.

Martin Forbes certamente sapeva che Kyle Craig mi aveva ossessionato per anni. Non soltanto era un agente dell'FBI corrotto, ma anche un sadico serial killer e aveva ucciso la donna con cui uscivo in quel periodo, Betsey Cavalierre.

Bree si infilò sotto le lenzuola.

La imitai. «Non escludo che mi stia manipolando. Ma a

che scopo? Pensa che io lo aiuterò a uscire di prigione dichiarando alla procura federale degli Stati Uniti che l'uomo morto carbonizzato sotto i miei occhi è resuscitato e adesso si fa chiamare M?»

«Molti colpevoli si inventano storie assurde» disse Bree.

Spensi la luce. *Craig si faceva chiamare Mastermind, però. M. E se fosse sopravvissuto a quell'esplosione?*

Intervenne la mia parte razionale: *No, non è materialmente possibile.*

Bree prese a ronfare dopo pochi minuti e anch'io stavo per addormentarmi, ma il cane incominciò ad abbaiare e mi svegliò. Stavo per vestirmi e andare a protestare con il padrone, quando sentii battere contro il vetro della finestra e mi accorsi che si era messo a piovere. Il cane avrebbe smesso di abbaiare, pensai.

Ma mi sbagliavo. Venti minuti dopo io ero ancora sveglio e il cane continuava ad abbaiare sotto la pioggia in quel suo modo irritante.

Alla fine mi alzai e salii nel mio studio in mansarda. Chiusi la finestra dietro la scrivania, accesi la luce e guardai gli scatoloni impilati vicino a sette scaffali pieni zeppi di documenti relativi a vecchi casi, alcuni chiusi e altri ancora da risolvere.

Mi ero ripromesso di non farlo, ma sapevo di non avere alternative: dovevo ripartire dall'inizio, dalle indagini su Mikey Edgerton, molto tempo prima dell'entrata in scena di M.

Avrei trovato ciò che cercavo dentro uno scatolone con l'etichetta KISSY, in fondo alla pila nell'angolo a destra della scrivania. Ero convinto che non lo avrei mai più riaperto. Lo posai sul tavolo ma esitai prima di aprirlo, chiedendomi se fosse saggio immergermi di nuovo in quel periodo della mia vita.

Sollevai il coperchio, presi il primo faldone e nel giro di pochi minuti mi ritrovai a viaggiare a ritroso nel tempo.

# 13

*Dodici anni prima*

Un pomeriggio di fine maggio, sotto una pioggia scrosciante, io e John Sampson eravamo in Wisconsin Avenue e stavamo andando a La Cravate, una boutique di lusso specializzata in cravatte, frequentata dai clienti più ricchi e potenti di Washington.

Avevo un sacchetto per le prove che conteneva una cravatta di seta con un motivo cachemire rosso e blu, del genere indossato dai lobbisti più influenti di K Street. O perlomeno quella era stata la mia impressione quando l'avevo vista, così colorata e ben stirata, il nodo perfetto, stretta intorno al collo di Cassandra Raider, ventisei anni, detta Kissy.

L'avevano trovata senza vita all'interno di un furgone rubato e abbandonato due senzatetto in cerca di un riparo dove trascorrere la notte, nel Southeast di Washington. Era nuda, sul fondo del furgone, braccia e gambe divaricate, legata per i polsi e le caviglie a quattro occhielli fissati alle pareti del veicolo con un cavo di nylon di oltre un centimetro di diametro. L'odore di candeggina era insopportabile.

Dall'autopsia era emerso che il cadavere era stato lavato con una soluzione di acqua e candeggina che aveva distrutto tutte le eventuali prove materiali. Prima di venire strangolata, la poveretta era stata violentata e picchiata selvaggiamente.

In un primo momento avevamo considerato l'omicidio di Kissy Raider un episodio isolato, e nelle cruciali quarantotto ore successive al ritrovamento ci eravamo concentrati sullo

Stallion Club, il locale a luci rosse in cui lavorava nel Maryland, e su un suo ex, un biker di Roanoke, Virginia, che aveva precedenti penali.

Quando gli elementi fondamentali del caso erano stati inseriti nei database dell'FBI, però, erano saltate fuori similitudini importanti con altri sette omicidi. Uno di questi era avvenuto a Boca Raton, in Florida, e un altro a Newport Beach, in California.

Le vittime erano bionde, di corporatura minuta ma prosperose, madri single con figli piccoli, come Kissy Raider. E, come lei, tutte erano state percosse e violentate e infine strangolate con un'elegante cravatta di seta.

Nessuna delle cravatte riportava il nome dello stilista e questo ci aveva rallentato nelle indagini per quasi una settimana, ma poi Sampson aveva svolto una ricerca dei negozi specializzati in cravatte di lusso e aveva trovato la boutique di Georgetown verso cui eravamo diretti.

Entrammo nel negozio e fummo avvolti da un aroma di oli essenziali vaporizzati nell'aria, legno di cedro e qualche altro profumo che non riconoscevo. Qualsiasi cosa fosse, mi mise subito di buon umore. O forse a rallegrarmi era il fatto di essere finalmente al riparo della pioggia.

Dietro il banco c'era un uomo dal fisico prestante, calvo, abbronzato, sui quarant'anni. Vicino agli espositori c'era un altro uomo, alto come il suo collega ma obeso. Doveva pesare quasi centocinquanta chili, eppure lì per lì non si notava, tanto era ben fatto il completo che indossava.

L'uomo dietro il banco ci guardò come a dire: *Che cosa ci fate voi due poveracci nella nostra boutique tanto chic?* «Le consegne dalla porta di servizio, per cortesia» disse con accento inglese.

Sampson lo guardò dall'alto del suo metro e novanta e dopo qualche secondo estrasse il distintivo. Io lo imitai.

«Non siamo qui per una consegna, Chatsworth» disse Sampson.

« Siamo della Metro Police, squadra Omicidi » precisai.

L'uomo dietro il banco assunse un'espressione indignata e protestò: « Non mi chiamo Chatsworth, ma Bernard Mountebank, e non sappiamo niente di nessun omicidio ».

« Assolutamente » fece eco l'altro, che aveva un lieve accento del Sud. Si chiamava Nathan Daniels, ci disse, e lui e Mountebank erano i proprietari del negozio.

« Non abbiamo detto che siete coinvolti in un omicidio » chiarì Sampson. « Siamo venuti a chiedervi un parere tecnico. »

« Vorremmo sapere qualcosa a proposito di questa cravatta » dissi, mostrando il sacchetto. « Riuscite a dirci marca, stilista... tutto il possibile? »

Daniels parve ammorbidirsi, ma Mountebank era ancora offeso perché Sampson lo aveva chiamato Chatsworth. A me era sembrato spiritoso, oltre che giustificato: in fondo ci aveva preso per due fattorini.

Mountebank non si mosse, ma Daniels venne a vedere, interessato. Il tessuto del suo completo frusciava in maniera caratteristica.

Gli porsi il sacchetto e lui osservò la cravatta prima da una parte e poi dall'altra.

« Posso tirarla fuori? » chiese.

« Se mette i guanti, sì » rispose Sampson porgendogliene un paio.

Annotai sul sacchetto data e ora dell'apertura, aprii la zip e gli porsi la cravatta, che era ancora annodata.

« Mmm » disse Daniels osservandola con attenzione. Inforcò gli occhiali per guardare meglio. « Jacquard, certamente italiana. Molto bella. Bernard, a me sembra una Stefano Ricci. »

Mountebank sembrava piccato. « Sei sicuro? »

« No, sicuro proprio no » rispose Daniels. « Tu hai più occhio per queste cose. »

Mountebank si inorgoglì per il complimento e decise di dare il suo parere. Scoccò a Sampson un'occhiataccia en passant, infilò i guanti ed esaminò con cura la cravatta, soffermandosi su cuciture e tessuto.

«Sembra una Ricci, ma non lo è» decretò infine. «È un'edizione limitata di Kiton, Napoli. Pregevole. Valore intorno ai due-trecento dollari.»

«Così tanto?» chiese Sampson.

«Se lei fosse un intenditore, capirebbe che sono soldi ben spesi» ribatté arricciando il naso. Mi restituì la cravatta.

«Vendete molte Kiton edizione limitata?» domandai.

Daniels scoppiò a ridere. «È un mercato di nicchia» rispose.

«Avete mai venduto questo modello?»

Mountebank ci pensò su un momento e poi rispose: «Sì, mi pare di sì. L'ha acquistata uno dei nostri migliori clienti».

«Chi?»

«Non ve lo posso dire. È un uomo che tiene molto alla sua privacy.»

Sampson sembrava sul punto di perdere la pazienza, ma si trattenne. «Stiamo indagando su un omicidio. Possiamo tornare con un mandato, perquisire il negozio da cima a fondo e sequestrarvi tutti i computer.»

Mountebank sbiancò. «Ah, be'... allora. Perry Singer.»

Il suo socio lo guardò stupito. «Perry?»

«Sono sicurissimo» disse Mountebank con aria impermalita. «È un grande appassionato di cravatte. Potrebbe essere l'uomo che cercate, ispettori.»

# 14

Nathan Daniels cercò l'indirizzo e ce lo diede, anche se malvolentieri. Perry Singer abitava a Cambridge Place, Georgetown, a otto isolati da lì. E, siccome aveva smesso di piovere, decidemmo di andare a piedi.

Singer abitava in una casa georgiana di mattoni rossi, con il portone verde, davvero molto bella. Non c'era campanello, perciò usammo il batacchio di ottone, sopra al quale era incisa l'immagine di un sole nascente.

Sampson lo batté un paio di volte.

Ci aprì una domestica. Le spiegammo che volevamo parlare con il signor Singer e lei ci rispose che era appena uscito, ed eravamo fortunati che fosse a Washington e non a Palm Beach o a La Jolla, nelle sue altre case.

Considerando che due degli omicidi erano stati commessi nei pressi di quelle località, parlare con Singer ci sembrò più che mai importante.

La domestica ci disse che Singer aveva deciso di fare due passi, quando aveva smesso di piovere, e si era incamminato verso Georgetown Cupcake, in M Street.

Ci affrettammo a raggiungere la pasticceria, che era piena di ragazzi appena usciti da scuola e di mamme con i bambini che facevano merenda. C'erano soltanto due uomini, oltre a noi, seduti a due tavoli diversi, ognuno per conto suo. Uno era sulla trentina e aveva un completo grigio dozzinale e una di quelle cravatte già annodate con un bottone a clip. L'altro, che ci dava le spalle, indossava una giacca blu di squisita fattura, pantaloni beige e calzini blu a pois bianchi. Aveva i capelli corvini pettinati all'indietro con il gel. Doveva essere Perry Singer.

Ci avvicinammo e ci trovammo di fronte un ottantenne che beveva un espresso e mangiava un cupcake al cioccolato, tenendolo con tutte e due le mani a causa del tremito. Sotto la giacca aveva una camicia bianca inamidata e un papillon che faceva pendant con i calzini. Appoggiato alla coscia teneva un bastone molto raffinato.

Non ci notò nemmeno quando Sampson disse: «E lui sarebbe il nostro uomo? Bernard Mountebank mi sta sempre più antipatico, te lo devo dire».

«Humour britannico» commentai. «Mi scusi, lei è il signor Singer? Perry Singer?»

Il vecchio trasalì. «Ci conosciamo?» chiese con lieve accento del Sud.

Gli mostrammo le credenziali e gli spiegammo che stavamo conducendo un'indagine per omicidio.

«Vogliamo solo rivolgerle un paio di domande» disse Sampson. «Niente di cui preoccuparsi.»

Singer si strinse nelle spalle. «Va bene. Ditemi.»

Gli mostrammo la cravatta dentro il sacchetto. Gli chiesi: «È una Kiton, la vendono a La Cravate. Lei ne ha una uguale?»

L'uomo prese gli occhiali dal taschino, li inforcò, osservò la cravatta e annuì. «Sì, ne ho una uguale. Cioè, la avevo. Adesso è tanto che non la vedo. E comunque è un modello un po' vecchio.»

«È tanto che non vede questa cravatta?» chiese Sampson.

Singer gli rivolse un'occhiata fra il confuso e il divertito. «Esatto. Ma potrebbe benissimo essere a Palm Beach o a La Jolla. Colleziono cravatte e ne avrò quattromila...»

«Quindi questa cravatta potrebbe essere sua?»

«Sì, certo. Potrebbe avermela rubata qualcuno. Quello che vi posso assicurare è che io non farei mai quel nodo. Trovo che il tiro a quattro, o *Four in Hand,* sia poco elegante. Preferisco il Pratt o, in certe occasioni, il Van Wijk.»

Stavo per rispondere, quando nella pasticceria entrò l'agente speciale Kyle Craig che, nel vedermi, rimase sorpreso.

Mi scusai e lo raggiunsi. «Kyle?»

«Cosa fai qui, Alex?»

«Parlo di cravatte con un ottuagenario.»

Craig fece una piccola smorfia. «Perry Singer?»

Rimasi sorpreso. «Sì.»

«Ti ci ha mandato l'inglese?»

«Sì.»

«Quel Bernard mi sta sull'anima.»

«Pure a John. Lavori al caso anche tu?»

«Ora che le indagini riguardano tre omicidi, è stata coinvolta l'unità di Scienze comportamentali» rispose. «Ho visto le foto e ho pensato di fare un salto all'unico negozio di cravatte della zona.»

«Abbiamo fatto lo stesso ragionamento.»

«Pensi che Singer abbia qualcosa a che fare con gli omicidi?»

Scossi la testa. «Possiede una cravatta uguale a quella con cui è stata strangolata Kissy Raider, ma sostiene di non vederla da un po'. Avendo lui una collezione di quattromila cravatte sparse in tre case diverse, mi sembra poco significativo.» Gli parlai dei nodi. «Anche gli altri sono nodi tiro a quattro?»

Craig fece spallucce. «Non so la differenza. Ne so fare uno solo: quello che mi ha insegnato mio padre.»

«A me Nana ha insegnato il Windsor, credo.»

«Un buco nell'acqua, dunque?»

Lanciai un'occhiata a Sampson: stava stringendo la mano al signor Singer e riprendendo il sacchetto con la cravatta.

«Sembra proprio di sì» risposi.

# 15

Le indagini sull'omicidio di Kissy Raider restarono praticamente ferme per un'altra settimana, finché non arrivarono i referti delle analisi e le risposte dei colleghi che avevamo allertato in Florida e California. Mi sedetti alla scrivania e lessi.

Trovavo interessante che tutte e tre le vittime fossero in pessimi rapporti con il padre dei loro figli e avessero deciso di separarsi e di portarsi via il bambino.

Althea Marks, la donna uccisa a Newport Beach, aveva un figlio di sei anni. Samantha Bell, la vittima di Boca Raton, ne aveva uno di cinque. Anche il figlio di Kissy Raider, Max, aveva cinque anni.

La sorella di Kissy, Crystal, era partita in fretta e furia dalla Florida per occuparsi del nipote. Ci aveva detto tutto quello che sapeva, e cioè che la sorella era scappata di casa a sedici anni insieme a Ricco, un biker, che «la trattava come una merda e la pestava pure».

Crystal ci spiegò che, non appena Kissy si era accorta di che tipo di uomo era veramente Ricco, lo aveva lasciato, si era rivolta a un centro antiviolenza e aveva cercato di rifarsi una vita. Era orgogliosa di farcela da sola, anche se le toccava lavorare allo Stallion Club per mantenere se stessa e il figlio.

Controllai se anche le altre due vittime facessero le ballerine e scoprii che Althea Marks era cameriera e aveva lavorato in diversi ristoranti, l'ultimo dei quali era un'hamburgeria di Laguna Niguel, in California.

Samantha Bell aveva lavorato in vari settori, dal commercio all'edilizia e alla ristorazione.

L'ultimo impiego era stato presso un Hooters, a Laurel, Maryland. Stando ai documenti che mi avevano fornito i colleghi della Florida che si occupavano del caso, tre anni prima Samantha Bell si trovava nei pressi di Washington. Si era licenziata dieci settimane prima di venire uccisa.

Rilessi il materiale su Althea Marks inviatomi dai colleghi di Newport Beach e poi il dossier FBI che mi aveva mandato Kyle Craig. Trovai il curriculum presentato all'hamburgeria e cercai l'elenco dei precedenti impieghi.

Cinque mesi prima di venire uccisa, Althea Marks si era licenziata da un Hooters di Fairfax, Virginia, dove abitava da quasi un anno.

Sentivo di aver fatto una scoperta interessante e volevo approfondire. Cercai il curriculum presentato da Kissy Raider allo Stallion Club e vidi che non aveva elencato i precedenti impieghi.

Chiamai sua sorella Crystal in Florida.

Sentii bambini in sottofondo che litigavano e la sua voce, stanca: «Pronto».

«Sono l'ispettore Cross.»

«Mi dica» rispose. «L'avete beccato?»

«Lo stiamo ancora cercando.»

«Ah.» Era delusa. Poi mi chiese, ansiosa: «Quanto ci metterete a prenderlo? Non ha idea di che tormento sia svegliarsi la mattina e non sapere nulla».

«Purtroppo la capisco, e mi dispiace» risposi. «Mia moglie è stata uccisa diversi anni fa e ancora il colpevole non è stato trovato. Le indagini richiedono molto tempo, in certi casi. Ma il reato di omicidio non va in prescrizione.»

Crystal Raider sospirò. «Come fa ad andare avanti con quel punto interrogativo?»

«Si impara a metterlo da parte, a non pensarci finché non si è costretti.»

«Io non ci riesco.»

« È passato troppo poco tempo. »

Crystal sospirò di nuovo. « Posso fare qualcosa per lei? »

« Kissy lavorava in un Hooters, prima di entrare allo Stallion Club? »

« Non mi pare. Anzi... Forse sì. Forse si chiamava così. Ma ci è rimasta solo due settimane, più o meno. Si è licenziata per via di uno che la importunava. »

« Ed è andata a lavorare in un locale di strip-tease? »

Crystal mi rispose in tono gelido: « Allo Stallion Club Kissy si trovava bene. Si sentiva al sicuro. C'erano bodyguard e buttafuori che da Hooters invece non ci sono ».

« Mi scusi, non volevo essere offensivo. Cercavo soltanto di capire. »

Lungo silenzio, poi: « Okay ».

« Si ricorda in quale Hooters ha lavorato Kissy? »

« Non lo so. Era nella zona di Washington. Quanti ce ne possono essere? »

# 16

Per la cronaca, nella zona di Washington c'erano ben sette Hooters, compreso quello in Seventh Street, nella parte nordoccidentale del District of Columbia.

Io e Sampson ci andammo una sera afosa di giugno, ma quando mostrammo la foto di Kissy al direttore, ci rispose che non l'aveva mai vista. Lo pregammo di risalire al punto vendita in cui aveva lavorato, ma lui ci disse di rivolgerci alla sede centrale di Atlanta.

Erano quasi le sette di sera e quindi difficilmente avremmo trovato ancora qualcuno in ufficio. Decidemmo di fare un tentativo nelle sedi di Laurel e di Fairfax, dove eravamo certi che avevano lavorato le altre due vittime.

Alice Fox, la direttrice del ristorante di Laurel, riconobbe subito Samantha Bell. «Sì, certo. Ha un bambino piccolo. Gran lavoratrice. Perché mi chiedete di lei?»

«È stata uccisa in Florida.»

«Uccisa?» Alice Fox era inorridita. «Oh, mio Dio. Ma è orribile.»

«Già» risposi. «Perché si era licenziata?»

Fox aggrottò la fronte. «Aveva un problema con una persona, se ben ricordo.»

«Il suo compagno?»

«Qualche settimana prima di andarsene, cominciò a chiedere di essere accompagnata alla macchina perché c'era uno che la stalkerava.»

«Un cliente?»

Fox aggrottò di nuovo la fronte. «No, penso che se fosse stato un cliente me l'avrebbe detto.»

«Lo pensa o ne è sicura?»

«Mi spiace, ma non so dirvi più di questo» rispose.

«Grazie. Ci sta aiutando molto» le assicurai.

Mentre andavamo a Fairfax, scommettemmo sulle probabilità che ci fosse uno stalker anche nella vita di Althea Marks. Sampson lo dava tre a due.

Quando entrammo e vedemmo le cameriere in hot pants e maglietta aderente che servivano clienti maschi che se le mangiavano con gli occhi, esattamente come a Washington e a Laurel, pensai che forse avremmo dovuto darlo cinque a uno.

*Tra i porci che sbavano dietro le cameriere c'è sicuramente qualche stalker.* Mentre facevo questa riflessione, Sampson chiese di parlare con il direttore, Peter Mason, che ci ricevette e si scusò prima di dirci che non riconosceva né Kissy Raider né Althea Marks.

«La signora Marks ha lavorato qui» disse Sampson. «Lo ha specificato in un curriculum.»

«Quanto tempo fa?»

«Poco più di tre anni fa.»

Mason ci pensò su un momento ed ebbe un'illuminazione. «Ho preso dieci settimane di congedo parentale, tre anni fa. Chiedo a Stella, che lavora qui da tanto tempo quanto me.»

Stella era la vicedirettrice di notte e il nome Althea Marks non le diceva nulla, ma quando vide la foto, esclamò: «È Aly. Sì, sì, ha lavorato qui. Un mese e mezzo, o forse due. Bravissima».

«Come mai si è licenziata?»

Stella apparve subito a disagio. «Tutto a posto? Sta bene?»

«No» risposi. «È stata uccisa a Newport Beach, California, due anni fa.»

«Uccisa?» La donna era costernata. «Ossignore, allora aveva ragione!»

«Come, scusi?» domandai.

«Io avrei voluto offrirle più ore e una piccola promozione, ma lei un giorno è arrivata e mi ha detto che non si sentiva al sicuro, che voleva trasferirsi altrove. È partita e si è fatta spedire l'ultima busta paga a una casella postale in California.»

«Come mai non si sentiva al sicuro? Colpa di un cliente?»

Stella scosse la testa. «No, non credo. Non mi viene in mente nessun episodio. Vede, la vita è complicata per tutti, ma per una mamma single...»

Quando uscimmo dal ristorante erano quasi le dieci e Sampson avrebbe voluto interrompere le ricerche e tornare a casa.

«No, meglio continuare» risposi. «Tre su tre si sentivano minacciate, avevano qualcuno che le stalkerava. Ci resta solo da capire dove aveva lavorato Kissy.»

«Vuoi passare da tutti gli altri quattro Hooters dell'elenco *stasera*?»

«No, ancora uno e poi basta» dissi. «Proviamo a Chantilly e poi andiamo a casa.»

John non era del tutto d'accordo, ma alla fine dovette arrendersi: «Okay».

Fummo fortunati.

Carol Patrick, la direttrice dell'Hooters di Chantilly, riconobbe subito Kissy Raider nella foto che le mostrammo.

Sbiancò e disse: «Tutto bene? Vi prego, ditemi che non è successo niente a quella ragazza d'oro!»

# 17

Carol Patrick si sedette a un tavolo in fondo alla sala e scoppiò a piangere.

« Kissy diceva che era pazzo » ci riferì fra i singhiozzi. « Che glielo si leggeva negli occhi. Sentiva di dover scappare. »

Le chiedemmo di raccontarci tutto dal principio. Carol si ricompose e ci disse che a tormentare Kissy era un uomo sui trent'anni, molto ben vestito, che andava spesso a mangiare lì e chiedeva sempre di essere servito da lei.

« Una sera aveva provato a seguirla fino a casa » ci spiegò. « Lei se n'era accorta, aveva accelerato ed era riuscita a seminarlo, ma era rimasta terrorizzata e non se la sentiva di restare. »

« Come si chiamava quest'uomo? Lo sa? » domandò Sampson.

« Mike, credo. Ma non era sicura del nome neanche lei. Lo chiamava il viscido. »

« Mike » dissi, prendendo nota. « Non sa il cognome? »

« No. Mike il viscido, con lo sguardo vacuo e il toupet. »

« Pagava con carta di credito? » chiese Sampson.

« No, questo lo ricordo. Pagava in contanti e lasciava mance generose. »

« Ogni quanto veniva? »

« Kissy ha lavorato qui per meno di un mese. E lui sarà venuto quattro volte. »

« È tornato, dopo che Kissy si è licenziata? »

Carol ci pensò un momento. « Non saprei. Non controllo tutti quelli che entrano. »

« Ma sa chi era? Lo ha visto? »

« Sì. Due volte. »

«Lo ha guardato bene?» chiese Sampson. «Sarebbe in grado di aiutare uno dei nostri disegnatori a fare un identikit?»

«Penso di sì. Sì. E...» Sembrava che le fosse venuto in mente qualcosa.

«Ci dica.»

«Guardi, non so se... Ma penso dobbiate parlare anche con lei.»

Si alzò e poco dopo tornò con una ragazza con la divisa del locale, Marlene Rogers, poco meno di trent'anni, circa un metro e sessanta, bionda, carina, prosperosa.

«Sembra la sorella di Kissy, vero?» disse Carol. «L'ho sempre detto.»

Conoscevamo la sorella di Kissy ed era diversissima, ma la somiglianza fra Marlene Rogers e Kissy Raider, Althea Marks e Samantha Bell era innegabile. Avevano la stessa fisionomia.

«Diglielo, Marlene» la incoraggiò Carol Patrick. «Digli quello che hai raccontato a me la settimana scorsa.»

«Non so» disse lei, attorcigliandosi una ciocca di capelli intorno al dito. «Più che altro, è una sensazione.»

«Che tipo di sensazione?» chiesi pacatamente.

«Mi sento osservata. Come se qualcuno mi pedinasse.»

«Chi?»

«Non lo so per certo, ma giurerei che è uno che è venuto a mangiare qui un mese e mezzo fa, più o meno. Forse anche di più.»

«Ben vestito? Con il toupet?» chiese Carol.

Marlene Rogers aggrottò la fronte. «No, niente toupet. Pelato. Alto, magro. Sì, ben vestito.»

«Avete parlato?» chiese Sampson.

«Mi ha fatto domande personali, sulla mia vita.»

«Per esempio?»

«Se ero sposata, se avevo figli.»

«E lei?»

«Sono vedova e ho un figlio, Eddie. Mio marito è morto in Iraq.»

« Quanti anni ha Eddie? » chiesi.

« Quattro. »

Marlene Rogers era bionda e prosperosa, single con un bambino piccolo.

Si sforzò di ricordare altre caratteristiche di quel cliente inopportuno e disse che si era sentita a disagio ogni volta che lui la chiamava al tavolo, perché la fissava con un sorriso a trentadue denti. « E gli occhi erano di un colore strano. Troppo azzurri per essere veri. Secondo me, portava lenti a contatto colorate. »

Marlene non ricordava il giorno esatto in cui il tipo era andato a mangiare lì, ma era sicura che fosse passato almeno un mese. Carol Patrick ci spiegò che purtroppo le riprese delle videocamere di sorveglianza del ristorante venivano conservate trenta giorni e poi cancellate. Era una politica aziendale.

Anche la cameriera si dichiarò disponibile per un identikit.

« Grazie. Penso sarà molto utile » dissi. « Posso farle un'ultima domanda? »

« Certamente. »

« Quando è stata l'ultima volta che si è sentita osservata o pedinata? »

« Ah, guardi, tutti i giorni da quella volta. Non ho più smesso di guardarmi le spalle. »

Le porgemmo i nostri biglietti da visita e la pregammo di contattarci immediatamente, se l'uomo in questione si fosse ripresentato al locale o l'avesse importunata altrove.

« Mi raccomando, non si faccia scrupoli » dissi. « Chiami pure a qualsiasi ora del giorno o della notte. »

Per tutto il tragitto fino a casa e anche dopo che mi fui messo a letto, non feci altro che pensare che, sempre che si trattasse dello stesso uomo, lo stalker di Marlene Rogers e Kissy Raider doveva essere un vero predatore.

E che difficilmente avremmo trovato un'esca migliore di Marlene Rogers.

# 18

La sera successiva io e Sampson ci appostammo davanti all'Hooters di Chantilly a bordo di un'auto civetta, in attesa che Marlene Rogers finisse il suo turno.

Aspettavamo un uomo alto, magro e pelato, oppure alto e magro con il toupet, ma non arrivò nessuno che corrispondesse a quella descrizione. Mi venne il dubbio che Marlene Rogers si sentisse osservata o pedinata per un riflesso condizionato.

Era una possibilità che non potevo escludere. Qualche mese prima ero stato a un seminario ai cui partecipanti era stato chiesto di alzare la mano se si erano sentiti minacciati fisicamente o psicologicamente nel mese precedente. Su duecento uomini, avevano alzato la mano in quattro. Su duecento donne, l'avevano alzata in centosettanta o giù di lì.

Ero rimasto scioccato e avevo preso coscienza delle difficoltà che incontrano le donne nella vita quotidiana. Decisi che Marlene Rogers doveva aver subito abbastanza molestie sessuali per valutare l'effettiva pericolosità di certi comportamenti. Se affermava di essere seguita, per me era credibile.

Verso le nove la vedemmo uscire dal ristorante, senza divisa e con una sacca pesante in spalla. Salì sulla sua Toyota Prius e uscì dal parcheggio. Gli unici a seguirla eravamo noi.

«Va dalla madre a prendere il figlio» dissi. «Andiamo direttamente a casa sua e accertiamoci che entri nel portone senza problemi. A quel punto torniamo a casa anche noi.»

«Va bene» disse Sampson.

Marlene Rogers abitava in un condominio vicino al

Walmart Supercenter nei pressi della I-66. Parcheggiammo dall'altra parte della strada, a circa un isolato di distanza.

Controllai con il binocolo le auto ferme lungo la via, ma mi sembrarono tutte vuote. Marlene arrivò dieci minuti dopo, lasciò la Prius nel posto dove parcheggiava di solito, a pettine, davanti a una siepe di cipresso, e si avviò verso il portone con il figlio addormentato in braccio.

Aspettammo qualche minuto e stavo per proporre a John di andare a casa, quando vedemmo Marlene uscire di nuovo dal palazzo e correre verso la macchina, aprire la portiera, infilare dentro la testa, prendere la borsa e sistemarsela a tracolla.

Prima che rientrasse nel portone, dalla siepe si staccò un'ombra, che mosse due passi verso di lei e la afferrò alle spalle.

# 19

Era un uomo alto e pesava almeno quaranta chili più di Marlene Rogers. Le tappò la bocca con una mano coperta da un guanto e le strinse l'altro braccio intorno al collo.

Mentre lui cercava di trascinarla via, scendemmo di corsa dalla macchina e ci lanciammo verso di loro. Quando raggiungemmo l'auto di Marlene, il suo aggressore l'aveva già portata oltre la siepe.

Li seguimmo a pistole spianate e ci ritrovammo su un prato dietro il parcheggio di un altro condominio, più grande di quello in cui abitava Marlene.

L'uomo era a una cinquantina di metri da noi, vestito di nero dalla testa ai piedi, il volto coperto da un passamontagna. Marlene aveva smesso di divincolarsi e l'uomo la stava trascinando verso un furgone beige. Facemmo uno scatto, io un po' più lento e affaticato di Sampson, ma deciso a non mollare.

L'uomo, che non ci aveva ancora visto, si voltò per cercare di caricare Marlene sul retro del furgone, ma lei puntò i piedi e si buttò all'indietro, facendogli perdere l'equilibrio. Con la bocca di nuovo libera lanciò un urlo e poi gli diede una gomitata nelle costole.

L'uomo gemette, poi imprecò e infilò una mano dentro il furgone.

«Polizia!» gridò Sampson, sbucando fra due auto parcheggiate a una trentina di metri di distanza e puntando l'arma contro l'uomo. «Lasciala andare!»

L'uomo puntò una Glock alla testa di Marlene e senza la

minima emozione disse: « Sei tu che devi lasciare andare me, se non vuoi che la ammazzi ».

« Lasciala andare! » gridai da un'altra angolazione.

« Fermi dove siete o le sparo » minacciò l'uomo. « Non ho niente da perdere. Giuro, le sparo anche senza alcun motivo. »

Prima che avessimo il tempo di rispondere, risuonarono due colpi di pistola.

Io e Sampson ci gettammo a terra.

Inutilmente.

Non era stato l'aggressore di Marlene a sparare. Il primo proiettile lo aveva colpito alla spalla destra, mettendolo fuori combattimento, e il secondo appena sopra, nel collo.

Si accasciò come una bambola di pezza, mollando la presa su Marlene e sulla pistola, e cadde mezzo dentro il furgone e mezzo fuori.

Marlene Rogers scappò via urlando. Ancora in ginocchio, cercai di fermarla. « Tutto okay? »

« No, mio figlio! » mi rispose in preda al panico. « Devo andare a vedere come sta Eddie! »

Mi superò e corse verso la siepe singhiozzando istericamente.

Io e Sampson ci rialzammo e ci mettemmo in posizione di tiro, attentissimi, le pistole puntate nel buio, verso il punto da dove erano arrivati gli spari.

L'agente speciale dell'FBI Kyle Craig comparve come dal nulla, la pistola d'ordinanza lungo il fianco, la mano sinistra aperta con il palmo in su, in segno di saluto e di resa.

# 20

«Meno male che sono arrivato al momento giusto» disse Craig, più pragmatico che spocchioso. «Altrimenti la povera signora sarebbe morta. O lei o uno di voi due.»

Abbassammo la pistola sbigottiti.

«Gesù, Kyle» disse Sampson. «Da dove sei spuntato?»

«Ero lì dietro» rispose avvicinandosi al cadavere. «Stavo seguendo questo tizio, anche se non sapevo quali fossero le sue intenzioni.»

«Un momento» dissi. «Stavi seguendo lui?»

«Sì, da ieri sera.»

«Sai chi è?»

«Certo che sì» rispose Craig rimettendo la pistola nella fondina. Prese una torcia, la puntò sul morto e gli tolse il passamontagna. «Quello che sta tanto simpatico a Sampson.»

Guardammo a bocca aperta Bernard Mountebank, il proprietario de La Cravate, che ci aveva fatto perdere tempo indirizzandoci verso la persona sbagliata.

«Che cosa?!» Sampson era stupefatto.

«Visto?» Craig gongolava compiaciuto.

Sentendo le sirene della polizia in lontananza, di sicuro chiamata da qualcuno che aveva udito gli spari, chiesi: «Che cosa avevi contro di lui?»

«Ho capito sin dal primo momento che era marcio. L'ho fiutato subito. E quando ci ha indirizzati dal vecchietto in pasticceria i miei sospetti sono aumentati. Ho fatto una piccola ricerca e ho scoperto che il suo vero nome non è Bernard Mountebank e che non è inglese. In realtà si chiamava Gerald

St. Michel, era delle Isole Vergini britanniche ed era indagato per reati sessuali, commessi soprattutto ai danni di turiste.»

Ci spiegò che St. Michel era entrato negli Stati Uniti con una green card ottenuta sposando una donna della Virginia cui aveva tenuto nascosto il proprio oscuro passato, così come lo aveva tenuto nascosto al suo socio, Nathan Daniels, e non ne aveva fatto menzione sulla richiesta di permesso di soggiorno.

Nei database dell'FBI Craig aveva trovato i documenti che attestavano il cambio di nome un anno prima del trasferimento. Attraverso i suoi contatti alle Isole Vergini, Craig era riuscito a parlare con un ispettore della polizia locale.

«Non sapeva che St. Michel aveva ottenuto la cittadinanza statunitense» disse. «Le autorità delle Isole Vergini non erano state contattate, altrimenti avrebbero informato quelle statunitensi che St. Michel era indagato per molestie e violenza.»

Stando all'ispettore delle Isole Vergini, nell'arco di sette anni St. Michel aveva rapito cinque giovani donne, le aveva tenute prigioniere e violentate per tre giorni, le aveva sedate e infine liberate.

«Aveva sempre il volto coperto» disse Craig indicando il passamontagna vicino al cadavere. «E stava attento a eliminare ogni traccia di sé dal corpo della vittima. Il collega delle Isole Vergini, però, era sicuro che fosse colpevole.»

«Credi che sia l'assassino di Kissy Raider?» chiese Sampson.

«Lo trovo molto probabile» rispose Craig.

Presi la torcia e illuminai il retro del furgone. C'era un kit pronto per ogni evenienza: nastro adesivo per legare e imbavagliare la vittima, e un paio di manette appese a un gancio saldato alla parete del furgone.

«Era preparato. Sono le stesse modalità usate con Kissy Raider» disse Sampson.

«Non sono d'accordo» obiettai. «Kissy Raider era legata con una corda di nylon a quattro occhielli.»

«Be', più o meno...» disse Craig.

«Non so» ribattei, aprendo la portiera dalla parte del passeggero.

La luce di cortesia era spenta, e dovetti usare la torcia per controllare sotto i sedili, sul cruscotto e dentro il vano portaoggetti.

Poi, mentre arrivava il primo dei mezzi dello sceriffo della contea di Fairfax, controllai anche le tasche di St. Michel. Niente.

«È lo stesso uomo?» chiese Sampson appena mi feci da parte.

«Non saprei» risposi. «Qui non c'è candeggina. E, soprattutto, dov'è la cravatta con cui avrebbe dovuto strangolarla?»

# 21

*Oggi*

Alla fine misi via le carte e scesi dalla mansarda per tornare a letto. L'indomani, dopo cinque ore scarse di sonno, ricevetti un certo numero di pazienti nel mio studio nel seminterrato, ma fra una seduta e l'altra mi ritrovai a ripensare al passato, e in particolare alla sera in cui Kyle Craig era spuntato dal nulla e aveva sparato a Gerald St. Michel.

*Sul furgone non c'erano occhielli, non c'era corda di nylon, non c'era candeggina, non c'erano cravatte.*

Erano passati dodici anni, ma quelle discrepanze continuavano a turbarmi e il dubbio che St. Michel non fosse lo stupratore assassino che stavamo cercando tornò a tormentarmi come quella sera, quando ero andato via dalla scena del crimine.

Ma, come ripeteva Sampson, St. Michel aveva aggredito una donna bionda, giovane, mamma single di un bambino piccolo, che lavorava da Hooters. Quante probabilità c'erano che esistessero due serial killer che prendevano di mira lo stesso tipo di donna? Poche, e il fatto che per un po' non si fossero più verificati episodi simili mi aveva indotto a mettere da parte i miei dubbi.

Poi una giovane donna era stata aggredita a tarda notte a Falls Church, Virginia. Uno sconosciuto le aveva legato i polsi con una cravatta e l'aveva caricata a bordo di un furgone, ma lei era riuscita a scappare quando lui si era fermato a un semaforo, e aveva fornito alla polizia una descrizione sommaria del suo assalitore.

Ero immerso nei miei pensieri e quando sentii bussare alla porta feci un salto sulla sedia.

«Sì?» chiesi perplesso: per quel giorno non avevo altre sedute.

«Alex? Ho fatto i brownie» disse mia nonna aprendo la porta. «Ali è tornato da scuola.»

*Brownie.* Guardai l'ora: le quattro e mezzo. L'ora ideale per la merenda.

«Arrivo subito» promisi, e chiusi il portatile.

Quando entrai in cucina, mi avvolse un profumo paradisiaco.

«Non aprire il forno» disse Nana. «Ho messo il timer.»

«Lungi da me» risposi, e mi versai un bicchiere di succo d'arancia. In realtà morivo dalla voglia di aprire il forno e godere dell'aroma dei brownie di mia nonna, fatti con tre tipi diversi di cioccolato e granella di noci e pistacchi.

Ali entrò in cucina e posò lo zaino sul piano di lavoro. «Ciao, papà. Quanto manca, Nana?»

«Dieci minuti. Siamo in grado di pazientare per dieci minuti?»

Ali stava già per protestare, ma intervenni io: «Regola numero uno: sta' a sentire Nana. Regola numero due: vedi regola numero uno».

«Mi sembra un ottimo consiglio» approvò mia nonna, avvicinandosi al forno. Si accucciò e scrutò dentro.

Suonarono alla porta.

«Vado io!» disse Ali, e uscì di corsa dalla cucina.

Stavo già pensando di tornare nel mio studio a finire la nota che stavo scrivendo su uno dei miei pazienti e chiedere a Nana di mandarmi giù un brownie quando fossero stati pronti, ma sentii Ali che diceva: «Buonasera, capitano Abrahamsen!»

«È quel signore gentile che ha dato un passaggio ad Ali quando gli si è rotta la bicicletta?» chiese Nana.

« Sì » risposi, e andai a salutarlo. Era fuori dalla porta, in divisa, e parlava con Ali attraverso la zanzariera. Quando mi vide, si mise sull'attenti.

« Signor Cross » disse con un sorriso.

« Capitano » risposi. Guardai Ali. « Non lo fai entrare? »

Ali aprì la porta.

Abrahamsen aveva un badge per il Pentagono e uno per il Campidoglio. Ci mostrò una borsa di plastica, entrò in casa e disse: « Avevo una riunione a Capitol Hill e ho pensato di fare un salto a portare questi ad Ali. Sono extra che potrebbero essergli utili ».

Ali prese il sacchetto e ci guardò dentro. « Wow! »

Conteneva uno pneumatico, una pompa da bicicletta, una camera d'aria e un kit di riparazione.

Il capitano sorrise ad Ali e poi guardò me. « Se va in giro da solo, è meglio che si porti dietro un kit. »

« Giusto » risposi. « Ali, lo sai usare? »

Mio figlio si strinse nelle spalle. « Più o meno. Ho visto un tutorial su YouTube. »

« Ho venti minuti. Vai a prendere la bici, ti insegno come si fa » propose Abrahamsen.

« Non è che si sporca la divisa? » chiese Ali.

« Il lavoro sporco lo fai tu, non io! »

Ali mi guardò e io gli feci cenno di sì. Scese i gradini due alla volta e scomparve dietro l'angolo.

« Vorrei avere la sua energia » disse Abrahamsen, e rise. « Mi ricorda Willis, il mio fratellastro. Anche lui ha dieci anni. »

Prese il portafoglio, frugò per qualche istante e tirò fuori una foto che lo ritraeva vicino a un ragazzino biondo con la divisa della Little League.

« Dove abita? » chiesi, vedendo le palme sullo sfondo.

« Nel Sud della California » rispose Abrahamsen. « Con mio padre e la sua seconda moglie. Gli voglio un bene dell'anima. »

« Che lavoro fa nell'Esercito? »

«In questo periodo?» chiese. «Ufficiale di collegamento, più che altro. Fra Pentagono e Campidoglio.»

«E va in bici.»

Il capitano sorrise. «Fra le mie mansioni ci sono effettivamente tre allenamenti alla settimana.»

«Militare di carriera, quindi?» gli chiesi. Ali intanto era tornato, con la bici sulla spalla.

«Se il lavoro continua a piacermi, è probabile, sì.»

«Capitano?» lo chiamò Ali.

«Arrivo» disse lui. «Posso usare il bagno?»

«Certo» risposi. «In fondo al corridoio, oltre la cucina, a sinistra.»

«Grazie» rispose Abrahamsen, che mi superò e rischiò di finire addosso a Nana, che era spuntata all'improvviso con un piatto di brownie caldi.

«Gradisce, capitano?» chiese.

Abrahamsen rise. «Lei deve essere Nana.»

«Esatto» risposi. «Il capitano voleva andare in bagno.»

«In fondo a sinistra. Vi lascio qui il piatto.»

Mi squillò il cellulare. Era l'agente speciale dell'FBI Ned Mahoney. «Ciao» dissi.

«Prepara la valigia» disse Mahoney. «Ci vediamo all'aeroporto Reagan.»

# 22

Quattro ore dopo, io e Mahoney posteggiammo davanti a una splendida villa di Shaker Heights, Ohio.

Da trentasette ore non si avevano più notizie di Diane Jenkins, quarantadue anni, madre di due bambine. Melvin, il marito, titolare di una catena di centri di assistenza domiciliare, aveva incominciato a preoccuparsi quando la moglie non si era presentata a scuola a prendere le figlie. Sia le bambine sia lui avevano provato a chiamarla più volte sul cellulare, ma scattava subito la segreteria telefonica.

Melvin Jenkins era andato alla polizia la sera stessa e si era sentito dire che per denunciare la scomparsa di una persona bisognava che fossero passate almeno ventiquattr'ore.

A Jenkins era venuto in mente che la moglie aveva sottoscritto un abbonamento OnStar per la sua Cadillac e aveva scoperto così che il veicolo si trovava di fronte a un caseggiato di edilizia popolare a North Royalton, a quasi venticinque chilometri da casa, dove la donna non avrebbe avuto alcuna ragione di andare.

Si era recato sul posto e aveva trovato soltanto la carcassa dell'auto, smontata per rivenderne le parti.

Poi Jenkins aveva ricevuto la telefonata di qualcuno che con la voce camuffata gli aveva detto che, se voleva rivedere la moglie sana e salva, doveva pagare un riscatto di cinque milioni di dollari in una criptovaluta chiamata Ethereum. Gli aveva dato quarantotto ore di tempo e lo aveva diffidato dal denunciarlo alle forze dell'ordine.

Jenkins aveva subito chiamato l'FBI. Era riuscito a registrare la telefonata del rapitore e la trascrizione del colloquio era arrivata sulla scrivania di Mahoney, che aveva deciso di partire subito.

E così in quel momento ci trovavamo davanti alla porta di casa Jenkins.

Bussammo e ci aprì un'agente speciale FBI di Cleveland, Andrea Rowe.

Melvin Jenkins era sui cinquanta, correva la maratona e aveva un fisico nervoso e la faccia stravolta. Ma era lucido, attento e diretto.

L'ultima persona ad aver visto Diane era l'amica con cui aveva pranzato a Shaker Heights, in centro, che era depressa perché aveva da poco perso il marito in un incidente stradale. Si erano salutate con la promessa di rivedersi la settimana successiva.

«Dice che Diane era diretta in biblioteca: mia moglie fa parte del consiglio di amministrazione. Poi sarebbe andata a prendere le bambine a scuola» disse Jenkins. «Ma in biblioteca non è mai arrivata.»

«A che ora è stato spento il cellulare?» domandai.

«Alle 14.32, cioè quattro minuti dopo che è uscita dal ristorante» rispose l'agente Rowe.

«Dove è stato spento?» chiese Mahoney.

«Nei pressi della Brecksville Reservation, un parco naturale vicino a dove è stata ritrovata l'auto.»

«Ci andava spesso?» chiese Mahoney.

«In che senso? È un posto in cui si va a camminare. Ci andiamo tutti» rispose Jenkins.

«Sua moglie non le aveva detto che aveva intenzione di andarci, però?»

«No.»

«Ci fa sentire la registrazione della richiesta di riscatto?»

Jenkins annuì e tirò fuori dalla tasca lo smartphone. Digitò qualcosa sullo schermo e dopo un attimo sentimmo una voce androgina distorta digitalmente.

«Tua moglie è viva solo grazie a me, Melvin» diceva.

«Chi parla?» chiedeva Jenkins.

Breve pausa, poi la risposta: «Se vuoi, puoi chiamarmi M».

# 23

*Se vuoi, puoi chiamarmi M.*

Era per questo che Mahoney e io ci eravamo imbarcati sul primo volo per l'Ohio. Non riuscivo a togliermi dalla testa quelle parole, specie dopo aver sentito piangere Diane Jenkins nel seguito della telefonata e supplicare il marito di pagare il riscatto.

« Cinque milioni di dollari in Ethereum? » chiese Mahoney.

« Sono dovuto andare a cercare su Internet » disse Jenkins. « È una delle tante criptovalute che ci sono in giro. Per comprarle, bisogna fare una trafila che dura quasi un mese. »

« È vero. Non è possibile ottenere l'equivalente di cinque milioni di Ethereum nei tempi imposti dal rapitore » disse l'agente Rowe.

« A meno che non intervenga qualcuno del dipartimento del Tesoro ad accelerare la pratica » rimarcai.

Mahoney disse: « In genere scoraggiamo il pagamento del riscatto, ma se vuole posso chiedere. Lei, signor Jenkins, ha le risorse per pagare? »

« Non ho la liquidità necessaria, no » rispose lui e, dopo un attimo di esitazione, aggiunse: « Ma posso ottenerla grazie alla linea di credito di cui dispone la mia società. In pratica mi faccio fare un prestito e poi lo restituisco. »

« Provo a telefonare. Sappiamo quale piattaforma di trading usare? »

« Kraken? » suggerì Jenkins.

Ned annuì e uscì dalla stanza. Jenkins mi guardò e disse:

«Posso offrirle un caffè, dottor Cross? Stavo proprio per prepararlo».

«La accompagno» dissi. «Sono stato fin troppo tempo seduto.»

Lo seguii lungo uno stretto corridoio con tante foto appese alle pareti: Jenkins con i figli e con la moglie, che era bruna, graziosa e aveva un bel sorriso sincero. Mi fermai a osservarne una che la ritraeva su uno scoglio, davanti a un mare tropicale.

Aveva l'aria felice e non riuscii a fare a meno di pensare: *Perché per lei M chiede il riscatto? Non lo ha mai fatto. Tutto a un tratto ha bisogno di soldi?*

«In quella foto è bellissima, vero?» disse Melvin Jenkins. «Era così felice... Siamo alle Fiji. Diane sognava una vacanza alle Fiji da sempre.»

«Ha scattato lei la foto?»

Jenkins annuì.

«Si vede che Diane la guarda con amore» dissi.

Jenkins si commosse. Annuì e si voltò dall'altra parte, tirando su con il naso.

Entrammo nella cucina, che aveva soffitti bassi, travi a vista e una bella atmosfera. Jenkins parve rasserenarsi un po'. Preparò il caffè.

Il mio smartphone emise uno strano trillo. Lo presi e vidi un messaggio: *Ciao, papà!*

E subito dopo lo vidi sparire. Aggrottai la fronte e mi rimisi in tasca il telefono.

«Lei è sposato, dottor Cross?» mi chiese Jenkins versando il caffè in una tazza.

«Sì.»

«Ha figli?»

«Tre» risposi. «Le sue bambine dove sono?»

«Da mia sorella. Non volevo che stessero qui. Se la notizia del rapimento viene fuori, i giornalisti arriveranno in massa. Voglio proteggerle.»

«Capisco. Ci sono passato in prima persona: ti mangiano vivo.»

«Lo so, lo so» rispose Jenkins. «Diane ha lavorato come giornalista radiotelevisiva per un po', ma poi ha smesso perché l'ambiente la disgustava.»

«Una donna tosta, quindi.»

«Altroché!» replicò con un sorriso che subito si spense. «Che cosa sapete di questo M? Ha già rapito altre persone? Compare nei vostri database?»

«Sì» risposi.

«Okay» disse lui illuminandosi. «E negli altri casi le ha liberate?»

Non volevo che perdesse le speranze. Aveva davanti giorni difficili e doveva essere forte. Non volevo scoraggiarlo.

Alla fine, però, gli dissi la verità. Per esperienza so che mentire, anche a fin di bene, in qualche modo ci si ritorce sempre contro. E comunque Jenkins aveva il diritto di sapere con chi aveva a che fare.

Terminai il mio racconto e lui restò in silenzio a fissare prima il pavimento, poi il soffitto.

«L'ha progettata Diane» disse, indicando la stanza. «Voleva una cucina come quella di sua nonna, in campagna, dove aveva passato i momenti migliori dell'infanzia.»

«È molto bella» commentai.

«Anche a me piace un sacco» disse Jenkins, ma gli si incrinò la voce. «Le mie figlie... Che cosa racconto alle mie figlie?»

Abbassò la testa, in lacrime.

«Signor Jenkins, cerchi di rimanere positivo» gli dissi, posandogli una mano sulla spalla. «Non possiamo escludere che M stavolta si comporti in modo diverso.»

Jenkins si irrigidì. «Lo fa contro di lei, vero, dottor Cross? È a lei che lascia i messaggi, giusto? Probabilmente sapeva che si sarebbe occupato anche della scomparsa di Diane.»

«È possibile, sì.»

«Quindi mia moglie è una pedina nel vostro gioco perverso.»

«Non è un gioco che ho sottoscritto. Ci sono stato tirato dentro contro la mia volontà.»

«Va avanti da dodici anni, dottor Cross!» ribatté lui. «Qual è il motivo? Perché ce l'ha con lei?»

«Non lo so.»

Il mio smartphone emise lo stesso trillo di poco prima.

Restai immobile.

«Ucciderà mia moglie per fare un dispetto a lei?» chiese Jenkins.

«Non le so rispondere. Ma questa è la prima volta che chiede denaro. È positivo: il denaro è tracciabile.»

«Non le criptovalute!» replicò Jenkins. «Mi sono informato: non sono tracciabili. Motivo per cui la Cina le ha proibite.»

«Non è facile tracciarle, ma non è impossibile» precisai. «Stanno arrivando alcuni esperti informatici da Quantico. Se c'è qualcuno in grado di tracciare i soldi di un riscatto, sono loro.»

Terzo trillo.

«Mi scusi» dissi. Uscii nel corridoio e presi lo smartphone appena in tempo per leggere: *Sono io, papà! Vai su Wickr e rispondimi. Giochiamo alle spie! Ali.*

# 24

La sera successiva, all'approssimarsi della scadenza dell'ultimatum, dovetti fare uno sforzo per trattenere l'irritazione estrema che mi aveva provocato il fatto che Ali avesse scaricato una app sul mio cellulare senza chiedermi il permesso.

Avevo controllato Wickr su Internet e avevo visto che non aveva nulla di illegale, ma avevo sgridato mio figlio, dicendogli di non azzardarsi mai più a scaricare app sul mio smartphone senza permesso e mettendo bene in chiaro che non avrei « giocato alle spie » durante l'orario di lavoro. Ali aveva promesso di non farlo mai più e, dopo un breve scambio di messaggi « segreti » a colazione, mi ero concentrato completamente sul caso Diane Jenkins.

Ci avevano raggiunto il consulente esterno dell'FBI Keith Karl Rawlins, eccentrico genio dell'informatica, e l'agente speciale Henna Batra. Avevo già lavorato con loro e li trovavo un duo formidabile. Quella sera, nella cucina dei Jenkins, ero abbastanza ottimista riguardo alla possibilità di arrivare a M e ritrovare Diane Jenkins.

Rawlins, che era soprannominato Krazy Kat, abbreviato in KK, indossava un paio di parachute pants verdi, sandali e una camicia con ricami dello stesso viola dei suoi capelli. O, meglio, di alcuni ciuffi di capelli. L'FBI gli perdonava queste stravaganze perché, forte di due dottorati di ricerca a Stanford e uno al MIT, era un vero mago dei computer.

« Faremo in tempo? » chiese Mahoney guardando l'orologio alla parete della cucina dei Jenkins.

Rawlins era seduto alla penisola e si mordeva un labbro, guardando i monitor di tre portatili e uno schermo più grande.

«Se la teoria del ritorno alla media è valida, la chance c'è» dichiarò.

Vicino a lui era seduta l'agente speciale Batra, una trentenne minuta che disse con un lieve sbuffo: «Se il pagamento fosse cash, okay. Le criptovalute sono un cambiamento di paradigma».

«Cambiamento di paradigma?» sbuffò a sua volta Rawlins. «Sei rimasta al 2000, Batra?»

«Guarda, secondo me potrebbero essere ovunque» gli rispose lei spazientita.

I dati storici dell'FBI, a partire dagli anni Venti, evidenziavano che gli autori di sequestri di persona a scopo di estorsione tendevano a rimanere nelle vicinanze del luogo del rapimento. Le spiegazioni date dai colpevoli una volta catturati erano molteplici, a cominciare dal fatto che un lungo viaggio in macchina con un ostaggio a bordo era rischioso e conveniva nasconderlo al più presto.

Non allontanarsi eccessivamente dalla casa della vittima era utile anche ai fini del pagamento del riscatto. Ma con le criptovalute questo aspetto diventava irrilevante.

Ciononostante Rawlins aveva piazzato un certo numero di trappole digitali nella rete mobile intorno a Cleveland e nel parco naturale dove risultava essersi spento il telefono di Diane Jenkins, e aveva nascosto dei bug di tracciamento digitale nei metadati relativi alla criptovaluta Ethereum.

L'iPhone di Jenkins vibrò e squillò. Sullo schermo apparve la scritta: UTENTE SCONOSCIUTO, NUMERO SCONOSCIUTO.

«Ci siamo» dissi infilandomi le cuffie wireless collegate al telefono di Jenkins.

«Pronto?» disse Jenkins.

La voce era la stessa dell'altra telefonata: piatta, senza inflessioni, né maschile né femminile.

« Hai le mani pulite, Jenkins? »

« Non capisco. »

« Hai avvertito l'FBI? »

« Mi hai detto di non farlo. »

« Rispondi alla domanda. »

« No. »

« È una bugia, Jenkins. »

« No, no. Io... »

A quel punto intervenne un'altra voce, non camuffata: Diane Jenkins. Gridò: « No, Melvin, no! Che cos'hai fatto? »

Poi si sentì un rumore forte, un colpo come di una porta che sbatte. Diane Jenkins non parlò più.

« Quello che hai appena sentito era il rumore di fede nuziale e anello di fidanzamento che venivano via dalla mano di tua moglie, sai? Insieme al dito. »

Jenkins inorridì.

« Ho i soldi! » gridò. « Ethereum. Non era questo che mi avevi chiesto? Dimmi dove li devo mandare. Dammi il numero di conto. »

Trascorsero diversi secondi prima che M dicesse: « Cross? Ci sei anche tu, vero? »

Chiusi gli occhi. Era la prima volta che mi rivolgeva la parola in dodici anni. Quella che sentivo non era la sua vera voce, ma speravo di riuscire comunque a capire le sue intenzioni.

« Sono qui, sì. »

Fece un sospiro compiaciuto. « Ci avrei giurato. »

Non replicai.

Rise. « Buffo, no? Dopo tanto tempo, finalmente ci parliamo. Come due amici di penna che si scrivono per anni e pur non essendosi mai visti si conoscono benissimo. Non trovi, Cross? »

« La comunicazione è stata unilaterale, finora. »

« Per certe cose vale la pena aspettare, prepararsi. Certe cose vanno pregustate. Ci siamo, Alex. Finalmente stiamo parlando. »

« Il signor Jenkins ha il denaro. Lo vuoi o no? »

« Certo che sì » rispose. « Le regole sono queste. Se ci avete messo qualche bug di tracciamento, toglietelo immediatamente. Ti avverto, Cross: me ne accorgo subito. Una volta ricevuti i soldi, vi dirò dove potete trovare la signora. »

Dettò un codice alfanumerico di sedici caratteri.

« Mandate la criptovaluta a questo conto tramite Kraken entro un'ora. Se alle 22.00 ora della East Coast i soldi non ci sono, be', condoglianze, signor Jenkins. E con te, Cross, alla prossima. »

Fine della telefonata.

Guardammo tutti Rawlins, che aveva gli occhi che guizzavano da uno schermo all'altro.

« Allora? » chiese Mahoney. « L'hai localizzato? »

« Sto togliendo i bug più ovvi » disse.

« Non è qui nei dintorni, lo sapevo » disse Batra.

Dal portatile vicino a me si udì un trillo. Rawlins finì di digitare un comando, lanciò una rapida occhiata allo schermo e batté le mani.

« Mi spiace, Batra: ho ragione io. È qui nei dintorni, invece. »

# 25

La fattoria di trentasei ettari del signor Schulte era a circa un chilometro da Mennonite Road, vicino a Mantua, Ohio, e distava una trentina di chilometri dal luogo in cui era scomparsa Diane Jenkins. M era rimasto al telefono il tempo necessario perché Rawlins localizzasse il suo cellulare usa-e-getta. Aveva chiamato da quella fattoria.

Io e Mahoney avevamo lasciato l'agente speciale Batra a controllare il trasferimento della criptovaluta ed eravamo partiti alla volta di Mantua. Avevamo chiamato altri agenti in modo da poter circondare la proprietà, ma quando accostammo lungo Mennonite Road e spegnemmo le luci i rinforzi erano ancora a mezz'ora buona di distanza.

Guardai l'ora: le 21.44. Mancavano sedici minuti alla scadenza dell'ultimatum.

Mahoney chiamò Batra e la mise in vivavoce.

«Fra quanto tempo faccio partire i soldi?» chiese Batra.

«Alle dieci meno due minuti» rispose lui.

Scendemmo dalla macchina, indossammo giubbotto antiproiettile e visore notturno, prendemmo un fucile semiautomatico ciascuno e ci incamminammo verso quella che fino a tre anni prima era una fattoria in cui si allevavano bovini. Alla morte di Schulte, nessuno dei figli aveva voluto portare avanti l'attività.

La proprietà era stata frazionata e messa in vendita per una cifra astronomica e da allora era disabitata. Avevamo scoperto queste informazioni su un sito di inserzioni immobiliari, Zillow.com.

«Ha trovato il posto perfetto» dissi. «Isolato abbastanza perché nessuno senta le urla dell'ostaggio, e con gas e corrente elettrica, visto che le utenze sono ancora attive.»

«Non è uno stupido» commentò Mahoney prima di scavalcare il cancello.

Lo imitai e, una volta all'interno della proprietà, accendemmo i visori notturni. Raggiungemmo velocemente la casa, che era buia.

«Il denaro è partito» annunciò Batra all'auricolare.

«Il che significa che fra poco si muoverà» disse Mahoney.

Rimanemmo a guardare la fattoria per venti minuti, poi Batra ci aggiornò: «Ha ricevuto i cinque milioni e Rawlins dice che li ha già divisi e trasferiti altrove. Per fortuna, lui continua a monitorarne il flusso.»

«Andiamo» disse Mahoney.

Corremmo verso la porta della casa con il fucile spianato e la trovammo aperta. Entrammo e percorremmo il corridoio centrale, sul quale si aprivano diverse stanze con i mobili coperti da teli di plastica e una cucina vuota.

Pensando ai rumori che avevamo sentito per telefono, ipotizzammo che Diane Jenkins fosse tenuta prigioniera in cantina o nel fienile. Controllammo entrambi senza trovare nulla.

Non ci raccapezzavamo, ma in una presa elettrica della camera da letto principale trovammo inserito un piccolo dispositivo con una spia lampeggiante, che Rawlins ci confermò essere un ripetitore.

Con il cellulare usa-e-getta M aveva chiamato quel ripetitore, che a sua volta aveva inoltrato la chiamata a noi. Mentre tornavamo verso la macchina, incominciò a piovere forte.

«Lo stronzo ci ha fregato» disse Mahoney.

«E alla grande» risposi, avvicinandomi alla portiera dal lato passeggero. «Speriamo che abbia detto la verità, quando ha promesso di liberarla al ricevimento dei cinque milioni.»

Mahoney aprì con il telecomando. Non appena si accese la luce nell'abitacolo, vedemmo le macchie sul sedile posteriore.

Era sangue. Nell'auto c'erano un dito mozzato, con un anello di fidanzamento e la fede nuziale, e una testa di donna con il viso coperto dai capelli scuri.

# 26

Mi venne da vomitare e dovetti voltarmi un momento per riprendermi.

«Questa macchina e la zona circostante fanno parte della scena del crimine» dichiarai una volta ritrovata la lucidità.

«Con questa pioggia, non troveremo niente» disse Mahoney. «È Diane Jenkins?»

Mi sforzai di guardare dal finestrino la testa e il dito mozzati e il sangue. Poi infilai i guanti e aprii la portiera posteriore destra.

«Gli anelli sono i suoi» dissi, con un rigurgito acido in gola. «Sono uguali a quelli che indossava in una delle foto che abbiamo visto in casa.»

Mahoney aprì l'altra portiera e osservò la testa. Con le mani protette dai guanti, scostò i capelli dal volto e sospirò.

Era una donna asiatica.

«Non so se sia meglio o peggio» disse.

«Perché ne ha uccisa un'altra?» chiesi, guardando il volto della vittima.

«A che gioco sta giocando?» si domandò Mahoney. «Aspetta un secondo... Cos'ha in bocca? Orsetti gommosi?»

Mi chinai a guardare e di nuovo dovetti trattenere un conato.

«Sì, ha la bocca piena di caramelle» confermai. In quel momento mi cadde l'occhio su qualcosa di bianco che spuntava da sotto la testa. Allungai la mano e la spostai e un foglietto piegato cadde nel sangue ancora liquido.

Lo recuperai prima che si inzuppasse. Era un messaggio stampato con una stampante laser.

*Ti eri illuso che fosse facile, Cross?*

*Be', non è facile per niente. Non lo sarà mai, se hai di fronte un Mastermind.*

*Se non avessi cercato di tracciare la telefonata, forse avrei liberato l'ostaggio. Ma tu ci hai provato e adesso io non so più cosa pensare, o cosa fare. Ma neanche tu, immagino.*

*Dobbiamo vedercela io e te.*

*M*

«Che cosa dice?» chiese Mahoney.

Prima che avessi il tempo di rispondere, ci abbagliarono i fari di alcuni grossi veicoli, che rallentarono e si fermarono a una ventina di metri da noi. Gli abbaglianti illuminarono anche l'interno della macchina.

Mahoney si riparò gli occhi con l'avambraccio, tirò fuori il distintivo, lo sollevò e disse: «FBI! Spegnete quelle luci!»

Le luci si abbassarono subito e vidi che erano tre mezzi di altrettante emittenti televisive.

Una donna bassa di statura e con i capelli biondo platino scese di corsa dal primo veicolo insieme a un cameraman.

«È vero che a bordo di quell'auto c'è una testa mozzata con la bocca piena di orsetti gommosi? E un dito amputato? È della donna rapita, Diane Jenkins? E chi è il misterioso M?»

# 27

Mahoney la affrontò a testa alta. Corse da lei e disse: «Sgomberare, sgomberare! Questa è la scena di un crimine, non potete avvicinarvi. Dobbiamo mettere in sicurezza tutta la zona».

I giornalisti indietreggiarono, ma la donna protestò: «Abbiamo diritto a una risposta».

«No, avete diritto di fare tutte le domande che volete, ma se rispondere o no lo decido io» ribatté Mahoney. «E se voi collaborate, lasciandoci gestire la situazione, sarò più propenso a parlare. Mi sono spiegato?»

La donna si rilassò e annuì. «Okay. Sono Lisa Sutton, di Channel Six News. Adesso noi ci allontaniamo, ma conto sul fatto che poi risponderete alle nostre domande.»

Mahoney sollevò entrambe le mani. «Okay, okay. Adesso però toglietevi dai piedi.»

I giornalisti arretrarono ulteriormente e Mahoney prese il telefono per avvertire lo sceriffo e chiedere l'intervento della Scientifica.

Tornai alla macchina per guardare il dito e la testa. Chi era quella donna asiatica? Perché aveva la bocca piena di caramelle?

Che cosa voleva dimostrare M con quegli orsetti gommosi?

Mi ritrovai a pensare al primo messaggio che M mi aveva mandato, dodici anni prima.

Io e John Sampson eravamo scesi dalla macchina a sud del paesino di Rupert, West Virginia.

Avevamo parcheggiato sul ciglio di una strada fangosa, vicino a uno sterrato che portava nel bosco, chiuso da una catena a cui era appeso un cartello con la scritta PROPRIETÀ PRIVATA – DIVIETO DI ACCESSO. Attaccato al tronco di un pino lì nei pressi c'era un altro cartello sbiadito con scritto VENDESI.

«Quanti moscerini!» aveva protestato Sampson cercando di allontanare i nugoli di insetti che ci ronzavano attorno.

«Costano meno dei cani da guardia» avevo risposto, ammazzando una zanzara che mi stava pungendo sul collo.

«Non sembra granché promettente, eh?»

Avevo guardato lo sterrato senza notare né orme né impronte di pneumatici.

«Avremmo potuto chiedere l'intervento della polizia di Stato, invece di farci quattro ore di macchina» aveva detto Sampson.

«Non mi piace delegare ad altri un lavoro che ritengo competa a me» avevo risposto scavalcando la catena.

Sampson era titubante. «Non abbiamo nessun mandato.»

«Non ti facevo così boy scout» avevo ribattuto, e gli avevo indicato il cartello. «Stiamo pensando di comprare una piazzola dove venire a pescare quando saremo in pensione.»

«Non è un po' presto per pensare alla pensione?»

«Non è mai troppo presto per pensare alla pensione.»

Sampson si era morso un labbro, aveva alzato le spalle e mi aveva seguito. Ci eravamo incamminati lungo lo sterrato tra il frinire assordante delle cicale e un gracchiare di corvi più avanti.

Io guardavo in cerca di qualche traccia del passaggio di un veicolo, ma erano tre giorni che pioveva e per terra non c'erano segni a parte quelli che stavamo lasciando noi.

«Non mi sembra un luogo tanto romantico» aveva osservato Sampson.

«De gustibus» avevo risposto.

Stavamo cercando una trentasettenne scomparsa, Arlene Duffy. Dirigeva una catena di asili nido, era una gran lavoratrice e teneva sulla scrivania un barattolo di orsetti gommosi.

Arlene Duffy era single e, stando alle persone che lavoravano con lei, in quel periodo non stava frequentando nessuno, ma il giorno della scomparsa era uscita prima dal lavoro e aveva comprato una guêpière di Victoria's Secret in un centro commerciale di Falls Church. A distanza di otto giorni, la sua auto era ancora parcheggiata lì.

Le videocamere di sorveglianza avevano ripreso Arlene Duffy mentre saliva su una Chevy Tahoe nera con i finestrini oscurati e la targa contraffatta.

Grazie a un software eravamo riusciti a schiarire le immagini e a leggere la scritta sull'adesivo sul paraurti: SPELLMAN'S ATTREZZATURE PER LA PESCA.

Io e Sampson eravamo giunti al campeggio in riva al lago, che consisteva in alcuni bungalow in una selva di erbacce e di rovi.

Sampson mi aveva indicato l'edificio più grande del complesso, dalla cui tettoia mezza crollata penzolava un'insegna che diceva SPELLMAN'S ATTREZZATURE PER LA PESCA.

Ci eravamo avvicinati al lago.

« Questo posto è praticamente disabitato » dissi. « A parte quelle casette laggiù, non c'è niente. »

« Stai dicendo che per la pensione va bene? » aveva chiesto Sampson, mentre nel bosco gracchiavano i corvi.

« È un bel posto » avevo risposto guardando un corvo che si lanciava fra le erbacce dietro il vecchio negozio, seguito da un altro con cui si contendeva qualcosa.

Mi ero avvicinato e avevo trovato un sentiero, l'avevo seguito per una quindicina di metri e poi mi ero fermato e avevo chiamato Sampson.

Lui mi aveva raggiunto subito e aveva fissato stupefatto il mucchietto di caramelle colorate sul sentiero. « Orsetti gommosi? »

# 28

«Cosa ci fanno qui 'ste caramelle?» chiese Sampson.

«Me lo domando anch'io» risposi, prendendone una in mano. «Sono ancora morbide. Vuol dire che sono qui da poco tempo.»

«Non capisco.»

«Arlene Duffy ne aveva sempre una piccola scorta sulla scrivania, ti ricordi?» dissi, continuando a guardare per terra. «Là ce ne sono delle altre.»

Sampson e io camminavamo a lato del sentiero, dove a intervalli regolari trovavamo uno o due orsetti gommosi. Procedendo fra i rovi, arrivammo al bosco.

Fra gli alberi c'era meno luce, ma vidi che un po' più avanti, sul sentiero, c'era un corvo agonizzante. Era in mezzo a un mucchietto di caramelle e tremava tutto.

«Quelle caramelle sono avvelenate» dissi indicando il pennuto. «Forse non tutte, ma qualcuna sì.»

Trovammo un altro uccello morto e poi un terzo e quindi sbucammo in una radura con una casa diroccata quasi interamente ricoperta di muschio e rampicanti.

Gli orsetti gommosi conducevano alla catapecchia, ma quando cambiò il vento e ci raggiunse una folata, capimmo che la priorità era un'altra.

«Gesù!» esclamò Sampson prendendo un fazzoletto per coprirsi bocca e naso. «Credo di avere della canfora in macchina, se necessario» mi informò.

Respirando con la bocca, salii i gradini che portavano sulla veranda. Il ronzio delle mosche era assordante. Presi la piccola torcia che porto sempre con me e la accesi.

Il pavimento di assi era malconcio e per terra c'erano foglie secche, cartacce e orsetti gommosi qua e là. Ne saggiai la robustezza, augurandomi che non mi crollasse sotto i piedi.

Il legno cigolò, ma sembrava reggere il mio peso.

Puntai la torcia nella direzione da cui proveniva il ronzio, illuminando una vecchia stufa a legna e un divano sfondato, prima di arrivare al cadavere decapitato legato a una sedia. La testa era sul tavolo accanto.

«È lei» dissi in preda a sconforto e disperazione. «Arlene Duffy.»

«Merda» imprecò Sampson. «Sei sicuro?»

«Indossa la guêpière» risposi illuminandola. «E le ha tagliato la testa in perfetto stile Macellaio.»

«Stai scherzando?» Sampson era incredulo. Non poteva non ricordare i particolari raccapriccianti di quel caso, che avevamo seguito una decina di anni prima.

«Purtroppo no» risposi, avvicinandomi. Quella povera donna doveva essere morta da almeno due giorni e a causa del calore il cadavere era già in stato di avanzata decomposizione. Nonostante il nugolo di mosche, si vedeva che aveva la bocca piena di orsetti gommosi. L'assassino le aveva spillato sul petto un messaggio scritto con il rossetto.

*Ho fatto un favore all'umanità, Alex Cross. Questa stronza era una pervertita pedofila che offriva caramelle drogate ai bambini per poi abusare di loro. Analizzate gli orsetti gommosi sulla sua scrivania e arrestate la sua segretaria. Se non era proprio complice, di certo qualcosa sapeva. M*

# 29

*Oggi*

A oltre dieci anni da quel messaggio e a quattro giorni dal macabro ritrovamento di una testa e un dito nella nostra automobile in Ohio, entrai nella sala visite del penitenziario di Alexandria per parlare con Martin Forbes, come programmato.

Non ero totalmente convinto della versione dei fatti che mi aveva propinato. Era molto probabile che avesse letto i file che riguardavano M a Quantico e si fosse inventato tutto sperando di abbindolarmi.

Prese posto dall'altra parte del vetro antiproiettile, sorridente.

« Ho letto i giornali » disse. « È di dominio pubblico, adesso. M gioca al gatto col topo con Alex Cross. »

« Ha lasciato un messaggio. »

« Ovvero? »

« Non posso dirtelo. »

Forbes si irritò. « Non ti fidi di me? Qui è in ballo la mia vita! »

« Lo so, ma è vero, non mi fido totalmente. Mi dispiace, ma è così. »

Forbes ci pensò su un momento, poi disse: « Non sono uno stupido, Alex. Sono sempre stato un bravo agente, un bravo investigatore ».

« Te ne do atto. »

« Coinvolgimi, allora. Fammi studiare il caso, mentre sono qui a far niente. Chi era la vittima? Di chi è la testa mozzata? »

«Non lo sappiamo ancora.»

«Su, Cross, dimmelo. Lascia che dia il mio contributo.»

Ci pensai un momento e decisi di fare un tentativo. Gli lessi il messaggio che ci aveva lasciato M.

Forbes ascoltò, guardando nel vuoto.

«Si è firmato 'Mastermind'» disse poi. «Come Craig.»

Scossi la testa. «No, non si è firmato 'Mastermind'. Si è definito 'un Mastermind'.»

«È comunque significativo.»

«Non sono d'accordo» ribadii. «Craig è morto in un'esplosione, è bruciato vivo sotto i miei occhi. Abbiamo a che fare con uno che sa quali parole usare per manipolarci. È un depistaggio.»

«Io l'ho visto» insistette Forbes.

«Eri mezzo addormentato» gli ricordai. «Ti aveva drogato, avevi le allucinazioni. Magari si è mascherato apposta per farti credere di essere Craig.»

Forbes non era convinto, ma cambiò discorso. «Ha avvertito i media. È una mossa azzardata.»

«Molto azzardata» concordai. «Adesso il suo nome è di dominio pubblico. La sua iniziale, perlomeno.»

«La notizia sta avendo grande risonanza?»

«I media non hanno ancora idea di quanto sia intricata la vicenda» risposi. «Sono lontani mille miglia.»

«A cosa alludi?» mi chiese fissandomi.

Presi in considerazione di dirgli dei precedenti messaggi di M, ma alla fine preferii non parlargliene. «Alla tua storia, per esempio.»

«Verrà fuori» disse Forbes. «Ho informato il Bureau.»

Non ne sapevo nulla e stavo per chiedergli delucidazioni, ma lui mi anticipò: «Oltre che te e il mio avvocato».

«Hai fatto bene» dissi. «Ma preferirei che fino al processo la cosa restasse riservata. Ci sarà un motivo, se vuole che tu stia dentro.»

Mi guardò negli occhi e scosse la testa disgustato. « Tu non sei qui per me, Cross. Mi ero illuso. Ti credevo un paladino della giustizia, sai? Invece fai solo i tuoi interessi, esattamente come M, come tutti. E intanto io marcisco in galera. »

Senza darmi il tempo di rispondere, riappese la cornetta, mi lanciò un'occhiataccia e se ne andò.

# 30

Quella sera Nana aveva preparato costine di maiale con riso jasmine e insalata capricciosa. Aveva brasato le costine e la carne era saporita e si staccava dall'osso, cotta al punto giusto. Era una cena talmente squisita che nessuno parlò per dieci minuti buoni.

Jannie si strinse nella vestaglia e sospirò. «Che bontà, Nana! Non so se mi ha ridato forza, ma sicuramente ho apprezzato molto!»

Mia nonna si alzò e andò ad abbracciarla.

«Stai riprendendo le forze» le disse. «Anche se ancora non te ne sei accorta, le vitamine stanno facendo effetto.»

Jannie era sconsolata. «La mia amica Jeanette, che l'ha avuta, dice che ha impiegato sei settimane a riprendersi. Si addormentava sulla sedia. E Connor Bartlett, avete presente? Be', a lui è venuta due volte.»

«Non fissarti troppo» intervenni. «Per ognuno è diverso. Stai seguendo la terapia giusta: guarirai presto.»

Jannie alzò gli occhi al cielo. «Comunque quelle vitamine mi fanno venire il bruciore allo stomaco.»

«La dottoressa ha raccomandato di prenderle a stomaco pieno. Vedrai che se continui a curarti, a bere tanto e a riposare, la prossima settimana starai già meglio» disse Bree.

«Magari anche prima» ribattei.

«O anche dopo» precisò Ali.

Gli lanciai un'occhiataccia.

«Cosa c'è?» disse. «Ogni organismo reagisce alla malattia

in maniera differente. L'ho letto l'altro giorno sul *Washington Post.*»

Non volendo alimentare la polemica, lo invitai a sparecchiare.

«Tocca a Jannie.»

«Jannie non sta bene» risposi. E la guardai. «Perché non ti vai a coricare sul divano con il tuo plaid e un bicchierone d'acqua?»

Jannie si alzò, diede un abbraccio a Nana e un bacio a me e scomparve.

Ali non accennava ad alzarsi.

«Ti do una mano» proposi.

«Anch'io» disse Bree, prendendo il proprio piatto e il proprio bicchiere.

Sparecchiammo insieme, mentre Nana guardava *Jeopardy!*

«Papà» disse Ali. «Sul giornale ho letto anche di M e poi sono andato a cercarlo su Internet.»

«Davvero? E perché?»

«Perché ci lavori tu, papà.»

«Non posso parlare di un'indagine in corso, Ali. Lo sai.»

«Sì, lo so. Ma volevo dirti che cosa penso.»

Sospirai. «Sentiamo.»

«Penso che sia un caso di 'effetto copycat'. Cioè, questo M lascia in una macchina una donna decapitata come il Macellaio, l'assassino che avete preso un sacco di anni fa, e strangola con una cravatta come Edgerton. Capisci cosa voglio dire?»

Guardai strabiliato il mio figlioletto di dieci anni. Nessuno di noi aveva mai messo ufficialmente in relazione M e il Macellaio o Mikey Edgerton. «Come fai a sapere queste cose?»

Ali alzò gli occhi al cielo. «L'ho letto. Subito dopo che Edgerton è stato giustiziato qualcuno ha strangolato una ragazza con una cravatta come faceva lui. E poi la testa mozzata in macchina, come il Macellaio. Li imita, no?»

Guardai Bree, che sembrava preoccupata.

«Bravo, ottima riflessione» risposi. «Ma delle indagini in corso non possiamo parlare.»

Ali era deluso, ma poi si accorse di che ora era e disse: «Va bene. Fra dieci minuti su ESPN trasmettono il Giro d'Italia».

In un attimo, Ali era tornato il mio bambino di sempre.

«Il capitano Abrahamsen ti ha poi insegnato a cambiare le gomme alla bici e a ripararle con il kit?» gli chiesi.

Si illuminò. «Sì. Mi ha fatto vedere come si fa e poi l'ho fatto io. È bravo a spiegare le cose. Posso andare a fare un giro con lui, uno di questi giorni?»

«Non fa ottanta chilometri al giorno?»

«Non sempre. Certe volte si allenano con la mountain bike e quindi fanno salite e discese ma non per tanto tempo. In quei casi potrei andare con loro.»

«Ti ha chiesto lui di andare?»

«No, gliel'ho chiesto io e lui non ha detto subito di no. Penso che imparerei un sacco, ad andare con lui.»

«Non ha detto di no, ma neanche di sì.»

«Ma lo dirà.»

Quella sera, in camera nostra, Bree mi disse: «Ali non dovrebbe leggere di crimini e omicidi su Internet. Ha soltanto dieci anni».

«Sì, ma ragiona come un sedicenne, per certe cose.»

«Sarà anche intellettualmente più maturo dei suoi coetanei, ma dal punto di vista emotivo è ancora un bambino. Non è sano che legga storie trucide di sadici e assassini alla sua età.»

«No, hai ragione. Entra troppo nei dettagli.»

«E quindi che cosa farai? Gli proibirai di entrare in certi siti?»

«E come? Ha uno smartphone e accesso ai computer di casa e di scuola. Se vuole andare su un sito, in qualche modo ci va.»

Vidi che stava per obiettare e alzai le mani in segno di resa.

«Comunque gli parlo, te lo giuro. Speriamo che continui

ad andare in bicicletta. Non credevo che si appassionasse così tanto.»

Bree si ammorbidì. «Non è solo molto intelligente. Ali ha un cuore enorme. Ha preso da te, Alex, e non vorrei che... Che a furia di leggere certe cose si guastasse, capisci? Perché studiare i criminali invece di andare a fare un bel giro in mountain bike, finché hai l'età per godertelo?»

Risi e lei sorrise. «Capisci che cosa voglio dire, no?»

«Certo» le risposi. Mi avvicinai e la abbracciai. «Mi fa piacere vedere che gli sei tanto affezionata.»

«Come potrei non volergli bene?» rispose lei abbracciandomi a sua volta. «È tuo figlio!»

# 31

Il cane iniziò ad abbaiare verso l'una del mattino, nel suo solito modo insistente e fastidioso.

Quella volta mi decisi a intervenire: non potevo passare un'altra notte insonne. Mi alzai, mi vestii e uscii a cercare il cane.

Ma non fu facile.

Affacciandomi sulla veranda mi era sembrato che il rumore provenisse da dietro la casa, ma quando feci il giro, ebbi l'impressione che arrivasse da sud.

Andai a sud, ma ogni volta che mi spostavo, mi sembrava che si spostasse anche il cane. A un certo punto smise di abbaiare. Quando ricominciò, finalmente lo localizzai.

Era sul retro di una casa buia, a un isolato e mezzo di distanza, di fronte all'abitazione dei Casey, vecchi amici di mia nonna. Riconobbi la sagoma: era un terrier piccoletto, come avevo immaginato dal modo in cui abbaiava.

Stavo per andare a bussare alla porta, quando il cane tornò in casa.

Rimasi lì dieci minuti, un quarto d'ora, per assicurarmi che non uscisse di nuovo e poi tornai a casa. Salii le scale pensando che avevo bisogno di dormire.

Ma davanti alla porta della camera mi resi conto che ero sveglio come un grillo e decisi di tornare giù e andare in cucina a prepararmi una di quelle bevande al magnesio che aiutano a dormire meglio.

Invece mi ritrovai a salire in mansarda pensando a quanto era stato perspicace Ali a tirare fuori l'ipotesi copycat. Ci sarei arrivato io, alla sua età?

Ne dubitavo. A dieci anni, pensavo soltanto allo sport e a cercare di integrarmi nella nuova scuola dopo che mia madre era morta e Nana mi aveva portato a Washington. No, all'età di Ali avevo troppi problemi per poter ragionare come lui.

Accesi la luce nel mio studio e mi sedetti alla scrivania. Bree aveva ragione: non era sano che un bambino dell'età di Ali si interessasse così tanto a crimini e assassini.

Eppure una parte di me era orgogliosa di lui.

A soli dieci anni, mio figlio aveva fatto un collegamento che ai giornalisti che seguivano la vicenda di M e Diane Jenkins era completamente sfuggito. Nessuno di loro aveva messo in relazione il sequestro di Diane Jenkins con quello di Arlene Duffy e la testa mozzata con il Macellaio. Ali invece sì.

Come mai? Come aveva fatto?

Dopo averci riflettuto un po', mi venne il timore che Ali studiasse troppo a fondo la storia di Mikey Edgerton.

Chissà quali illazioni avrebbe potuto fare...

Mi voltai verso le scatole che contenevano il materiale relativo ai vecchi casi. Dov'erano quelle di Edgerton?

Non lo sapevo, e questo, non so perché, mi mise ansia. Mi alzai e cominciai a cercarle. Non trovandole dove speravo che fossero, e cioè insieme a quelle relative al caso Kissy Raider, mi sentii prendere dal panico.

*Che Ali sia venuto a frugare fra le mie vecchie carte? Magari se le è portate in camera sua per leggerle con calma... Quanto perspicace può essere un bambino di dieci anni?*

Ma subito dopo le trovai, sotto una vecchia coperta militare. Erano quattro, marcate M.E.

Una parte di me avrebbe voluto riabbassare quella coperta e dimenticare Mikey Edgerton, come avevo fatto per tutti quegli anni, ma l'idea che Ali potesse mettere le mani su quelle carte mi spinse a tirarle fuori.

Una volta che le ebbi spostate vicino alla scrivania, mi posi il problema di che cosa farne. Perché non avevo buttato via tutto, tanto per cominciare? Avrei dovuto bruciare quelle carte già da anni, trasformando in cenere i segreti che contenevano.

Invece le avevo conservate.

John Sampson era stato più saggio. Un paio di mesi dopo la condanna definitiva di Edgerton, era andato da un suo amico che stava in montagna nel Nord della Pennsylvania, aveva acceso un bel falò e ce le aveva buttate dentro una per una. Si era lasciato tutto alle spalle.

Per quanto ci provassi, io non ci riuscivo. Non sapevo bene perché, ma quel caso continuava a tormentarmi.

C'era qualcosa che mi impediva di distruggere le prove di colpevolezza, o di innocenza, documentate da quelle carte. Non era vergogna e non era neppure pentimento, perché nei confronti di Mikey Edgerton non provavo né l'una né l'altro.

Che cos'era, allora?

Guardai le scatole e mi dissi che dovevo andare a dormire. Una vocina nella mia testa, però, insisteva sul fatto che fra quelle carte poteva esserci qualche risposta, qualche indizio capace di condurmi a M.

*Oppure di segnare la mia rovina.*

Quando pensai questo, non ebbi più alcun dubbio. Ributtai la coperta sopra le scatole e uscii dallo studio.

# 32

Mi svegliò la suoneria del cellulare. Lo presi e vidi che era un numero della Virginia che non conoscevo. Ero tentato di lasciar scattare la segreteria, ma alla fine risposi.

«Signor Cross? Sono il capitano Arthur Abrahamsen. Ali mi ha dato il suo numero. Spero non le dispiaccia.»

«Ma no, si figuri» risposi, tirandomi su a sedere. «Mi dica.»

«Ali mi ha chiesto di venire con me quando mi alleno, ma abbiamo un programma così faticoso per le prossime settimane che sinceramente non credo ce la farebbe.»

«Gliel'ho detto anch'io.»

«La ringrazio. Comunque, ne parlavo con un mio amico, il quale giustamente mi ha indicato i Wild Wheels, un gruppo di ragazzi appassionati di bici. Dia un'occhiata su Internet. Si incontrano in diverse zone della città e c'è una sezione dedicata alla mountain bike. Se per lei va bene, una sera di queste potrei accompagnare Ali a uno degli incontri. Prenderei due piccioni con una fava: facciamo un giro assieme e lo introduco in un ambiente più consono alla sua età.»

«La ringrazio. Mi dia qualche giorno per guardare il sito e parlarne con Ali» risposi. «Mi sembra una buona idea, penso che gli piacerà. Soprattutto se lo accompagnerà lei.»

Abrahamsen rise. «È un ragazzino formidabile.»

«Sì» risposi. «Grazie dell'interessamento.»

«Per un ciclista appassionato come Ali, è il minimo che io possa fare. I Wild Wheels si incontrano giovedì prossimo alle cinque del pomeriggio a Rock Creek. A me andrebbe bene, perché quel giorno non mi alleno.»

«Va bene. La richiamo.»

«A presto, allora.» Mi salutò e staccò la chiamata.

Guardai il telefono un momento, poi guardai il letto e vidi che Bree non c'era. Guardai l'orologio e gemetti nel vedere che erano quasi le nove.

Prima di alzarmi, però, chiamai Ned Mahoney. «Devo chiederti un favore.»

«Sentiamo.»

«Mi controlli un capitano dell'Esercito di nome Arthur Abrahamsen? Credo faccia l'ufficiale di collegamento fra Pentagono e Campidoglio.»

«A cosa ti serve?»

«Un dubbio personale. Abrahamsen è un ciclista del gruppo sportivo delle forze armate e, siccome ha fatto amicizia con Ali, vorrei accertarmi che sia effettivamente chi dice di essere.»

«Per te questo e altro, Alex» fu la risposta di Mahoney.

Feci la doccia e mi vestii. Stavo finendo di abbottonarmi la camicia quando squillò il telefono.

«Arthur Abrahamsen, capitano dell'Esercito USA, intelligence militare, House Armed Services Committee. Ha fatto l'accademia di West Point, è stato due volte in Afghanistan, è un ciclista di grande potenziale. Ali è un ragazzino fortunato ad averlo come amico.»

«Ti ringrazio, Ned.»

«A che servono gli zii, altrimenti?» Mi salutò e riattaccò.

Mi infilai le scarpe, un po' giù di morale. Ero contento che uno come Abrahamsen prendesse Ali sotto la sua ala e io stesso avevo avuto allenatori e insegnanti che mi avevano dato tantissimo. A intristirmi era il fatto che Ali avesse ormai raggiunto un'età tale per cui incominciava a contare sempre meno su di me.

Suonò di nuovo il cellulare. Stavolta era Keith Karl Rawlins.

«Gli Ethereum si sono fermati.»

«Ho capito» risposi. «Dove?»

«In duecentoquattordici conti sparsi per il pianeta. Una parte è stata scaricata nei cosiddetti *hard wallet* e di quelli ho i codici. Non ne è stato speso neanche uno, a quel che mi risulta.»

«Quindi i soldi sono lì, fermi?»

«Esattamente.»

«A chi sono intestati i conti?»

«A una serie di società di facciata. Su quel fronte non ho fatto grandi passi avanti. Ma mi è venuta un'idea e ne volevo parlare con lei. Potrebbe mica venire a Quantico?»

# 33

Erano passate meno di trenta ore da quando avevo parlato con Rawlins e io e John Sampson stavamo percorrendo una tortuosa strada lungo la Shenandoah Valley, in Virginia, nei pressi del villaggio di Graves Mill. Avevo l'iPad in grembo e stavo studiando una mappa online che mostrava i confini delle proprietà ai due lati della strada, e i nomi dei proprietari.

Dopo aver superato un paio di nuovi insediamenti, ci ritrovammo in una vasta distesa di campi intervallati da tratti di bosco, con le Blue Ridge Mountains sullo sfondo.

«Che meraviglia!» esclamò Sampson.

«Il posto perfetto per costruirci una casa da troll.»

«Mahoney dice che il proprietario l'ha definita un formicaio.»

«Ho letto, sì. Secondo me, quello è più un troll che una formica, però. Ormai siamo a circa un chilometro dalla proprietà.»

«Sulla sinistra o sulla destra?» chiese Sampson.

«Sulla destra per cinque chilometri e poi a ovest fino allo Shenandoah National Park. È una proprietà molto estesa: oltre trecento ettari.»

«Ha i soldi per fare quello che gli pare.»

«Impunemente» specificai.

Erano i soldi che avevano attirato la nostra attenzione sul proprietario di quelle terre. Non solo, ma soprattutto. I soldi erano stati il discrimine fra lui e gli altri.

La telefonata di Keith Karl Rawlins era arrivata quando sembrava che le indagini si stessero arenando.

Appena ero arrivato a Quantico, il consulente esterno mi aveva chiesto se avessi mai messo a punto un profilo psicologico di M, sorprendendomi non poco perché effettivamente no, non l'avevo mai fatto, nonostante all'FBI lavorassi proprio come profiler.

Perché non ci avevo pensato?

E, prima che io mi dessi una risposta, Rawlins si era offerto di scrivere un algoritmo studiato appositamente per individuare la tipologia di persona a cui poteva corrispondere M secondo il mio profilo psicologico. Non voleva che lo elaborassi come facevo di solito, però.

Quel genio dell'informatica aveva chiesto a me, John e Ned di creare una stringa di parole chiave che descrivessero M nel modo più dettagliato possibile. Avevamo incominciato con *ricco.*

Tenuto conto delle imprese che aveva portato a termine, compreso aver catturato e ucciso tre trafficanti di esseri umani, eravamo abbastanza sicuri che M avesse una grande disponibilità di denaro. Perché però aveva chiesto il riscatto per Diane Jenkins? Non lo sapevamo, ma continuavamo a essere convinti che M fosse *ricco.* Avevamo aggiunto *freddo, privo di morale* e *calcolatore.*

Alla fine le caratteristiche del nostro elenco, che speravamo descrivessero M, erano trentasette. Che cosa ne avesse fatto poi Rawlins non mi era chiaro, ma otto ore dopo ci aveva fornito un elenco di quattordici candidati.

Avevamo ristretto la rosa ai cinque che abitavano a meno di una giornata di viaggio da una delle scene del crimine. Ne avevamo scartati subito due perché anziani e in carcere per altri reati. Il terzo e il quarto erano solo vagamente corrispondenti al profilo delineato.

Il quinto, invece, era assai promettente: più scavavamo nel suo passato, più sembrava corrispondere all'assassino che stavamo cercando.

# 34

Io e John lasciammo la macchina in un campo a circa duecento metri dall'angolo nordoccidentale della proprietà. Mahoney parcheggiò dietro di noi e tirò fuori dal bagagliaio drone e portatile.

« È legale? Abbiamo un mandato per usare quel coso? » chiese Sampson.

« Se ci teniamo abbastanza alti, possiamo sempre dire che guardavamo il panorama » rispose Ned.

Digitò un comando e il drone decollò.

« Se Dwight Rivers lo vede, probabilmente prende un fucile e gli spara » dissi.

« Speriamo » rispose Mahoney. « Così abbiamo una scusa per entrare nella sua proprietà. »

« Non sei libero di sparare a un aggeggio volante che viene a spiarti a casa tua? » chiese Sampson.

« Dipende dalla quota a cui si tiene » ribadì Mahoney.

« Significa che non potrai portare niente di tutto questo in tribunale » osservai.

« No comment » replicò Mahoney guardando il drone che saliva sopra la cima degli alberi e si spostava in direzione sudovest.

Mi vibrò il cellulare. Era un messaggio di Ali su Wickr. Lo lessi velocemente.

*Vado in bici con il capitano W e i Wild Wheels!*

Sorrisi e risposi: *Divertiti! Scrivimi quando torni a casa.*

Apparve l'emoticon del pollice in su, che poco dopo scomparve. Mi rimisi in tasca il cellulare. Ci avvicinammo per guardare la visuale del drone dal portatile che Ned aveva posato sul tetto dell'automobile: alberi, sentieri nel bosco, un ruscello e un prato con almeno cinquanta grossi pannelli solari.

Mahoney fece salire il drone a quattrocento piedi di quota e gli fece sorvolare i pannelli solari fino a un pino solitario che sembrava bruciato. Forse era stato colpito da un fulmine. In cima c'era un nido grande abbastanza per un'aquila, che però pareva abbandonato.

Ned cambiò l'inclinazione della videocamera e sullo schermo apparve una struttura che sembrava davvero un formicaio gigante, in mezzo a un prato a un centinaio di metri dal pino.

Alta quasi venti metri e larga sessanta, era nascosta dalla vegetazione e sulla sommità aveva una sorta di torretta larga una quindicina di metri, protetta da mura difensive sormontate da filo spinato.

« Un fortino vero e proprio » dissi.

« Evidentemente a Rivers piace vivere così » commentò Mahoney continuando a sorvolare la costruzione con il drone.

A quel punto vedevamo oltre le mura difensive. C'erano tre antenne satellitari fissate al tetto di un container verde e marrone che sormontava il formicaio, una specie di bunker sopra a un altro bunker.

« E quanti sono i container? » domandò Sampson.

« Secondo le nostre fonti, almeno trenta, tutti collegati e disposti secondo un disegno di cui solo Rivers conosce le ragioni » rispose Mahoney. Il drone passò oltre il formicaio e ci mostrò alcune ruspe ed escavatori fermi su una strada sterrata, per proseguire poi fino a una splendida villa su un poggio in riva a un laghetto.

Era di pietra con travi in legno a vista e grandi vetrate, una terrazza e un garage capace di contenere tre auto. Se fosse stata messa in vendita, sarebbe finita sulla copertina della brochure.

« Questo Rivers è uno in gamba, eh? » disse Sampson.

«Ha un master in Business Administration e si è fatto da solo» disse Mahoney. «*Mucho dinero.*»

«Va bene, ma cosa gli è successo? Cioè, com'è che un uomo di successo di punto in bianco si ritira a vivere in un posto così, manco fosse l'unico sopravvissuto di una catastrofe?»

«Si chiamano *prepper*, John» dissi. «Oppure survivalisti.»

# 35

Avevo sentito parlare dei survivalisti, gente che si preparava attivamente a future catastrofi e spendeva un patrimonio per approvvigionarsi di cibo, carburante e sementi in maniera da poter sopravvivere all'eventuale avvento dei comunisti, degli zombie, o di una pandemia.

Secondo il dossier che ci aveva dato Mahoney, tuttavia, erano pochi a investirci quanto Dwight Rivers. Rivers era diventato ricco con la vendita di TRUAX, una società di sicurezza globale fondata da un gruppo di ex militari come lui, di cui era il cervello.

Stando alle ricerche condotte dall'FBI presso le imprese edili, ai registri delle consegne UPS e FedEx e a plurime testimonianze dirette, Rivers aveva speso una fortuna da quando aveva comprato quei terreni. Nei primi due anni aveva effettuato lavori di scavo per posizionare i container sotterranei e costruire la parte superiore del formicaio e durante il terzo aveva assoldato un flusso praticamente costante di elettricisti, idraulici e altri operai per rifinire gli interni.

A quel punto avevano cominciato ad arrivare rifornimenti e vettovaglie in quantità sufficiente a permettere a Rivers e a un piccolo esercito di sopravvivere per parecchio tempo dopo l'eventuale apocalisse. Vicino al formicaio aveva predisposto serbatoi capaci di contenere oltre diecimila litri di carburante e un impianto fotovoltaico.

Tutto questo era avvenuto senza che l'FBI si interessasse a lui, neppure quando questi aveva cominciato a comprare decine di fucili d'assalto. Con le armi e le munizioni che aveva nel proprio arsenale sotterraneo, Rivers sarebbe potuto andare avanti a difendersi per molto, molto tempo. Ma neanche questo aveva attirato l'attenzione dei federali.

Il nome di Rivers era saltato fuori nell'ambito di un'indagine congiunta di FBI e Bureau of Alcohol, Tobacco and Firearms su un gruppo di ex militari e mercenari che vendevano illegalmente armi proibite, come granate, lanciarazzi e mine Claymore.

Quando gli agenti di ATF e FBI lo avevano interrogato, Rivers aveva dichiarato di non sapere nulla di quel traffico di armi e aveva negato l'accesso al formicaio, appellandosi ai propri diritti costituzionali.

Perciò i federali non avevano potuto fare altro che aspettare che Rivers commettesse un passo falso. E in quel momento io, Sampson e Mahoney dovevamo accontentarci di curiosare nella sua proprietà usando un drone.

Il drone non rilevava alcuna attività e Mahoney lo fece tornare indietro, mentre io leggevo il dossier. C'erano alcuni particolari che attiravano la mia attenzione.

Rivers aveva due divorzi alle spalle. Gli atti erano secretati, ma l'FBI aveva contattato le ex mogli, le quali avevano dichiarato che Rivers era violento e appassionato di true crime, soprattutto di serial killer.

Secondo le due ex mogli, Rivers non aveva alcun rispetto per le forze dell'ordine e considerava i poliziotti degli stupidi che si lasciavano manipolare e fregare dai criminali più furbi di loro.

Prima di venire coinvolto nelle indagini sul traffico di armi, Rivers aveva avuto guai con la giustizia in due occasioni. In entrambi i casi l'accusa era di stupro: le vittime sostenevano che Rivers le avesse drogate per poi approfittare di loro. Lui aveva negato tutto, i test cui le due donne si erano sottoposte avevano avuto esiti ambigui e il multimilionario ne era uscito pulito, fornendo addirittura un alibi per tutti e due i reati.

Quando aveva acquistato quei terreni era prossimo ai cinquanta e si accompagnava a donne molto più giovani. Una di loro, Cora James, ventisette anni, aveva parlato con un agente dell'FBI.

A suo dire Rivers era bipolare: in certi momenti fascinoso e brillante, e poi di colpo crudele e paranoico. Era anche eccessivamente riservato, specie per quanto riguardava il suo formicaio.

«Ogni volta che usciva di casa per andare in quei container, mi veniva la pelle d'oca» aveva dichiarato Cora James. «Lui diceva che erano bunker in cui rifugiarsi in caso di catastrofi, ma a me facevano venire in mente una prigione.»

Quando le era stato chiesto di spiegare perché avesse questa impressione, Cora James aveva detto che una notte in cui Rivers era andato al formicaio, lo aveva seguito di nascosto e da fuori, attraverso le bocchette dell'impianto di aerazione, le era sembrato di udire delle grida.

«Grida di donna» aveva precisato.

Si era spaventata e aveva chiesto spiegazioni a Rivers, il quale era scoppiato a ridere e le aveva detto che quelle che le erano parse grida erano in realtà il cigolio del montacarichi.

Si era offerto di portarla a fare un giro all'interno, ma lei non si era fidata e aveva preferito lasciar perdere. Da quel momento, Rivers l'aveva tenuta d'occhio e aveva cercato di controllare i suoi movimenti.

«Ho aspettato un paio di giorni e una volta che lui è andato in città a fare la spesa, sono scappata a piedi» aveva dichiarato Cora.

Il drone atterrò, Mahoney lo raccolse e andò a riportarlo in macchina.

Chiusi il file e guardai nel vuoto.

«A cosa stai pensando, Alex?» mi chiese Sampson.

«Se vogliamo credere all'algoritmo di Rawlins e sospettiamo che questo Dwight Rivers sia M, dobbiamo assolutamente entrare in quel bunker e vedere cosa c'è dentro.»

# 36

Mahoney cassò subito la mia proposta.

« Ho provato a chiedere un mandato di perquisizione e intercettazione a ben due giudici federali » disse mentre sistemava il drone nel bagagliaio. « Hanno detto di no tutti e due. Evidentemente ritengono che avere un arsenale sotto casa non sia motivo sufficiente a spiccare un mandato. A patto che le armi siano state acquistate legalmente. »

« Dobbiamo a tutti i costi entrare a vedere » insistetti.

« Senza mandato, non se ne parla, Alex » mise subito in chiaro Mahoney. « Se Rivers è M, dobbiamo catturarlo senza scorciatoie, in maniera pulita e inattaccabile. Non voglio che sfugga alla condanna a morte o al carcere a vita per un vizio di forma. »

Ci riflettei a lungo, dopo che Mahoney fu ripartito alla volta di Quantico nella luce del crepuscolo.

« Ci mettiamo in viaggio anche noi? » chiese Sampson salendo in macchina. « Fra poco sarà buio e la strada è tanta. »

« Ancora un momento » dissi guardando con il binocolo lo sterrato oltre il vialetto di accesso alla villa di Rivers.

« Dai, Alex » disse Sampson. « Lo possiamo controllare solo con il drone. Da qui si vedono alberi e basta. »

« Potremmo avvicinarci a quegli alberi, però. »

« Cristo, Alex. Hai sentito cos'ha detto Ned. »

« Pensa se Rivers tiene una donna prigioniera là dentro in questo preciso momento. Se è M, Diane Jenkins potrebbe essere qui. »

« E quindi? »

Ero incerto, ma presi presto una decisione.

«Io vado» dissi, accingendomi a scendere dalla macchina.

«Se vai tu, vengo anch'io.»

«No, tu resta qui. Io sono un consulente esterno e al momento non ho neppure un contratto. Tu sei un pubblico ufficiale.»

«Cosa vuol dire?»

«Vuol dire che devi rispettare regole ben più stringenti rispetto a me, che sono un civile.»

«Vallo a raccontare al giudice... Beccherai dieci anni di galera come un qualsiasi ladruncolo.»

«Speriamo di non finire davanti a un giudice. Senti, se fra un'ora non sono ancora tornato, usa l'app Find My Friends e vienimi a cercare, okay?»

Scesi e chiusi la portiera per evitare altre proteste. Attraversai la strada verso la proprietà di Rivers mentre la luce scemava. Il drone di Mahoney era salito sopra gli alberi nel giro di pochi secondi, ma io impiegai una decina di minuti per arrivare in fondo al prato.

Da lì vedevo i pannelli solari, il formicaio e la villa di Rivers. Le luci erano accese.

Inforcai il binocolo per guardare le finestre che si affacciavano sul laghetto, ma non colsi nessun movimento. Chissà se Rivers era in casa oppure nel bunker...

Non avendo il tempo sufficiente per capirlo, uscii dal bosco e corsi verso il bunker.

A una cinquantina di metri di distanza, mi gettai a terra e controllai di nuovo con il binocolo. I muri esterni non erano perfettamente verticali, e arrampicarsi senza un'adeguata attrezzatura era fuori discussione. Nel dossier mi sembrava fosse scritto che l'ingresso era sul lato sud-ovest.

Avanzai accucciato lungo il perimetro finché non vidi una rientranza con una porta di acciaio chiusa con un lucchetto, simile a quelle delle navi.

Sopra c'era una telecamera.

Era un problema. La osservai, studiai l'angolazione e mi spostai verso ovest fino a essere fuori dalla sua portata, poi mi riavvicinai alla porta rasente il muro.

In prossimità dell'obiettivo, mi accucciai, presi una manciata di terra, ci sputai dentro per trasformarla in un mucchietto di fango e continuai rasente il muro fino a portarmi sotto la telecamera.

Alzai un braccio e oscurai l'obiettivo con il fango.

Dall'interno del bunker proveniva un ronzio sommesso, forse un generatore. Poi sentii una specie di squittio. O era un grido?

Mi coprii la mano con la manica per non lasciare impronte e afferrai il lucchetto. Con mia sorpresa, era aperto.

Rivers se n'era dimenticato, oppure stava per tornare a breve? Mi augurai che avesse commesso un errore e ruotai il maniglione, che sembrava essere stato oliato di recente.

La porta stagna si aprì silenziosamente verso l'esterno.

Entrai e vidi un breve corridoio illuminato dall'alto da faretti a luce rossa, che portavano a una scala di metallo. Il ronzio era più forte, ed era sicuramente dovuto a qualche macchinario.

Dopo un attimo di esitazione, tornai fuori per controllare la villa di Rivers con il binocolo. Dietro i vetri delle finestre illuminate non vedevo nessuno.

Rientrai nel bunker e accostai la porta senza chiuderla del tutto.

# 37

Aspettai che i miei occhi si abituassero al fievole bagliore rosso e percorsi il corridoio fino alle scale. Mi venne in mente che il dossier parlava di almeno venticinque container sotterranei e cinque o sei in superficie.

Le scale erano buie, sia quella per salire sia quella per scendere. Sotto di me il buio era totale e mi fece venire un po' di claustrofobia. Accesi la torcia e la puntai verso la tromba delle scale, ma il senso di oppressione non accennava a svanire.

I testimoni che avevano partecipato alla costruzione del bunker lo descrivevano come un dedalo sotterraneo in cui era facile perdersi, e una parte di me temeva che quel lucchetto fosse stato lasciato aperto apposta perché Rivers intendeva rientrare a breve.

Mi vibrò il cellulare. Era un messaggio Wickr di Ali: *Sono a casa! Mi sono divertito un sacco. Il capitano W è un campione!*

Risposi con l'emoticon del pollice in su e scrissi: *Sto lavorando. Ti chiamo poi.*

Rimasi immobile e tesi le orecchie per sentire eventuali grida di aiuto, ma l'unico rumore era il ronzio, che sembrava arrivare dal basso. Guardai l'ora: erano passati ventidue minuti da quando avevo salutato Sampson.

Decisi di salire e accesi la torcia, feci una rampa e trovai due porte, una di qua e una di là del pianerottolo. Erano entrambe aperte.

Il container a sinistra era una sorta di dispensa, con viveri di ogni tipo su grandi scaffalature, quello a destra era una sorta di infermeria con una cassaforte, che immaginai contenesse farmaci.

Salii un'altra rampa e trovai altre due porte. Il container a destra era l'arsenale. Puzzava di benzina e solventi. Contai sulle rastrelliere almeno ottanta fucili d'assalto e tre fucili da caccia con mirino telescopico.

In quello a sinistra c'erano casse su casse di munizioni 5,56 × 44mm NATO. Guardandomi intorno vidi un piede di porco, ma mi resi conto che cercare di aprirle per controllare se davvero contenevano proiettili sarebbe stata una perdita di tempo. Erano troppe.

Salii ancora una rampa e trovai un quinto container, che ospitava tre postazioni di lavoro e un gran numero di computer e monitor, tutti con lo schermo spento tranne due, che stavano su un banco da lavoro in un angolo.

Erano entrambi divisi in quattro quadranti e mostravano le riprese delle varie videocamere di sorveglianza sparse per la proprietà. Capii subito qual era quella della telecamera sulla porta d'ingresso perché non lasciava vedere nulla a causa del fango che ci avevo spalmato sopra. Ricostruii che tre videocamere erano posizionate in cima al bunker e mostravano diversi settori della campagna circostante.

Mi avevano ripreso? No, ne ero abbastanza sicuro.

Su uno dei quadranti era visualizzata la strada che portava alla villa e i macchinari fermi lì accanto. Le ultime due erano puntate sulla villa, una sulla facciata e una sul retro. Dietro le finestre, prive di tende, non si vedeva anima viva.

Per salire nell'ultimo container in cima al bunker c'era una scala a pioli fissata alla parete. Era buio e dovetti accendere di nuovo la torcia per guardarmi in giro.

Notai le fessure, circa 15 × 7 centimetri, disposte a intervalli regolari lungo le pareti. Erano feritoie, servivano per sparare.

Nella parete che dava verso la villa c'era una finestra a scorrimento. Sbirciai fuori e notai che era dotata di una specie di saracinesca metallica che poteva essere abbassata a mo' di protezione.

C'era una porticina che consentiva di uscire sul tetto del bunker. La aprii, guardai fuori e vidi un verricello inchiavardato al lato del container e alcuni rotoli di corda sul tetto sottostante. Non capii a che cosa potessero servire finché non mi cadde l'occhio sul cancelletto di metallo nel muro difensivo tutto intorno al tetto.

Era largo quasi un metro e probabilmente Rivers lo usava per far passare carichi che sollevava con il verricello sul lato della struttura.

Rientrai nel bunker e diedi un'ultima occhiata a quella cittadella fortificata, quando con la coda dell'occhio scorsi qualcosa che si muoveva fuori dalla finestra che dava verso la villa. Pur essendo a circa duecento metri di distanza, ero certo di aver visto qualcosa.

Mi voltai e scesi di corsa nel container con i computer per guardare i monitor accesi e le immagini delle videocamere di sorveglianza. Nulla. Poi vidi qualcosa nel quadrante puntato sui macchinari fuori dalla villa. La telecamera doveva essere dotata di un sensore di movimento e di raggi infrarossi, grazie ai quali vidi un'immagine abbastanza chiara e decisamente inquietante.

Dwight Rivers stava arrivando di corsa con un fucile in mano.

# 38

Mi precipitai giù per le scale e dopo due rampe mi fermai, conscio di non poter uscire dal bunker prima dell'arrivo di Rivers.

La situazione era molto critica. *Si accorgerà del lucchetto? Mi verrà a cercare?* Impugnai la pistola.

Provai a controllare la respirazione e sentii un rumore di metallo contro metallo. Rivers stava per aprire la porta? O stava per chiuderla, imprigionandomi nel bunker?

Lo sentii girare il maniglione e mi nascosi nell'ombra.

La porta si aprì. Rivers non aveva la torcia. Buio e silenzio si protrassero per un lungo istante carico di tensione.

« Basta giochetti » disse Rivers con voce bassa e profonda, strascicando le parole. « Adesso facciamo sul serio. È venuto il momento di impegnarsi, baby. »

Mi accucciai e sbirciai giù dalla scala di metallo. C'era qualcuno con lui?

« È venuto il momento » ripeté, e sentii che chiudeva la porta. « Solo chi si impegna ottiene il meglio dalla vita. »

Nessuna risposta. Forse Rivers parlava da solo. Ridacchiò e, quando lo vidi arrivare barcollando verso la scala, capii che era ubriaco.

Vidi che brandiva la sua arma e sollevai lentamente la pistola.

Il debole bagliore delle mire al trizio illuminò Rivers fermo ai piedi della scala. Guardò su e per un attimo temetti di dovergli sparare per difendermi.

Poi però Rivers si voltò dall'altra parte e ridacchiò di nuovo. «Tutto quello che sognavi è qui, baby. A tua disposizione...» E si zittì, come in trance, malfermo sulle gambe.

Improvvisamente rovesciò la testa all'indietro e ululò come un lupo due o tre volte per poi scoppiare in una risata isterica. Quando l'eco si spense, si sporse dalla ringhiera e guardò giù.

«Mi senti, Maxine?» urlò. «Mi senti?»

Stette in silenzio in attesa di una risposta. Io anche. Silenzio assoluto.

Rivers appoggiò il fucile contro la ringhiera e si infilò una mano in tasca per prendere una fiaschetta. La aprì e bevve. Poi scoppiò in una risatina sommessa e gridò di nuovo: «Be', fra poco mi sentirai, cara! Comincia a correre, ché adesso arriva papà!»

Il survivalista prese di nuovo in mano il fucile e scese. Il rumore dei suoi passi sui gradini di metallo mi fece venire in mente qualcuno che bussava furiosamente a una porta. Il rumore si attenuò a mano a mano che lui si allontanava. Quando uscì dalla mia visuale, scesi le scale e corsi verso la porta stagna.

Mi fermai per sentire che cosa faceva Rivers. Ululò di nuovo, poi aprì una porta qualche piano più in giù e per un attimo il ronzio dei macchinari aumentò di intensità.

Da una parte sarei voluto scendere a vedere che cosa faceva, a controllare se davvero nei sotterranei di quel bunker c'era una donna che si chiamava Maxine. E se fosse stata lei la donna che la ex di Rivers aveva sentito gridare dalle bocchette dell'impianto di aerazione?

C'era davvero una Maxine chiusa là dentro?

Avrei tanto voluto scoprirlo, ma avevo già rischiato fin troppo. Guardai l'ora: cinquanta minuti.

Uscii, chiusi la porta e mi tenni nell'ombra fino agli alberi. Dieci minuti dopo uscii dal bosco e vidi Sampson sullo sterrato.

«Stavo per venire a cercarti» mi disse.

«Scusa, ci ho messo un po'. Andiamo via.»

Eravamo in macchina già da un po', quando mi decisi a raccontargli che cosa avevo visto e sentito.

«Dici che tiene prigioniera una donna là sotto?»

«Non lo escludo» risposi. «Ma in questo momento non possiamo accertarcene.»

«E quindi che cosa facciamo?»

Mi morsi un labbro per un po', poi dissi: «Seguiamo Rivers ogni volta che esce dal compound. E appena...»

Mi squillò il cellulare. Lo presi e vidi che era un messaggio Wickr di Ali: *Papà, la nonna vorrebbe sapere a che ora torni per cena.*

Il messaggio sparì e io risposi: *Arrivo, James Bond!*

# 39

Il mattino dopo fui il primo ad alzarmi.

Quando Nana comparve in cucina in vestaglia e pantofole, avevo già fatto il caffè, strapazzato le uova e caramellato la pancetta.

Mia nonna rimase sulla porta a guardarmi. Le versai il caffè e lei controllò la cottura della colazione. Prese un pezzetto di pancetta e la assaggiò: « Buona ».

« La pancetta caramellata è una delizia » risposi e le diedi un bacio. « Siediti, stamattina ti servo io. »

Nana mi lanciò un'occhiata curiosa. « Cos'è successo? »

« Mi è venuto in mente che quando i ragazzi erano piccoli dicevi sempre che ogni pasto è un'occasione buona per stare in famiglia. »

Nana sorrise e andò a sedersi. La servii e quando anche Bree scese in cucina ci aggiornammo sulle ultime novità. Poi arrivò Ali e ci raccontò della sua gita in bici con i Wild Wheels.

« Eravamo in dodici, tutti maschi, quattro della mia età. Il capitano Abrahamsen è bravissimo con la mountain bike. Siamo andati al Rock Creek Park e lui a un certo punto è salito con la bici su un albero caduto come se niente fosse! »

« Ce lo hai già raccontato ieri sera » disse Nana. « Due volte. »

« E ancora non riesco a crederci! »

Jannie scese poco più tardi con un plaid sulle spalle e si sedette sbadigliando. Guardò le vitamine che le avevo messo dentro la tazza.

Arricciò il naso. « Sono troppe. Mi fanno venire mal di stomaco. »

« Devi prenderle a stomaco pieno. »

« Hai già un'altra faccia » disse Bree. « Secondo me, stanno facendo effetto. »

Jannie stava per obiettare, ma poi annuì. « Sì, effettivamente sto un po' meglio. È la prima mattina che non faccio fatica ad alzarmi dal letto. Non dico di essere tornata me stessa, ma sicuramente sto meglio della settimana scorsa. »

« Vedi? » le dissi, ringraziando Bree con gli occhi. « Fai colazione e poi prendi le vitamine e vedrai che la settimana prossima sarai ancora più in forma! »

Mi rallegrai nel vedere che mangiava uova, pancetta, una fetta di pane tostato e una banana e poi buttava giù le vitamine con il succo d'arancia.

Quando ebbe finito, guardò la bisnonna e le chiese: « Daresti un'occhiata alla tesina che ci ha dato da scrivere la prof Schultz? »

Nana la guardò stupita. « L'hai già scritta? »

« Be', ho buttato giù qualcosina » rispose. « Ieri sera, prima di andare a dormire. »

« Vuol dire che stai meglio. La leggo volentieri. »

Bree mi aiutò a sparecchiare e Ali salì a prepararsi per andare a scuola.

« Intendete tornare da Rivers, tu e John? »

« Prima ci dobbiamo comprare un drone. »

« Con quali soldi? »

« Per il momento, i miei. »

Bree restò zitta per qualche secondo, continuando a caricare la lavastoviglie, poi disse: « Sei proprio convinto che Rivers sia M? »

« È abbastanza intelligente e ricco per esserlo. Le sue ex sostengono che fosse violento e quel bunker è il luogo ideale per nascondere un ostaggio. »

Bree annuì, poco convinta.

« Cosa c'è? »

«Non so per quanto tempo ti posso mettere a disposizione Sampson» disse.

«Fai quello che puoi.»

Bree mi scrutò. «Non è che sta diventando un'ossessione?»

«Un po', forse. Ma a fin di bene.»

«Mi prometti una cosa?»

«Dimmi.»

«Di fermarti almeno una volta ogni quattro o cinque ore ad analizzare la situazione a trecentosessanta gradi.»

«Per non perdere il quadro generale.»

«È utile.»

La abbracciai e le diedi un bacio. «Hai ragione.»

# 40

Quel giorno, nel primo pomeriggio, Sampson e io eravamo di nuovo nel campo di fronte alla strada che portava al bunker di Rivers con il drone che avevo comprato in un negozio di Fairfax, Virginia.

«Lo sai usare?» mi chiese Sampson.

«La signora che me l'ha venduto mi ha fatto un corso accelerato in venti minuti» risposi prendendo il telecomando. Il drone era mimetico: l'avevo scelto principalmente per quello. Seguii le istruzioni e diedi al drone il comando di decollo. Con mio sommo giubilo, si alzò subito in volo, salì a una settantina di piedi di quota e poi ridiscese per posarsi dolcemente a terra.

«Mi sto appassionando» dissi. «Si vedono bene le immagini dal drone sul portatile?»

«Benissimo» rispose Sampson, favorevolmente impressionato. «Però c'è una cosa che non capisco, Alex: cos'hai intenzione di fare? Fargli sorvolare la proprietà finché non si esauriscono le batterie?»

«Ne ho prese altre di riserva» risposi, riportando di nuovo in quota il drone. «Non è detto che ci servano, comunque.»

«In che senso?» chiese Sampson.

«Aspetta e vedrai.» Feci salire il drone a trecento piedi di altezza e lo diressi verso il bunker.

Sembrava tutto uguale al giorno prima. Il drone superò i pannelli solari, il formicaio e arrivò alla villa, dove gli feci compiere un'inversione per tornare indietro.

In prossimità del bunker, lo feci scendere di quota in maniera che passasse appena sopra la cima del formicaio e si avvicinasse al pino bruciacchiato fra i cui rami era posato un nido di aquila. Manovrandolo con il joystick, lo portai direttamente sopra il nido e puntai la telecamera. « Sì, è abbandonato. Non c'è nemmeno una piuma. »

« Alex, quello spazio aereo è di Rivers. »

« Ops, mi sa che il drone si è guastato » dissi, facendolo scendere fino a pochi centimetri dal nido per poi ruotarlo di centottanta gradi verso sinistra e fermarlo. Mentre il drone si posava sul nido, le immagini si fecero momentaneamente confuse. Poi si stabilizzarono e, se la parte inferiore dello schermo era oscurata da foglie e rametti, sul resto del monitor il bunker di Rivers e la campagna circostante apparivano molto chiari.

« Stai scherzando? » chiese Sampson.

« Se si è guastato, si è guastato » risposi.

« Lo lasci lì? »

« Meglio che farlo volare per ore ed esaurire la batteria. »

« E se Rivers se ne accorge? »

« Perché dovrebbe? È mimetico. »

John guardò lo schermo del portatile per un po', poi alzò le mani in segno di resa. « Riesci a puntare la telecamera verso la villa di Rivers? »

Mi occorse un po' di tempo, ma alla fine riuscii a ruotarla di quasi quarantacinque gradi verso sinistra, in maniera che inquadrasse la villa sul poggio. « Se sapessi usare lo zoom, sarebbe meglio, ma ci possiamo accontentare » dissi.

« E adesso che facciamo? Stiamo qui ad aspettare? »

« Sì. Ho portato qualcosa da mangiare. »

# 41

Stava incominciando a piovere. Sampson tolse il portatile dal cofano e ci sedemmo in macchina a guardare lo schermo mangiando i panini che avevo comprato lungo la strada. Ogni tanto cambiavo l'angolo della telecamera.

Per tre ore non vedemmo assolutamente nulla. Pioveva forte e sebbene l'obiettivo fosse riparato, le immagini erano rigate dalle gocce. Ma riuscimmo comunque a vedere il furgone scuro che a un certo punto si fermò davanti alla villa.

La persona alla guida scese, corse verso la porta, scomparve e poco dopo ricomparve, salì sul furgone e partì verso il bunker.

Il vento soffiava la pioggia sulla videocamera e le immagini erano tutt'altro che nitide, ma riuscimmo a vedere il furgone che superava i macchinari e gli escavatori e si fermava vicino al formicaio. La persona alla guida scese dal mezzo qualche minuto dopo, con il cappuccio sulla testa e due oggetti grossi e pesanti in mano, forse cassette per gli attrezzi.

Sparì dietro il bunker e ricomparve poco dopo vicino alla porta con il maniglione girevole. Aprì ed entrò.

«Chi è? Un operaio?»

«Sembrerebbe di sì» risposi. «Vorrei tanto leggere cosa c'è scritto sul furgone.»

Presi in considerazione l'idea di far ripartire il drone e farlo avvicinare per leggere la scritta, ma dubitavo di essere in grado di eseguire una manovra di precisione con quel vento.

Cinque minuti dopo l'operaio uscì, tornò al furgone, fece inversione e scomparve in fondo al viale, seguito qualche minuto dopo da una Jeep Cherokee.

«Quello è Rivers» dissi mettendo in moto. «Sta uscendo.»

«E il drone?»

«Lo spegniamo e lo lasciamo lì.»

Non vedemmo il furgone uscire dalla proprietà, ma la jeep di Rivers sì. La seguimmo per oltre dieci chilometri fino a un negozio di ferramenta a Madison, Virginia. Sampson entrò e vide che Rivers comprava una sega ad arco, una confezione di sacchi per rifiuti, teli di plastica, guanti di gomma e candeggina.

«Candeggina?» chiesi stupito quando Sampson me lo riferì.

«E una sega» replicò lui. «Tutto il necessario per sbarazzarsi di un cadavere, insomma.»

Seguimmo Rivers fino a casa, tenendoci a distanza. Quando imboccò il viale, aveva quasi smesso di piovere. Tornammo alla nostra postazione, riaccesi la telecamera del drone e vidi che Rivers scaricava gli acquisti dalla jeep.

Li portò in casa e non si fece più vedere. Imbruniva.

«Devo togliere quel drone da lì» annunciai, riaccendendolo con il telecomando.

Provai a farlo decollare invano e dopo alcuni minuti di tensione mi resi conto che doveva essere rimasto impigliato con uno dei piedini nel nido, perché quando tentavo di farlo partire non si alzava, ma si muoveva e la telecamera si inclinava da una parte.

Lo feci arretrare un pochino e lo liberai, pilotandolo fino alla base nella luce ormai bassa del crepuscolo.

«Ned ha ragione: i droni sono strumenti molto utili» commentai, raccogliendolo per portarlo da Sampson, che stava aprendo il bagagliaio.

«Anche il fatto che Rivers abbia comprato una sega è molto utile» osservò Sampson. «Potrebbe giustificare un mandato.»

Posai il drone nel bagagliaio e chiusi lo sportello. «Ne dubito.»

Sentii il trillo di un messaggio Wickr e pensai che fosse Ali che voleva sapere a che ora sarei tornato a casa.

Mi avvicinai alla portiera lato guida e tirai fuori il telefono. «John» dissi. «Servirà ben altro per...»

Guardai lo schermo e mi sentii gelare il sangue nelle vene.

*Salve, Cross.*

*In questo momento sto uccidendo una vittima non del tutto innocente.*

*Ma dove mi trovo, dottor Cross?*

*Vicino al Fiume?*

*O sottoterra?*

*M*

# 42

«È là dentro!» gridai. Salii in macchina e misi in moto.

«Chi?» chiese Sampson sistemandosi sul sedile del passeggero.

Gli lanciai lo smartphone. «M! Leggi il messaggio! Sta uccidendo qualcuno in questo preciso momento!»

Schiacciai l'acceleratore senza nemmeno dargli il tempo di rispondere.

Le gomme sul fango non facevano presa e impiegai un po' prima di riuscire a partire. Sterzai, mi raddrizzai e accelerai.

«Dove vai?»

«Nel bunker» risposi accelerando ancora. «È lì dentro.»

«M è nel bunker di Rivers?»

«Leggi il messaggio, John!»

«Non c'è nessun messaggio.»

Battei il pugno sul volante. «Perché sono messaggi che si autodistruggono.»

«Che cosa?»

«Wickr!» gridai, accelerando verso il viale di accesso alla villa di Rivers. «È un'app che mi ha installato Ali sul telefono. I messaggi si autoeliminano dopo qualche secondo, ma ti assicuro che M ha scritto che stava per uccidere qualcuno e mi ha provocato. 'Dove sono, dottor C? Vicino al Fiume o sottoterra?' Fiume con la maiuscola. Fiume, River.»

«Ti ha scritto questo?»

«Firmato M.»

«Scusa, Alex: quindi secondo te M sa dove siamo?»

«No, è impossibile» risposi imboccando il vialetto a folle velocità e sbandando.

«E se M invece fosse da tutt'altra parte?»

«Cosa preferisci, John? Rischiamo che uccida un'innocente o infrangiamo la legge a fin di bene?» gridai.

Sampson non rispose, ma vidi che era molto preoccupato. «Come ti giustificherai, visto che il messaggio è irrecuperabile?»

«Cercherò di spiegare la situazione» risposi superando la casa per parcheggiare dietro gli escavatori. «Andiamo» dissi.

Sampson era titubante.

«Credi che me lo sia inventato, quel messaggio?»

«No.»

«E allora dammi retta, amico e compagno di sempre.»

«Così non vale, Alex» rispose, aprendo la portiera.

«È questione di vita o di morte!»

Scesi dalla macchina tenendo in mano pistola e torcia.

«Quanti ingressi e quante uscite?» chiese Sampson mentre ci avvicinavamo al bunker.

«Che io sappia, uno solo» risposi. Eravamo accanto alla jeep di Rivers.

Puntai la torcia per vedere che cosa c'era dentro e illuminai alcune carte e un mazzo di chiavi nel portabicchiere.

Il lucchetto stavolta non c'era. Mentre io ruotavo il maniglione per aprire la porta stagna, Sampson mi coprì le spalle. Sentendo il ronzio che proveniva dal basso, mi avviai verso le scale.

Prima di scenderle mi fermai e tesi le orecchie, ma l'unico rumore che sentivo era il ronzio. Stavo per fare un passo, quando mi parve di sentire un gemito.

«Hai sentito?» mormorai.

Sampson scosse la testa. «Cosa?»

«Un grido, o un lamento» risposi e mi precipitai giù dalle scale. Sampson mi seguì.

Ci fermammo sul primo pianerottolo, ma entrambe le porte erano chiuse con un lucchetto.

Al piano inferiore una delle due porte era aperta. Il container era attrezzato come una cucina con dispensa e aveva due tavoli e varie sedie. Vicino alla porta c'era una cassetta con della sabbia per gatti che puzzava di pipì.

In fondo alla cucina c'era un'altra porta, ma non andammo a controllare perché ero abbastanza sicuro che il lamento arrivasse da più in basso.

L'unica porta che affacciava sul terzo pianerottolo si aprì senza problemi. Il ronzio lì era più forte. Il locale ospitava l'accumulatore di energia dell'impianto fotovoltaico.

C'erano altre due porte, ma decisi di rimandare a dopo l'esplorazione calcolando che, se il grido fosse arrivato da lì, non l'avrei sentito a causa del rumore.

«Non mi piace, Alex.»

«Scendiamo ancora un piano e poi torniamo su.»

Sampson stava per ribattere, ma alla fine fece spallucce. «Già che abbiamo fatto trenta...»

«Bravo.»

«Che cosa facciamo, se incontriamo Rivers?»

«Dipende da cosa fa lui e con chi è.»

«Non conviene usare armi da fuoco in un posto così, con le pareti in acciaio.»

«Non spariamo, allora» risposi, e mi avviai.

In fondo alla scala le porte erano due. Quella a sinistra conduceva a un container che ospitava un sofisticato impianto di potabilizzazione e una pompa.

Quando ci avvicinammo a quella di destra, sentimmo un rumore metallico dall'altra parte.

«C'è qualcuno» sussurrai, e aprii il chiavistello con la pistola spianata.

# 43

La porta si aprì verso l'interno e ci trovammo di fronte un laboratorio ordinato con scaffalature piene di materiale da una parte e banchi da lavoro, stipetti e armadi dall'altra. Il grande spazio rettangolare sembrava deserto e la porta di acciaio in fondo era socchiusa.

«Muoviamoci» bisbigliai. «Ha sbattuto la porta, ma non si è chiusa.»

Partii di corsa, deciso ad attraversare il container per tutta la sua lunghezza e varcare quella porta.

Sampson mi fermò, afferrandomi per una spalla.

Mi voltai, confuso e irritato, e vidi che John era bianco come un cencio e indicava uno dei banchi da lavoro, sul quale era posata la sega ad arco. Vicino c'era una motosega sporca di sangue. C'era sangue anche per terra, sotto il banco da lavoro, e una scia di gocce rossastre che arrivava fino a uno stipetto mezzo aperto.

Ci avvicinammo quel tanto che bastava a vedere che lo stipetto conteneva una testa mozzata. Era di un maschio bianco sui trentacinque, quarant'anni, con gli occhi aperti e la bocca spalancata.

Si udì un altro clangore, e stavolta proveniva dall'alto.

«Sta scappando» dissi. Mi voltai e presi la seconda porta, seguito da Sampson.

Ci trovammo in un breve corridoio con una scala a pioli di metallo inchiavardata alla parete. Puntai la torcia in alto e vidi che la scala saliva lungo un condotto di lamiera ondulata.

Il fascio di luce illuminò piccoli vortici di polvere e sporcizia.

« È passato da qui » dissi sottovoce, infilando la pistola nella fondina per accingermi a salire. « Tu torna su da dove siamo venuti e bloccalo, nel caso volesse uscire di là. »

Sampson non sollevò obiezioni e tornò verso il laboratorio mentre io salivo su per il condotto, tenendo la torcia accesa nella mano sinistra. Era abbastanza spazioso perché io ci passassi, ma sufficientemente stretto per farmi venire un senso di claustrofobia che aumentava man mano che salivo.

Strinsi i denti e mi concentrai, piolo dopo piolo, finché a circa sei metri di altezza trovai un'apertura che dava accesso al breve corridoio che collegava due container. Quando mi ci infilai e sentii i motori elettrici dall'altra parte della porta, a momenti caddi dalla scala.

Ma il condotto proseguiva e la torcia continuava a illuminare granelli di polvere e sporcizia che cadevano dall'alto.

Continuai a salire, superai un altro corridoio e la porta che pensavo fosse della cucina e mi avventurai nel terzo tratto. Quando sbucai al livello successivo, grondavo sudore. Ero arrivato al piano che dal lato scale avevamo trovato sbarrato.

La porta sulla destra non era chiusa a chiave. Volevo vedere se Rivers fosse lì, ma la porta a sinistra era più vicina e cominciai con quella.

La aprii e venni investito da un forte spiffero. Rimasi sconcertato, sia dall'intensità della corrente d'aria, sia dal fatto che non mi trovavo in un container come gli altri, ma in una specie di lungo tunnel dal soffitto basso.

La mia torcia illuminò impronte di mani nella polvere sul fondo, che proseguivano nella galleria per quindici metri o giù di lì, dove una curva a sinistra mi impediva di vedere oltre.

L'istinto mi diceva di procedere a quattro zampe dietro a Rivers, di continuare a seguirlo.

Ma il cervello si focalizzò sulla corrente che mi arrivava in faccia.

*Questo tunnel porta all'esterno. È un'altra uscita. Non può che essere così.*

Una vocina mi consigliò di fermarmi un attimo e provare a orientarmi per calcolare dove potesse sbucare quel tunnel.

*Nord-est. Non verso la Jeep, quindi, ma... in prossimità della villa?*

Be', era ragionevole. Un survivalista doveva avere un accesso sicuro e privato al proprio bunker, no?

Impiegai una frazione di secondo a decidere. Proseguire carponi in un tunnel che poteva essere lungo quattrocento metri avrebbe richiesto molto più tempo che uscire e raggiungere l'uscita da fuori.

Tornai alla scala a pioli, scesi al piano di sotto e attraversai la cucina per uscire nel vano scale e salire al piano terra. Se Sampson e io fossimo andati alla villa in macchina, forse non saremmo arrivati in tempo per intercettare Rivers, ma quasi.

Quando arrivai in vista della porta stagna del bunker, però, mi accorsi che Sampson era furibondo.

«Il bastardo ci ha chiusi dentro. Dimmi che c'è un'altra uscita, ti prego.»

# 44

Il mio primo pensiero fu il tunnel. Ma come aveva fatto Rivers a uscire, fare il giro del bunker e chiudere la porta dall'esterno? Che ci fosse un'ulteriore uscita prima della villa?

Poi mi venne in mente una cosa e mi precipitai verso le scale. «Seguimi!» gridai a Sampson.

Salii di corsa tre rampe e poi la scala a pioli che portava al container in cima al formicaio. Aprii la porta e puntai la torcia verso il verricello montato su un lato del bunker e le corde arrotolate lì vicino.

Quando Sampson mi raggiunse, avevo trovato il comando del verricello in una cassetta per gli attrezzi. Fissai una corda alla robusta fune di acciaio del verricello.

Porsi il comando a John, presi il rotolo di corda e andai verso il cancello nel muro difensivo, lo aprii e lanciai giù la corda che, come immaginavo, non arrivava fino a terra.

«Allenta la fune a mano a mano che scendo» dissi a Sampson.

Improvvisai una sorta di discesa in corda doppia per calarmi lungo la parete del bunker. Poggiando i piedi sui rampicanti che la ricoprivano, riuscii a metterci meno tempo di quello che avevo previsto.

Sampson, al verricello, aveva dovuto svolgere sei metri buoni di fune prima che io toccassi terra. Poi mi seguì.

Corsi alla macchina, salii, girai la chiave dell'accensione ma il motore non si accese.

Com'era possibile?

Scesi, furibondo, e tornai da Sampson, che nel frattempo era quasi a terra.

« Ci ha sabotato l'auto » urlai, continuando a correre.

Raggiunsi la jeep di Rivers e vidi che le chiavi erano ancora nel portabicchiere. Le presi, cercai quella che mi serviva e la infilai nell'accensione. Con mio enorme sollievo, il motore si avviò.

Sampson salì a bordo, zuppo di sudore e con le mani insanguinate. « Quella fune mi ha rovinato » disse.

« Tieniti forte » gli raccomandai, innestando la marcia.

Schiacciai l'acceleratore e sterzai tutto per girare intorno alla base del bunker. Poi dovetti sterzare di colpo dall'altra parte per evitare di andare a sbattere contro i macchinari e la nostra auto, ormai inutilizzabile. Quando fui sul viale che conduceva alla villa, raddrizzai il volante e accelerai di nuovo.

Mentre superavamo il laghetto, vicino alla villa si accesero i fari di un veicolo.

Dal garage uscì a tutta velocità una Porsche nera.

Per una frazione di secondo le luci della jeep la intercettarono.

Al volante c'era Dwight Rivers. Si voltò un attimo verso di noi e vedemmo che aveva l'aria terrorizzata.

« Prendilo, prima che scappi! » mi gridò Sampson.

Andavo più forte che potevo per non perdere di vista i fanali posteriori della Porsche che, arrivata in fondo al viale, svoltò in derapata sullo sterrato senza rallentare. Rivers era un ottimo pilota.

Con la jeep non potevo tentare la stessa manovra e quindi frenai, ma nonostante ciò rischiammo di finire fuori strada. Quando finalmente riuscii a raddrizzare la jeep, Rivers aveva guadagnato un bel distacco e accelerava verso una curva.

« Non ce la faremo mai a prenderlo » brontolò Sampson. « Sta sfiorando i centotrenta chilometri all'ora. »

« Chiama lo sceriffo » dissi, mentre la Porsche spariva dietro la curva. « Sta andando verso Madison. »

Sampson estrasse dalla tasca lo smartphone con le mani ferite, facendo una smorfia di dolore. Avrebbe potuto risparmiarsi la fatica.

Dopo la curva, la strada era sgombra. Rivers aveva perso il controllo della Porsche, che era andata a sbattere contro un muretto di pietra, si era ribaltata ed era finita in un campo di granoturco. Le luci erano ancora accese. Inchiodai.

«Chiama il 911» dissi a Sampson scendendo dalla macchina.

Scavalcai il muretto e corsi verso la Porsche capovolta, che aveva ancora il motore acceso. Mi avvicinai abbastanza da poter sbirciare dentro con la torcia e vidi che la roll bar aveva salvato la vita a Rivers.

Era a testa in giù, trattenuto dalla cintura di sicurezza e dall'airbag. Sanguinava e aveva perso i sensi, ma respirava.

Si sentiva odore di benzina.

«Il serbatoio, Alex!» gridò Sampson.

«Lo so!» risposi. Mi distesi a pancia in giù nel fango e cercai di infilare testa e spalle nel finestrino.

«Spegni il motore!» urlò Sampson.

«Non ci arrivo» risposi. «Dammi il tuo coltello.»

Un attimo dopo Sampson mi porse il suo coltello a serramanico. Tagliai l'airbag e la cintura e liberai Rivers.

Tenendolo con una mano, chiesi a Sampson di tirarmi per i piedi.

Appena fui fuori, sentii che l'odore di benzina era sempre più forte e calcolai che avevamo pochi secondi per metterci in salvo.

Io e Sampson prendemmo Rivers per le braccia per estrarlo dall'abitacolo.

Mentre lo tiravamo fuori, dalla Porsche rotolò a terra la testa di un cadavere, poi l'auto esplose e fu avvolta dalle fiamme.

# 45

Ned Mahoney andò su tutte le furie, quando ci raggiunse al bunker dopo l'incidente e gli spiegai che cosa era successo.

«E il messaggio che ti ha mandato non esiste più?» mi chiese sospettoso.

«Te l'ho detto. Dopo un po' si autodistruggono. Ma me lo ricordo benissimo.»

«Non basta!»

«Tenuto conto della mia reputazione e della mia esperienza pluridecennale, la mia parola qualcosa conta. E le teste mozzate? Rivers, o M, voleva che le trovassimo e mi ha mandato il messaggio su Wickr. Era tutto calcolato, Ned. È chiaro che imita Mikey Edgerton e il Macellaio.»

«Non lo escludo, ma di chiaro in questa faccenda non c'è proprio niente» ribatté Mahoney. «Stendi i verbali del caso, vai a casa e restaci finché io non avrò le idee un po' più chiare. Adesso ho questa scena del crimine da gestire.»

Avrei voluto ribattere che volevo restare e cercare le prove anch'io, ma evitai.

Tornammo a Washington in silenzio. Sampson aveva insistito per guidare lui, nonostante gli facessero male le mani.

Mi sforzavo di rimanere sveglio, ma mi si chiudevano gli occhi. Mi assopii e rividi la testa tagliata nello stipetto del bunker, poi quella che rotolava fuori dalla Porsche e quella che M ci aveva fatto trovare nella nostra macchina la settimana prima.

Sussultai nel sonno e mi svegliai. *Fa le stesse cose del Macellaio, proprio come suggeriva Ali...*

Nel dormiveglia, tornai indietro nel tempo, a quello che era successo nel Texas occidentale oltre dieci anni prima.

Era un pomeriggio afoso e soffocante, si stava alzando il vento ed era previsto l'arrivo di un tornado.

Il cielo a ovest era nero e punteggiato dai lampi e si sentiva tuonare in lontananza quando Randall Peaks e io avevamo scavalcato un cancello chiuso e percorso una stradina polverosa fra cespugli di artemisia tridentata e boschi di lecci della Virginia in un luogo dimenticato da Dio a nord-ovest di Lubbock.

«Ci sono serpenti a sonagli, da queste parti?» avevo chiesto a Peaks, che faceva parte dei Texas Rangers.

«Sicuro» aveva risposto lui.

Peaks aveva una Colt Python nichelata nella fondina sul fianco e indossava camicia bianca, cravatta di cuoio, cappello di paglia e stivaletti da cowboy, abbigliamento ben poco mimetico, purtroppo.

«Cosa facciamo, se ne vediamo uno?»

«Cerchiamo di non calpestarlo» era stata la sua risposta. «Siamo arrivati.»

Avevamo davanti un secondo cancello, che dava accesso a un grande spiazzo industriale, polveroso e coperto di erbacce, in fondo al quale c'era una costruzione di legno a due piani, lunga un centinaio di metri e con il tetto di lamiera ondulata. Una scritta su un lato della costruzione, scrostata ma ancora leggibile, diceva KING PROCESSING.

«È qui che sono morti i primi due?» avevo chiesto a Peaks. «I genitori?»

Peaks annuì. «Dale e Lucy King. In questo stabilimento macellavano il bestiame e confezionavano i vari tagli di carne. Per gli allevatori era comodo e gli affari andavano a gonfie vele.»

Mi stavo occupando del caso del Macellaio da una decina di mesi, ormai. Avevo cominciato quando a bordo di un furgone abbandonato nel Southwest di Washington era stato ritrovato il cadavere di un uomo nudo e senza testa.

Non era la prima volta che vedevo un morto decapitato, ma non mi era mai successo di vederne uno coperto di linee tratteggiate su torace, braccia e gambe, tracciate con un pennarello nero.

Due settimane dopo era stato ritrovato il corpo di una donna dentro il bagagliaio di un'automobile, anch'esso coperto di linee tratteggiate fatte con un pennarello nero, e avevamo scoperto che erano i segni che si facevano sulle carcasse macellate per rendere più facile ai meno esperti trasformarle in bistecche e cotolette.

Avevamo disseminato disegni e informazioni sulle decapitazioni tra le forze dell'ordine e scoperto casi analoghi in sette Stati americani, compreso il Texas, e tre Paesi stranieri.

Era emerso che nei sette anni precedenti erano stati ritrovati undici cadaveri senza testa e con analoghi disegni sul corpo. Altri due casi simili risalivano a quasi tredici anni prima.

«Ma le prove che sia stato Tanner Oates non ci sono?» avevo chiesto.

Peaks aveva scosso la testa, poi si era messo in bocca una presa di tabacco da masticare. «I King avevano avuto Oates in affido per un periodo, ma era trascorso tanto tempo e comunque aveva un buon alibi. E la donna che glielo aveva fornito è deceduta in un incidente stradale qualche anno dopo.»

«Tu però pensi che Oates sia il Macellaio?»

«Esatto» aveva risposto Peaks. Aveva sputato il tabacco e aveva aggiunto: «Oates, anche se probabilmente avrà cambiato nome. Vuoi vedere dov'è successo?»

«Sono venuto fin qui apposta.»

Avevamo scavalcato anche il secondo cancello e ci eravamo incamminati fra le erbacce, mentre il vento sibilava minaccioso.

«Come facciamo a sapere se ci sarà un tornado?» avevo domandato.

«Se lo vediamo arrivare, bene» aveva risposto Peaks sputando di nuovo davanti a una porta chiusa con un lucchetto e una catena. «Se invece lo sentiamo arrivare senza averlo ancora visto, ce l'abbiamo in quel posto.»

«Consolante.»

«No, realistico.»

Sulla porta era affisso un cartello che dichiarava la proprietà sotto sequestro e vietava l'accesso ai non autorizzati. Il Ranger lo ignorò, prese il lucchetto e inserì la combinazione che si era fatto dare dalla banca di Lubbock che aveva pignorato l'immobile.

Aveva aperto la porta ed eravamo entrati con la torcia accesa, mentre il rumore del vento saliva di intensità e invece di sibilare come prima, pareva gemere e lamentarsi sul tetto dell'ex mattatoio.

# 46

Il mattatoio abbandonato era stato smantellato ed era in attesa di demolizione.

«Oates ha lavorato qui da bambino?» chiesi.

«Ha imparato qui a macellare. Ha cominciato a nove anni e ci ha lavorato fino ai quindici, mi pare.»

«Be', praticamente era un bambino» osservai. Peaks superò con un salto un canale di scarico nel pavimento e mi spiegò che serviva per far defluire sangue, scarti e interiora.

La puzza doveva essere insopportabile, ai tempi, ma ormai non si sentiva più. C'erano polvere e sporcizia dappertutto, però, e io sentivo montare un senso di claustrofobia.

Arrivammo a una vecchia scala di metallo, mentre il vento fuori pareva calare. Salendo, udii una specie di ronzio sommesso e pensai che il vento avesse cambiato direzione perché subito dopo le pareti tremarono, investite da raffiche violente.

Basandomi su quanto avevo letto nei dossier che mi aveva passato Peaks, provai a immaginare come doveva essere il mattatoio quando era ancora in piena attività e Oates ci lavorava.

Tanner Oates era stato abbandonato in fasce in un vicolo di Galveston e sostenere che la rete dei servizi sociali del Texas non aveva saputo proteggerlo era dir poco.

Siccome non parlava e si esprimeva a versi e grugniti, il primo padre affidatario, per farlo smettere, lo picchiava.

Lui era diventato ancora più ribelle e indomabile e le botte si erano fatte più frequenti.

Avevano scoperto che era completamente sordo solo a nove anni e da allora in poi aveva portato un apparecchio acustico a entrambe le orecchie. Dopo un po' era stato affidato ai King, che gli avevano insegnato a leggere e scrivere e si erano accorti che aveva un quoziente intellettivo altissimo. Era praticamente un genio.

«Ecco, è successo qui» disse Peaks.

Eravamo sul pianerottolo. Il Ranger aprì la porta di un grande ufficio vuoto e mi indicò il punto esatto.

«King era lì, in un lago di sangue, e la moglie era messa perpendicolarmente rispetto a lui. Tutti e due erano stati decapitati e le teste non sono mai state ritrovate.»

«Neanche negli altri casi» dissi. «Per lui sono trofei.»

«Teschi, a questo punto» commentò Peaks.

«Hai detto che mi avresti portato a dare un'occhiata anche alla casa dei King.»

«No, ho detto che avrei chiesto se era possibile.»

Prese il cellulare e guardò il display. «Non c'è campo. Provo da fuori.»

«Sta arrivando un tornado» gli rammentai seguendolo.

«Vero» replicò lui. E incominciò a scendere le scale.

Mi fermai un istante a guardare l'ex mattatoio e cercai di immaginare che cosa dovesse aver vissuto Oates per arrivare a decapitare le uniche due persone che lo avevano trattato bene nella vita. Non ci riuscii.

Quando arrivai in fondo alle scale, Peaks stava uscendo. Mi aspettavo di veder sbattere la porta a causa del vento, ma mi accorsi che era calato.

Poi sentii di nuovo il ronzio di prima e mi resi conto che proveniva da un locale adiacente a quello in cui mi trovavo. Illuminai la parete con la torcia e vidi un'altra porta, proprio sotto quella dell'ufficio.

Mi avvicinai e provai ad aprirla. Non era chiusa a chiave.

Entrai e vidi l'origine del ronzio: un generatore Honda davanti a un'apertura praticata nel retro della costruzione per smaltire i fumi. Dal generatore partiva una prolunga che passava in mezzo a un ammasso di scatoloni, detriti e spazzatura. Seguii il cavo e giunsi in una stanza senza finestre altrettanto piena di robaccia.

Illuminai con la torcia le pareti e poi di nuovo il cavo, che era collegato a un parallelepipedo bianco di grosse dimensioni. Mi feci largo fra lattine e cartacce e capii che si trattava di un vecchio congelatore a pozzetto.

Alzai il coperchio e si accese una forte luce stroboscopica che mi abbagliò. Ebbi appena il tempo di vedere che conteneva una decina di teste umane congelate.

Indietreggiai barcollando, lasciai ricadere il coperchio, e mi riparai gli occhi dalla luce, che sembrava provenire dalla parete dietro il freezer.

Mi parve di captare un rumore oltre l'ululato del vento, poi qualcuno mi prese per il collo, con forza, da dietro.

# 47

L'avambraccio del mio aggressore era gigantesco e mi premeva contro la trachea con tanta forza che temetti di soffocare. Aveva la testa vicinissima alla mia, tanto che lo sentivo respirare affannosamente nonostante l'ululato del vento.

Malgrado la mia stazza, Oates mi trascinò all'indietro come se fossi un bambino. Non riuscivo a respirare e cercavo la mia pistola, ma lui mi ferì il polso destro con qualcosa di tagliente, penetrando nella carne e recidendo i tendini, fino ad arrivare all'osso.

Gemetti di dolore e lui grugnì compiaciuto e mi trascinò per un altro tratto.

«Non mi importa di chi sei» disse il Macellaio con una strana voce nasale. «Senza permesso in casa mia non si entra.»

Sentii che si stava preparando a fare qualcosa e temetti mi volesse pugnalare un'altra volta. L'istinto di sopravvivenza e anni di addestramento mi diedero la forza necessaria per reagire.

Abbassai il mento contro il suo avambraccio, con decisione, puntai i talloni a terra e mi buttai all'indietro. Lui perse l'equilibrio e io ne approfittai per piantargli il gomito nel plesso solare e togliergli il fiato. Mollò la presa quel tanto che bastò a consentirmi di sgusciare via.

La luce stroboscopica era ancora accesa e, quando cercai di allontanarmi, avevo la vista annebbiata. Provai a prendere la pistola con la mano sinistra, ma inciampai e caddi su una latta di pittura, spaccandomi una costola.

Al di sopra del vento che ululava fuori dall'ex mattatoio

sentii Oates che inveiva e capii che stava per ripartire all'attacco. Scappai a quattro zampe dicendomi che dovevo trovare il modo di impugnare la pistola e spararagli.

Mi sentii colpire al polpaccio, poi il coltello affondò nel muscolo.

Fu un dolore lancinante e rotolai sulla schiena stringendomi la gamba con le mani.

Riuscii a intravedere Oates che incombeva su di me con in mano una mannaia da macellaio.

Grugniva e ansimava così sonoramente che sembrava un maiale con l'asma. Gli brillavano gli occhi, quando sollevò la mannaia preparandosi ad abbassarla su di me.

Risuonò uno sparo.

Oates sussultò, lanciò un grido e mollò la mannaia, che si piantò a quindici centimetri dalla mia testa.

Altro sparo.

Il Macellaio barcollò fino al freezer nel quale conservava le teste delle sue vittime e cadde senza vita in mezzo ai rifiuti.

Peaks corse da me, mi prese una mano e la premette sulla ferita al polpaccio, da cui sgorgava sangue a fiotti. Si tolse la camicia bianca perfettamente inamidata, la strappò e me ne legò metà intorno al polpaccio e metà intorno al polso, a mo' di laccio emostatico. «Chiamo un'ambulanza» disse appena ebbe finito.

«E lui?»

Il rumore del vento non ricordava più un mare in burrasca: adesso sembrava un treno merci che sfrecciava in una galleria.

«Gesù» esclamò Peaks.

«Cosa succede?»

«Il tornado. Sta venendo dritto verso di noi!»

# 48

Tre giorni dopo l'incontro con Dwight Rivers entrai nella clinica universitaria George Washington pensando al Macellaio e al tornado. Nonostante fossero trascorsi un bel po' di anni, mi sembrava ancora incredibile che fosse passato a duecento metri da noi distruggendo tutto quello che incontrava, mentre l'ex mattatoio non aveva subito il minimo danno.

Vidi John Sampson che mi veniva incontro e mi fermai ad aspettarlo.

«Che cosa ti ha detto Mahoney?»

«Niente. Di venire qui. Sesto piano.»

Non avevamo saputo più nulla riguardo alle indagini dalla sera in cui avevamo trovato la testa mozzata nel bunker di Rivers. Le uniche notizie che avevamo erano quelle riportate dai giornali, ed erano scarne, perché Mahoney e la sua squadra mantenevano il massimo riserbo.

La sera del giorno prima, mentre guardavo il servizio di un notiziario locale nel quale lo sceriffo della contea di Shenandoah e un capitano della polizia di Stato della Virginia esprimevano il proprio disappunto per essere stati esclusi dalle indagini su Rivers, avevo ricevuto un messaggio di Ned, che mi diceva di farmi trovare alla clinica universitaria l'indomani mattina alle nove.

Mahoney ci aspettava fuori da una stanza dell'ospedale. «L'avvocatessa è già arrivata.»

«Hai le idee più chiare, adesso?»

«Abbastanza da convocarvi qui. Mi fai un favore, però?»

«Dimmi.»

«La prossima volta che ricevi un messaggio di M, prima che scompaia fai lo screenshot e archivialo insieme alle foto.»

«Cioè?»

«Premi contemporaneamente il tasto di accensione e quello del volume. Così dice Rawlins.»

Non feci in tempo a ringraziarlo per la fiducia, perché dalla stanza in cui era ricoverato Dwight Rivers uscì Sheila Cowles, la sua avvocatessa. Alta, magrissima, fra i quaranta e i cinquanta, Cowles si sistemò la giacca e disse: «Gli ho consigliato di non parlare finché non si sentirà meglio. Lui però insiste per fornirvi la sua versione dei fatti il prima possibile».

«Ci fa piacere» rispose Mahoney. Entrammo nella stanza.

Rivers era a letto, con il cuscino leggermente rialzato, circondato da monitor. Aveva una flebo al braccio sinistro e la gamba destra ingessata. Quando la sua Porsche si era ribaltata, si era fratturato tibia, perone e caviglia. Aveva il volto tumefatto, ma lo sguardo era lucido e intelligente e i suoi occhi azzurri ci squadrarono da capo a piedi non appena entrammo.

Mahoney e Sampson gli mostrarono il distintivo e Ned mi presentò come consulente FBI.

Rivers mi studiò e disse: «È lei che mi ha salvato la vita?»

Si era morso la lingua nell'impatto e farfugliava, ma riuscii a capire quello che diceva e annuii.

«Grazie» disse.

«Prego.»

Mahoney sistemò lo smartphone in maniera da poterlo riprendere mentre parlava e disse: «La sua avvocatessa ha detto che lei è disposto a parlare».

«Sì, voglio collaborare. Per quel che posso.»

Mi sorprese. A che gioco stava giocando? Gli sarebbe convenuto tacere, no?

«Signor Rivers, le ricordo che può avvalersi della facoltà di non rispondere» disse Mahoney.

«Lo so, ma non ho ammazzato nessuno.»

«Abbiamo trovato la testa di un uomo non ancora identificato al terzo piano sotterraneo del suo bunker e un'altra testa è rotolata fuori dalla sua Porsche dopo l'incidente: la testa di un uomo di origini ispaniche sui quarant'anni, anch'egli ancora non identificato» disse Sampson.

«Me l'hanno detto. Non ne so niente.»

Rivers sostenne di aver passato la giornata nello studio di casa sua a lavorare al computer e a parlare al telefono e su FaceTime con funzionari di società di cui era azionista. Quando era arrivato il furgone scuro durante l'acquazzone e si era fermato davanti al suo garage, era al telefono.

Riceveva molti pacchi e aveva scritto le istruzioni ai fattorini sulla porta interna del garage, in maniera che lasciassero lì le consegne indirizzate a lui personalmente e nell'atrio del bunker quelle marcate *Prep*.

«Lascia la porta del bunker aperta?» Mahoney era incredulo.

«Durante il giorno, sì. Non riuscirei a lavorare, altrimenti. Non è mai stato un problema. In campagna è normale, sapete? Nessuno chiude a chiave.»

«Di quali consegne si trattava?» chiese Sampson.

«Non lo so con precisione. Faccio molti acquisti online e ho diverse persone che lavorano per me.»

«Alla costruzione di un bunker» disse Mahoney.

Rivers si irrigidì. «Viviamo in un Paese libero, no? Ognuno può spendere i suoi soldi come vuole.»

Avrei voluto insistere e farlo parlare della paranoia sottesa alla scelta di spendere una fortuna per costruire un bunker in Virginia, ma Ned disse: «Ha un impianto di sorveglianza con diverse videocamere, che riprendono anche il viale di accesso a casa sua».

«Ce ne sono due con sensore di movimento all'ingresso del viale e una vicino al garage che sono collegate al server nel mio studio. Le altre invece mandano i feed ai computer del bunker.»

«Ci autorizza a visionare le riprese?» chiese Mahoney.

Strizzai gli occhi: Ned gli stava chiedendo il permesso? Con due teste mozzate nella sua proprietà, a quell'ora l'FBI avrebbe dovuto aver già visionato quei filmati e perquisito tutto quanto.

«Siete liberi di visionare tutto quello che volete» rispose Rivers.

«Mi può anticipare che cosa troveremo negli orari in questione?»

# 49

Rivers affermò che i filmati del suo impianto di sorveglianza avrebbero dimostrato che poco dopo le quattro del pomeriggio, sotto la pioggia, era andato a Madison a comprare una sega ad arco per potare i meli, candeggina per disinfettare una parte del bunker che durante l'inverno era stata infestata dai topi, e teli di plastica per lavori di pitturazione che intendeva iniziare al più presto.

Sosteneva di essere andato a posare gli acquisti nel bunker al suo ritorno, come noi avevamo visto in diretta grazie al mio drone. Appena entrato, aveva visto tre pacchi nell'atrio, dietro la porta stagna.

Aveva deciso di aprirli in un secondo momento ed era salito al terzo piano per controllare che le telecamere funzionassero, poi era sceso nel laboratorio, al terzo piano sotterraneo.

« Ed è lì che ho visto la motosega sporca di sangue. E poi... » Rivers lasciò la frase a metà, sconcertato. « Quella testa... »

Chiuse gli occhi. « È stato uno shock. »

Sosteneva di essere rimasto lì a guardarla per un sacco di tempo, malfermo sulle gambe, cercando di capire chi potesse averla messa lì e perché.

« A un certo punto ho sentito dei passi sulle scale e ho pensato che fossero gli assassini, quelli che avevano portato lì quella testa, che stessero venendo giù ad ammazzare anche me... »

Disse di essere scappato dalla parte opposta per uscire dal tunnel che portava al seminterrato della villa.

Chiusi un momento gli occhi: eravamo stati noi a farlo scappare. I passi che Rivers aveva sentito sulle scale erano i nostri.

«Ci sono altre uscite da quel tunnel?» domandai.

«No, perché?»

Qualcuno ci aveva chiusi dentro al bunker dall'esterno e speravo di riuscire a usare questo per mettere in discussione il suo racconto. «Semplice curiosità. Giusto per farmi un'idea.»

Rivers disse che, una volta a casa, aveva preso in considerazione di chiamare il 911, ma poi aveva preferito prendere l'automobile e andare direttamente dallo sceriffo di Madison.

«Appena sono uscito dal garage con la Porsche, li ho visti che salivano in macchina vicino al bunker» disse. «Mi hanno puntato i fari negli occhi. Con la Porsche, avevo buone probabilità di seminarli, ma il fondo era bagnato, ho preso la curva troppo veloce e sono andato a sbattere.» Fece una smorfia. «Ecco: questo è tutto quello che posso dirvi. Sono vivo per miracolo.»

Ebbi un senso di nausea al pensiero che a inseguirlo eravamo stati noi e non chi gli aveva messo quella testa nel laboratorio.

L'avvocatessa inclinò la testa e guardò prima Sampson e poi me. «Siete intervenuti molto tempestivamente a soccorrere il mio assistito, quando ha avuto l'incidente. Come mai?»

«Risponderemo a tempo debito» intervenne Mahoney un po' troppo in fretta. Guardò Rivers. «Secondo lei come hanno fatto quelle due teste ad arrivare lì?»

Rivers bevve un sorso d'acqua con la cannuccia e rispose: «Ci ho pensato. Deve averle portate il fattorino, oppure qualcuno che è entrato nella mia proprietà mentre io ero dal ferramenta. Visionate i filmati».

«Certo» rispose Mahoney. «Ha nemici, signor Rivers? Chi potrebbe volerla incastrare?»

«Ho due ex mogli e tre o quattro ex fidanzate che mi odiano, ma non credo che siano state loro. Mi taglierebbero volentieri i cosiddetti, ma dubito che decapiterebbero due persone per mandarmi in galera.»

« Chi è Maxine? »

Rivers mi guardò stupito. « La mia gatta? »

« Ha una gatta? » domandò Sampson.

Chiusi di nuovo gli occhi.

« Sì. La tengo nel bunker, così mangia i topi. Certe volte, però, è dispettosa. E quando devo darle la medicina, si nasconde e mi fa dannare. »

L'avvocatessa di Rivers prendeva appunti. « Avrei una domanda da rivolgervi » disse.

« Se possiamo, rispondiamo volentieri » replicò Mahoney.

« State per caso cercando un collegamento con il rapimento di quella donna nell'Ohio, Diane Jenkins? C'è una testa mozzata anche in quel caso, dico bene? I media non hanno detto come si chiamava l'agente dell'FBI che se l'è trovata in macchina. Era lei, agente speciale Mahoney? »

« Anch'io ero presente » risposi guardandola negli occhi.

Cowles annuì lentamente. « Quindi c'è di mezzo il famigerato M. »

« E chi è? » chiese Rivers.

« Non possiamo rispondere perché non lo sappiamo » disse Mahoney a Cowles.

« Ma i casi sono correlati? » domandò l'avvocatessa.

« Sì » risposi.

Cowles si irrigidì. « Come immaginavo. Perché M avrebbe dovuto portare due teste nella proprietà del mio assistito? E perché voi eravate lì, dottor Cross? Ispettore Sampson? »

« Si tratta di un'indagine federale estremamente complessa, che... » cominciò Mahoney.

« Solo la verità ci rende liberi » dissi io e alzai le mani, palmi all'insù. « Signor Rivers, avvocatessa Cowles, adesso vi racconto com'è andata esattamente. Se ci saranno conseguenze, mi assumerò le mie responsabilità. »

# 50

Mia nonna mi aveva insegnato che, quando si sbaglia, bisogna ammettere i propri errori e assumersene la responsabilità. Quando si supera il limite, si deve fare marcia indietro. Se si prende una cantonata per incomprensione o pregiudizio, è giusto riconoscerlo.

«Quando menti o cerchi di insabbiare, alla fine paghi conseguenze ancora peggiori» mi diceva sempre quando ero ragazzino. «Se combini un guaio, Alex, cerca di rimediare e poi vai avanti con la tua vita.»

I consigli di mia nonna si erano sempre rivelati preziosi e li seguii anche quel giorno con Rivers. Impiegai una ventina di minuti per spiegare la situazione, dal primo messaggio di M fino a quello su Wickr che mi era arrivato poco prima che Rivers scoprisse la testa mozzata nel suo laboratorio e al successivo inseguimento, conclusosi con l'incidente e il salvataggio.

«Eravamo ancora convinti che lei fosse M. Per fortuna, l'abbiamo tratta in salvo prima che la Porsche prendesse fuoco.»

«Fortuna?» ribatté l'avvocatessa. «Il mio assistito non avrebbe avuto l'incidente, se voi non l'aveste inseguito. Non sarebbe scappato, se non vi avesse sentito scendere le scale del suo bunker. Lei ha commesso una violazione di proprietà privata per ben due volte, dottor Cross.»

Alzai le mani. «È vero. In mia difesa posso solo dire che nel bunker del signor Rivers speravo di trovare Diane Jenkins o qualcosa che ci consentisse di liberarla.»

«No, sperava di trovare qualcosa che dimostrasse che il mio assistito era M.»

«Anche» ammisi. Guardai Rivers, che mi stava fissando. «Gli do la caccia da anni, signor Rivers. M mi perseguita, mi provoca, mi riempie di minacce. Non solo me, ma anche l'ispettore Sampson e l'agente speciale Mahoney. La prego di perdonare la mia ossessione: ho agito con le migliori intenzioni. Il mio scopo era impedire a M di strangolare, decapitare e sequestrare altre persone.»

Cowles sbuffò sprezzante. «Be', guardi che cosa ha ottenuto. Guardi come la sua ossessione ha ridotto il mio assistito. Potremmo farle causa.»

«Uno cerca di essere corretto e sincero e questo è il ringraziamento?» Mahoney era disgustato. «Andiamocene. Non abbiamo altro da dirci.»

«No» intervenne Rivers. «Non le farò causa.»

«Dwight» incominciò Cowles.

«No, Sheila, non voglio fargli causa» ribadì. «Sarei andato a quella velocità anche se loro non mi avessero inseguito, probabilmente. E se non ci fossero stati loro, a quest'ora sarei morto.»

«Scusami, ma io la vedo diversamente.»

Rivers mi guardò negli occhi. «È il suo professor Moriarty, vero, Cross? Questo M, dico.»

Capii che si riferiva all'antagonista di Sherlock Holmes e mi strinsi nelle spalle. «Sì, qualcosa del genere.»

«Per Holmes divenne un'ossessione che rischiò di portarlo alla morte.»

«Me lo ricordo.»

Rivers continuò a scrutarmi. «Non so se essere lusingato o offeso dal fatto che pensasse che io fossi M. O, meglio, che lo pensassero i vostri software.»

«Mi scuso. Personalmente e a nome dei nostri software.»

Rivers rise. «Se c'è una cosa che ho imparato è che non bisogna mai scusarsi per quello che dicono i software, perché i software fanno quello che sono stati programmati per fare. Niente di più e niente di meno.»

«Dwight» intervenne Cowles. «Penso che...»

A Rivers brillavano gli occhi. «Sta per catturarlo, vero, Cross? Comparirà nei filmati delle mie videocamere. Ormai M non ha scampo, giusto?»

«Ammesso che si fosse travestito da fattorino. Lo spero tanto.»

Cowles si morse il labbro.

«Come faceva M a sapere che mi stavate spiando, però? Come ha fatto a mettere una testa nel mio laboratorio e una sulla Porsche e poi ad avvertirvi?»

«Non ne ho idea.»

Rivers chiese alla sua avvocatessa di avvicinarsi e le parlò nell'orecchio, talmente piano che lei dovette chiedergli di ripetere. Sheila Cowles ascoltò quello che lui aveva da dirle, poi mi guardò e annuì.

Mi venne accanto e bisbigliò: «Porti il suo telefono fuori dalla stanza e lo spenga».

# 51

Presi l'iPhone, lo guardai e poi lanciai un'occhiata a Rivers, che annuì.

Uscii, spensi il telefono e chiesi alla caposala se poteva tenermelo lei per qualche minuto. Tornai nella stanza e Rivers disse: «Fossi in lei, lo metterei in modalità DFU».

«E cioè?»

«Serve a eliminare i dati nella memoria del dispositivo, comprese eventuali app nascoste che un hacker potrebbe averle caricato per accedere a microfono e videocamera. Dia un'occhiata su Google.»

Annuii, sentendomi esposto, spiato. Dovevo assolutamente scoprire se M mi aveva hackerato il telefono e chi sapeva cosa. Ma come potevo fare?

Arrivò un'infermiera per annunciare a Rivers che doveva sottoporsi a un esame.

«La salutiamo» disse Mahoney, e ci fece cenno di andare.

Mi fermai dalla caposala per farmi restituire lo smartphone e poi andammo a prendere l'ascensore.

«Hai già visionato i filmati di Rivers, vero?» disse Sampson non appena le porte si furono chiuse.

«Dal primo all'ultimo» rispose Mahoney. «Sono in linea con quello che ha dichiarato.»

«Il fattorino si vede?»

«Da più angolazioni, sì. Ma mai in faccia, purtroppo.»

«E il furgone?»

«Finestrini oscurati, nessuna insegna, targa rubata.»

«Quindi era davvero M.»

«Magari l'avremmo visto meglio, se tu non avessi manomesso la videocamera puntata sulla porta d'ingresso del bunker» recriminò Mahoney. «Invece così vediamo soltanto la sua sagoma che consegna i pacchi e poi torna a chiudervi dentro.»

Sbuffai. «Ho combinato un bel casino.»

«Sì.»

Le porte dell'ascensore si aprirono.

Uscimmo in strada.

«Bisogna che Rawlins controlli il tuo iPhone al più presto» disse Mahoney.

«Sì. Oggi glielo porto.»

Dopo un momento di esitazione, Mahoney mi guardò e disse: «Se Rivers cambia idea e decide di farti causa, vince».

«Speriamo che Cowles non lo convinca.»

«L'FBI non vuole consulenti esterni che si fanno portare in tribunale.»

Arrossii. «Non succederà più. Prometto.»

«Anche i migliori sbagliano, di tanto in tanto» sentenziò Mahoney. Mi strinse la mano e si congedò. Sampson, che era stato stranamente zitto, disse che doveva tornare in ufficio a finire un lavoro.

«Sei arrabbiato con me?» gli domandai.

Sampson fece una piccola smorfia e poi scosse la testa. «No. Però sono dispiaciuto, perché io non rischio soltanto un'azione legale, Alex: io rischio il posto di lavoro.»

Mi sentii male, perché sapevo che aveva ragione. «Scusa.»

«Va bene. Tra un po' mi passa, okay?»

Il mio migliore amico mi fece un mesto sorriso, si voltò e se ne andò.

Lo guardai finché non scomparve dietro l'angolo. Decisi di tornare a casa a piedi per riflettere e poi svuotarmi la mente prima dell'incontro con l'ennesimo allenatore intenzionato a convincere mia figlia Jannie a iscriversi alla sua università.

Cercai di non pensare a Sampson e di concentrarmi sul fatto che forse Rivers aveva ragione e M mi aveva hackerato lo smartphone. Magari mi stava tracciando in quel preciso momento. In realtà, in quel preciso momento non poteva farlo perché lo avevo spento.

Sollevato da quel peso, mi chiesi come avesse fatto M ad accedere al mio telefono. Sul sito di Wickr avevo letto che per contattare una persona bastava mandare un messaggio al suo numero e, se questi aveva l'app sul telefono, lo riceveva.

C'erano molti modi attraverso i quali M poteva essersi procurato il mio numero di telefono, ma non capivo come potesse tracciarmi o addirittura ascoltare le mie conversazioni. Che mi avesse clonato il cellulare? Ma quando? E dove?

Mi faceva infuriare che M fosse sempre tre passi avanti a me. O invece era tre passi indietro, e mi seguiva?

In preda alla paranoia, mi voltai a controllare se ci fosse qualcuno che mi pedinava. C'erano diverse persone alle mie spalle e sull'altro marciapiede, ma nessuna mi stava guardando e nessuna si comportava in maniera sospetta.

Per sicurezza, feci una serie di deviazioni e nei pressi del National Mall decisi che potevo stare tranquillo. Tagliai verso sud-est in direzione Fifth Avenue e decisi di chiamare Rawlins per chiedergli di venire a casa mia, senza aggiungere altro per non destare sospetti.

Accesi lo smartphone e gli lasciai un messaggio, pregandolo di chiamarmi sul fisso. Avevo due nuovi sms: Jannie che mi ricordava l'appuntamento con la coach e Nana che mi chiedeva di comprare il latte mentre tornavo a casa.

Mi domandai se M fosse in ascolto e mi accinsi a spegnere il cellulare, ma in quel momento mi arrivò un messaggio Wickr.

*Stai cuocendo a fuoco lento, vero, Cross? Come la zuppa di pesce. Anzi, di teste di pesce. Buon appetito, Cross.*

*Basta con gli scherzi: adesso viene il bello. Fra poco capirai. M sta per...*

Feci subito lo screenshot, prima che il messaggio scomparisse.
Vidi un piccolo lampo, poi lo schermo tornò vuoto.

# 52

Lo screenshot era ancora archiviato fra le foto quando Keith Karl Rawlins venne a casa mia a prendere il mio telefono. Bussò alle sei di quel pomeriggio, io lo raggiunsi sulla veranda e glielo porsi.

«Pensa di riuscire a capire come fa a tracciarmi?»

«Penso proprio di sì» rispose Rawlins guardando lo screenshot. Spense lo smartphone e lo mise in una busta foderata di piombo. «Il trucco sta nel non farsene accorgere.»

«Ci riuscirà, Rawlins?»

Mi guardò con condiscendenza. «A occhi chiusi.»

«Rivers mi ha suggerito di metterlo in modalità DFU, ma non so bene che cosa voglia dire.»

«È l'acronimo di *Device Firmware Update*» rispose. «È una procedura di reset con cui certamente il bug si elimina. Prima di eliminarlo, però, voglio capire bene cos'è.»

Lo salutai e vidi che stava arrivando Ali in sella alla sua mountain bike, sudato e sorridente.

«Ti sei divertito?» gli chiesi.

«Non hai idea di come vanno in bici quei ragazzi.»

«E il capitano Abrahamsen?»

«Oggi non c'era. Si allenava con la squadra.»

«Vai a fare la doccia. Dopo cena abbiamo appuntamento con una coach per Jannie.»

«L'università del Texas offre borse di studio anche per meriti ciclistici?»

«Non ne ho idea. Vatti a lavare.»

Stavamo finendo di rigovernare e Jannie era di sopra a inviare i compiti via email, quando sentimmo suonare alla porta. Andai ad aprire e mi ritrovai di fronte una donna alta e snella, fra i trentacinque e i quarant'anni, in tailleur pantalone blu e ventiquattrore.

Sorrise, mi strinse la mano e disse: «Sono in anticipo?»

«Non si preoccupi, professoressa Wilson. Lieto di conoscerla. Prego, si accomodi.»

La coach Rebecca Wilson era responsabile della squadra di atletica femminile della University of Texas, a Austin.

«Grazie di avermi ricevuta» rispose.

«Grazie a lei.» La feci accomodare.

Rebecca Wilson era stata due volte campionessa di eptathlon nella prima divisione NCAA e la stavamo incontrando per questo.

Jannie fino a quel momento aveva ottenuto i risultati migliori nella corsa, ma un allenatore che l'aveva notata le aveva suggerito di provare l'eptathlon, che era la specialità più impegnativa dell'atletica leggera femminile. Speravamo che Wilson offrisse a Jannie un'alternativa alla corsa pura.

«Che buon profumino!» esclamò la coach mentre io le appendevo la giacca.

«Mia nonna ha preparato la torta di mele apposta per lei.»

«È uno dei miei dolci preferiti» disse Rebecca Wilson. «E una delle ragioni per cui la mattina mi alzo e vado a correre, ovunque io sia.»

«Immagino lei viaggi molto in cerca di giovani promesse.»

«Be', il mio è un lavoro che richiede tempo, se lo si vuole fare al meglio. Jannie c'è?»

«Arriva subito. Sta inviando i compiti per email» risposi, e la feci entrare in cucina, dove Nana, Bree e Ali ci stavano aspettando.

Sentito che la University of Texas non aveva borse di studio per ciclisti, Ali andò di là a guardare un video di campioni di mountain bike. Mentre scambiavamo altri convenevoli, Jannie ci raggiunse. Aveva un aspetto migliore, rispetto agli ultimi tempi, ma era dimagrita e aveva leggere occhiaie.

Rebecca Wilson la studiò, stringendole la mano con un sorriso. «Finalmente ci conosciamo! Piacere.»

«Piacere» disse Jannie. «Grazie di essere venuta fino a Washington.»

«Immagino che ti siano venuti a cercare anche da più lontano del Texas.»

Jannie sorrise. «Qualcuno, sì.»

«Oregon?»

«Sì.»

«Chi altri, se posso chiedere?»

«Arizona, University of Southern California e Duke» risposi io.

«Ottimo, tenuto conto dell'età. Vi hanno tutti fatto un'offerta?»

«Niente di scritto» risposi.

«Niente di niente? Nemmeno una lettera?»

«Per ora sentiamo che cosa le offrono» intervenne Nana. «Come diceva lei stessa poco fa, Jannie è ancora molto giovane.»

Wilson apprezzò. Prese un quaderno e assunse un'espressione più professionale.

«Ho visto i tuoi tempi del primo anno e due gare del secondo anno e anche alcuni video interessanti» disse. «Quelli trasmessi da ESPN quando ti sei rotta il piede nei quattrocento. Come va adesso, a proposito?»

Jannie mi lanciò un'occhiata prima di rispondere: «Non mi fa più male. È guarito completamente».

«Bene. Mi fa piacere. Dottor Cross, potrebbe farmi avere un certificato che attesti che il piede è guarito?»

Aggrottai la fronte. Non ce lo aveva mai chiesto nessuno. «Penso che l'ortopedico che l'ha curata non abbia problemi a certificarlo. L'importante comunque è come si sente Jannie, no?»

« Sì, certo » rispose Rebecca Wilson. « Ma poiché stiamo parlando di un investimento importante, in termini di tempo e di denaro, vogliamo essere cauti. Sono sicura che lei capisce. »

Non feci in tempo a rispondere, perché Wilson si rivolse a Jannie. « Ho saputo che sei stata poco bene. »

« Ho avuto la mononucleosi » rispose mia figlia. « Ma sono praticamente guarita. »

Wilson scrisse qualcosa sul quaderno e alzò la testa. « Ti ammali spesso, Jannie? »

# 53

Jannie mi guardò. E lo stesso fecero Bree e Nana. La conversazione aveva preso una piega totalmente inaspettata.

Mi strinsi nelle spalle e risposi: « Né più né meno degli altri miei figli. Vero, Nana? »

« Verissimo » rispose mia nonna. « Perché lo chiede, signora Wilson? »

La coach sorrise e posò la penna sul quaderno. « L'eptathlon è una specialità molto impegnativa, dal punto di vista fisico e mentale. Sette gare in due giorni. E gli allenamenti sono durissimi. »

« Ci spieghi » disse Bree.

Wilson si chinò a prendere dalla ventiquattrore un bloc-notes a spirale. « Questa è la programmazione annuale delle atlete che sto seguendo in questo periodo. Ogni giorno hanno qualcosa da fare, trecentosessantacinque giorni l'anno. »

Ci descrisse le attività: pesi, pliometria e agility fuori stagione, interminabili allenamenti e lavoro tecnico in preparazione delle gare, ore di mantenimento e recupero durante le gare.

« Capite bene che per farcela bisogna essere in perfetta forma » disse Wilson. « La fatica e la pressione sono molto pesanti. »

« Capisco benissimo » replicò Nana. « Ma un'atleta ha anche il tempo per studiare? »

« Certamente! » rispose Wilson e, dopo un attimo di esitazione, aggiunse: « Però... Sarò sincera, e spero che anche i coach delle altre università lo siano stati. Per competere nell'eptathlon ad alto livello e poter aspirare a gareggiare un giorno alle Olimpiadi... »

«Sì?» disse Jannie.

La coach si mise una mano sul cuore. «L'allenamento deve venire prima dello studio.»

«Che cosa?» esclamammo in coro io e mia nonna. Non ci piaceva.

Wilson alzò le mani. «Aspettate. Quando gareggiavo nell'NCAA, seguivo i corsi il minimo indispensabile e mi allenavo molte ore, ma ho sempre preparato bene gli esami. Ci ho messo cinque anni e mezzo, ma mi sono laureata con il massimo dei voti. E nel frattempo ho partecipato a due campionati nazionali e alle Olimpiadi.»

Ci riflettemmo su.

Jannie mi guardò. «A me sembra ragionevole, papà. Nel senso: a me viene l'ansia già adesso, quando devo scegliere fra studiare o allenarmi.»

«Hai ragione» disse la coach. «Può essere molto stressante cercare di eccellere sia nello sport che negli studi.»

Dopo qualche minuto di silenzio, Bree disse: «Anche a me sembra ragionevole. Che Jannie dedichi meno tempo allo studio, intendo. Se decide di gareggiare nell'eptathlon».

«E se invece continua a correre e basta?»

«Se si limita alla corsa, potrà fare la studentessa a tempo pieno. Ma probabilmente non alla University of Texas.»

Rimanemmo tutti basiti.

«Quindi Jannie non le interessa in quanto velocista?» chiesi.

«Al momento no. Mai dire mai, però.»

«Non capisco» disse Nana. «Ha già ricevuto offerte da cinque università diverse!»

«Lo so. Ma in questo momento non me la sento di fargliene una anch'io.»

Rimanemmo tutti zitti. «Come velocista o anche per l'epthathlon?» chiese Jannie dopo un po'.

«Tutti e due, e ti spiego subito perché» rispose la coach,

con calma e gentilezza. «Ho visto i tuoi video, ho parlato con i tuoi allenatori e devo dire che una con le tue doti sportive si trova raramente. Una specie di unicorno, insomma, dal potenziale illimitato. Poi però ti sei rotta il piede.»

«Sì, ma è guarita. Tant'è che ha vinto anche negli ultimi meeting indoor» ribattei irritato.

«Lo so. Ma il problema è questo: dall'infortunio in poi, Jannie ha partecipato soltanto a nove meeting e uno solo outdoor. Adesso ha la mononucleosi, e le possibilità che si riprenda in tempo per ottenere risultati di rilievo nella stagione primaverile sono risicate, almeno sulla carta. E finora non ha gareggiato in nessun'altra disciplina, che mi risulti.»

«Ted McDonald, un allenatore indipendente, l'ha fatta allenare per tutti gli eventi di eptathlon degli ultimi tre anni.»

«Gli ho parlato. È uno dei principali motivi per cui oggi sono qui.»

Nana incrociò le braccia. «Per dire a Jannie che la University of Texas non le offrirà una borsa di studio? Glielo avrebbe potuto dire per telefono.»

Rebecca Wilson sorrise. «In realtà sono venuta per incoraggiare Jannie a fare tutto il necessario per guarire e recuperare e poi allenarsi in maniera da poter competere in una breve serie di meeting questa estate. Io o una delle mie assistenti andremo a vedere per capire se l'unicorno c'è ancora oppure no.

«Se Jannie è interessata all'eptathlon, non potrà limitarsi alle gare di corsa e si dovrà cimentare in almeno altre due discipline a sua scelta. Che so, salto in lungo e lancio del giavellotto, per esempio. A seconda di come andranno le gare, tornerò con un'offerta, *scritta*, per una borsa quinquennale e una tabella di allenamento da seguire.»

Si congedò pochi minuti dopo e noi ci riunimmo in cucina.

«È diversa da tutti gli altri» osservò Nana. «Quelli sbavavano per Jannie.»

«Forse dovrei chiamare il coach dell'Oregon e accettare la sua offerta» rispose Jannie, sulla difensiva.

«Se vuoi scegliere la strada più facile, sì» risposi. «Ma la coach Wilson non ti stava dando addosso: ti stava sfidando a dare il meglio di te.»

«Per dimostrarle che valgo?» chiese lei.

«Non è proprio questo lo spirito dello sport? Dimostrare il proprio valore?»

«Forse» ammise con scarso entusiasmo.

«Non ti aspettavi che fosse facile, no?» le chiese Nana.

«Be', con gli altri coach non è stato così difficile come con lei.»

«Senza impegno e senza fatica non si raggiungono mete importanti, signorinella.»

Jannie sospirò e andò ad abbracciare la bisnonna. «Hai ragione, Nana. Come sempre.»

«Non esagerare» la corresse lei. «Proprio sempre sempre no. Molto spesso, diciamo.»

# 54

Mi misi una giacca con il cappuccio e uscii in veranda. Era una bellissima sera di marzo, la temperatura era di quindici gradi e l'aria profumava di fiori, ma io mi sentivo oppresso.

Mi sedetti sul dondolo di Nana.

Bree mi raggiunse e venne a sedersi vicino a me.

« È proprio vero che nella vita non si sa mai cosa succederà » disse.

« In che senso? »

« Nel senso che ti aspetti delle cose e te ne arrivano delle altre. »

« Ti riferisci a Jannie? »

« Sì. L'ha presa male. E tu? »

« No, a me sta bene. »

« Dalla faccia che hai, non sembrerebbe. »

« È Sampson » dissi, e le raccontai tutto.

« Ha ragione. E ha fatto bene a dirtelo » osservò Bree, quando ebbi finito.

« Lo so. Adesso mi sento in colpa, ma sul momento ero convinto che bisognasse fare come dicevo io. »

Bree mi mise un braccio intorno alle spalle. « Hai preso la strada più pericolosa. Quella che il novantanove per cento della popolazione avrebbe accuratamente evitato. »

« Ho fatto ben di più che prendere la strada sbagliata, Bree. »

« Non mi pare. A meno che tu non volessi davvero trascinare Sampson in una situazione che avrebbe potuto costargli il posto di lavoro. »

« No. »

« Ecco, vedi? » ribatté Bree, e mi abbracciò. « Hai momentaneamente perso la rotta, ma non sei naufragato. Hai avuto un piccolo problema di navigazione, tutto qui. »

Sorrisi. « La vita è un viaggio per mare? »

Bree rise e mi diede un bacio sulla guancia. « Più o meno. »

« Grazie » le dissi, restituendole il bacio.

« E di che? »

« Della fiducia. »

« Ora e sempre, Alex Cross. »

Bree mi aveva consolato, ma continuavo ad avere sentimenti contrastanti nei confronti di Sampson e lei me lo lesse negli occhi. « Tu e John dovete parlare, Alex. »

« Sei molto perspicace, sai? »

« Da qualcuno avrò imparato... »

« Salgo in macchina e vado da lui adesso. Così ci chiariamo. »

Bree mi diede una pacca di incoraggiamento. « Così stanotte dormi sereno. »

« Giusto. »

« Allora, ciao » disse lei. « Ti aspetto sveglia. »

Salii sulla nostra vecchia Mercedes, accesi il motore e mi immisi in Fifth Street.

Vidi i fari di un veicolo nello specchietto retrovisore: era un SUV nero che era appena uscito dal suo posteggio a circa un isolato di distanza.

Avrei potuto fare il tragitto per la casa di Sampson a occhi chiusi, e meno male, perché quella sera avevo la testa altrove.

Avevo lo screenshot dell'ultimo messaggio di M su un vecchio telefono, ma non avevo bisogno di tirarlo fuori dalla tasca per ricordarlo. Il tono provocatorio e strafottente e l'accenno alle teste di pesce non facevano che alimentare la mia ansia, mi rammentavano che M era bizzarro e imprevedibile, e ce l'aveva con me. Voleva tenermi sotto pressione e l'unica cosa che potevo fare era cercare di non rimuginarci troppo sopra.

Ma non potevo sottovalutare la seconda parte del messaggio.

*Adesso viene il bello. Fra poco capirai.*

*M sta per...*

Mi era chiaro che M mi stava stuzzicando, spingendomi a bruciare tutte le mie energie mentali nel tentativo di anticipare la sua prossima mossa. Ma non c'era solo questo.

«Sa perfettamente che il nome M mi scombussola nel profondo» borbottai fra me rallentando al semaforo giallo in Pennsylvania Avenue. «Che cosa significa? Chi c'è dietro?»

Per abitudine, guardai nello specchietto retrovisore e vidi cinque veicoli nell'altra corsia: un furgone, un pickup, un minivan, una jeep bianca e un SUV nero.

Scattò il verde e io svoltai verso la Beltway, la tangenziale di Washington, ripensando alla conclusione del messaggio: *M sta per...*

*Moriarty.*

Mi venne in mente perché Rivers lo aveva nominato quel pomeriggio. Ma, pur sapendo che era impossibile, non riuscivo a fare a meno di pensare che M fosse l'iniziale di...

*Mastermind.*

*Il soprannome di Kyle Craig.*

Continuai a guidare cercando di non prendere nemmeno in considerazione l'ipotesi che Craig fosse ancora vivo e stesse giocando con me al gatto col topo. Qualcuno lo stava facendo, però. Qualcuno aveva ingaggiato con me un gioco mortale.

Sentii suonare un clacson alle mie spalle e mi riscossi da quei pensieri. Guardai nello specchietto e vidi il furgone nella corsia vicino alla mia prendere l'uscita per East Capitol Street. Dietro di lui, c'era un SUV nero BMW.

Poteva non essere lo stesso di prima, naturalmente, ma l'istinto mi diceva che qualcuno mi stava seguendo.

Decisi di metterlo alla prova, e accelerai prima di affrontare la curva successiva.

Guardai il tratto di autostrada davanti a me, vidi che era praticamente deserto e mi concentrai sullo specchietto.

Il SUV sbucò rombando dalla curva, prima di quanto avessi previsto, e si piazzò proprio dietro di me, senza più nemmeno provare a passare inosservato.

Il mio inseguitore aveva smesso di nascondersi nel traffico.

Ce l'aveva con me.

E mi inseguiva a tutta velocità.

# 55

Accelerai e presi la pistola dalla fondina ascellare per posarmela in grembo.

Il SUV BMW mi seguiva con gli abbaglianti accesi.

Spostai la mano sinistra verso il comando dello specchietto laterale per inclinarlo verso destra e rallentai. Il SUV mi raggiunse mentre passavamo davanti alla stazione della metropolitana di Minnesota Avenue.

Cercava di tallonarmi, e di abbagliarmi. Spostai lo specchietto dalla parte del passeggero.

Due anni prima, il mio figlio maggiore, Damon, aveva strisciato contro un palo del telefono uscendo da un posteggio in retromarcia e lo specchietto destro era rimasto leggermente piegato. Non lo avevamo mai fatto riparare, perché avevamo scoperto che era utile: quando ti arrivava alle spalle un veicolo con gli abbaglianti accesi, se inclinavi lo specchietto a una certa angolazione, la luce gli si rifletteva in faccia.

E così, quando il SUV giunse a quattro o cinque metri da me, il riflesso della luce dei suoi fari arrivò dritto negli occhi dell'uomo al volante.

Si portò una mano alla fronte e frenò, e io schiacciai l'acceleratore a tavoletta, guadagnando almeno sessanta metri di vantaggio.

Stavamo passando davanti a Eastland Gardens, ma nemmeno me ne accorsi, tanto ero rimasto scioccato da ciò che avevo appena visto.

Avevo avuto una fugace visione del conducente del SUV, prima che si coprisse gli occhi e frenasse: giacca scura, cravatta, guanti neri, fra i quaranta e i cinquanta, occhiali scuri, capelli chiari e il naso, gli zigomi e il mento prominente del defunto ex agente speciale FBI Kyle Craig.

Era un'immagine talmente vivida e sconvolgente che per un pelo non travolsi un furgone che si immetteva dalla Highway 50.

Frenai di colpo, il furgone sbandò e strombazzò e poi si allontanò davanti a me.

Appena mi ripresi, guardai negli specchietti sperando di vedere il SUV BMW, che però non c'era più.

Dietro di me non c'erano fari. Impossibile.

Regolai lo specchietto del passeggero e mi accorsi che il SUV correva a luci spente sotto i lampioni dell'autostrada e si stava avvicinando a me a una velocità da paura.

Avrei potuto frenare e lasciarlo passare. Invece abbassai il finestrino dalla parte del passeggero e continuai a guardare, cercando di rivedere Craig pur avendo la certezza assoluta del fatto che Kyle Craig era morto e sepolto da anni.

Il furgone davanti a me frenò, costringendo a frenare anche me, e il SUV ci superò.

Il finestrino del passeggero era abbassato. Non riuscii a vederlo in faccia, ma di sicuro sentii la sua voce, che mi riecheggiò a lungo nelle orecchie.

«M lo diceva, che non imparerai mai, Cross!»

La mano guantata si sporse oltre il finestrino per lanciare qualcosa. Sul mio parabrezza atterrò un palloncino azzurro, che scoppiò spargendo un liquido viscoso sul vetro, oscurandolo completamente.

Dovetti frenare e spostarmi sulla destra, cercando di orientarmi con lo specchietto rotto. Accostai sul ciglio della strada senza fiato, grondante sudore. Il parabrezza era interamente coperto di quel liquido denso, che era gocciolato anche sui fari e dava alla luce un riflesso color rame.

Stavo per azionare i tergicristalli, ma mi trattenni. Presi la

Maglite dal vano portaoggetti e scesi dalla portiera destra per evitare di farmi investire dalle macchine in corsa.

Il SUV e il furgone erano scomparsi. Mi avvicinai al cofano e puntai la torcia sul parabrezza. Il liquido era di un rosso scuro e intenso e con il freddo si stava addensando sul vetro, simile a una gelatina.

Lo toccai, lo sfregai fra le dita, lo annusai e capii subito che era sangue. Sangue vero.

# 56

John Sampson illuminò il parabrezza con la sua torcia.

« Hai fatto tutta la strada con il parabrezza in queste condizioni? Guardando da qui? » mi chiese indicando il minuscolo pezzetto che avevo pulito, proprio davanti al volante.

« Volevo contaminare le prove il meno possibile. »

« Perché sangue? » chiese Ned Mahoney.

Quando lo avevo chiamato, Ned era ancora al lavoro e mi aveva raggiunto subito. Eravamo davanti alla casa di Sampson e stavamo aspettando la Scientifica.

« Non ne ho idea » risposi.

« Sei riuscito a vedere quello che te l'ha lanciato? » domandò Mahoney.

« Sì, e non vi piacerà. Come non piace a me, del resto. »

Sampson replicò: « Sono tante le cose che non mi piacciono, ultimamente ».

Mi allontanai un momento dalla macchina, ripensando a quello che avevo visto, e poi tornai dai due uomini di cui mi fidavo di più al mondo.

« Assomigliava a Kyle Craig. »

« Per favore, Alex! » gemette Mahoney. « Craig è morto: fattene una ragione. »

« L'hai ammazzato tu, Alex » disse Sampson.

« Lo so, lo so. Diciamo che l'uomo alla guida di quel SUV BMW assomigliava in maniera sconcertante a come immagino sarebbe Craig adesso, se fosse... »

Mi guardarono entrambi con gli occhi socchiusi.

« Se fosse tornato dall'aldilà? » suggerì Sampson.

«Sentite, quell'uomo assomigliava a Craig prima della plastica facciale, se fosse invecchiato naturalmente. Avete presente quei software che da una tua foto ti dicono come sarai fra un tot di anni? Ecco, così. Il problema è che Craig, prima che io lo smascherassi e lo uccidessi, si era fatto rifare completamente la faccia da quel chirurgo estetico in Florida per cambiare connotati e fingere di essere un agente FBI.»

Sampson e Mahoney rimasero zitti.

Poi Mahoney disse: «A meno che quello che hai ucciso non fosse il vero Craig».

«Mi scoppia la testa» disse Sampson. «Secondo voi è possibile?»

«No» risposi. «Quello che ho visto morire era Kyle Craig. La persona che ho visto stasera su quel SUV assomigliava a Craig prima della plastica facciale. Ma anche la voce era uguale.»

«Vi siete parlati? Durante un inseguimento in autostrada?» chiese Mahoney.

«Mi ha urlato dal finestrino a voce talmente alta che mi è venuto il dubbio fosse amplificata. 'M lo diceva, che non imparerai mai, Cross!' Stessa voce e stesso accento di Craig.»

«E subito dopo ti ha tirato un palloncino pieno di sangue?» chiese Sampson.

«Esatto.»

«Vorrei sapere cos'ha nella testa 'sto bastardo» mormorò Mahoney.

«Bastardi. Plurale» precisò Sampson. «Se vogliamo credere a questo pseudo-Craig, a dire che tu non imparerai mai non è lui, ma M. Quindi sono almeno in due.»

«Pseudo Craig» ripetei con un sorriso. «Bello. E azzeccato.»

Con mio grande sollievo, anche Sampson sorrise.

Arrivarono i tecnici della Scientifica, che prelevarono un certo numero di campioni di sangue prima di darci il permesso di lavare la macchina con la manichetta di Sampson.

«Pensi che io sia impazzito?» domandai a Mahoney.

«Perché hai visto Craig? No. Se dici che hai visto uno che poteva essere il fratello maggiore, ti credo. Adesso vi saluto: torno a casa e vado a dormire.»

«Grazie, Ned.»

«Prego, amico mio.»

Lo guardammo allontanarsi, poi Sampson disse: «Birretta?»

«Volentieri.»

Andò a prendere due bottiglie nel frigo del garage e me ne porse una. Bevvi un bel sorso rinfrescante, assaporandolo.

Poi abbassai la bottiglia e dissi: «Stavo venendo qui da te, quando Pseudo Craig mi ha fatto un gavettone di sangue».

«Davvero?»

«Sì. Stavo male e volevo chiederti di nuovo scusa. Tengo moltissimo a te e alla nostra amicizia. Ti garantisco che non succederà più.»

Sampson fece di sì con la testa, poi mi guardò negli occhi. «D'accordo.»

«Grazie» dissi, accennando un brindisi con la bottiglia. «Ho più che mai bisogno di te nella mia vita, John.»

«Idem» rispose lui, facendo cin cin.

# 57

Il giorno dopo all'una ero di nuovo ai controlli di sicurezza all'ingresso del centro di detenzione di Alexandria. Era di turno la vicesceriffo di Fairfax, Estella Maines.

«Di nuovo a trovare Dirty Marty?»

«Sono qui per il signor Forbes, sì.»

«È il terzo a venirlo a trovare, oggi.»

Aprì la porta di acciaio e un suo collega mi accompagnò nella sala visite, dove aspettai dieci minuti buoni. L'agente FBI in carcere per omicidio si presentò con la barba di due giorni e più nervoso e tremebondo di come lo ricordavo. Si sedette con una certa fatica.

Mi guardò a lungo, poi disse con voce roca: «Grazie di essere venuto».

«Avrei preferito parlare per telefono.»

«Non mi avresti creduto.»

«Ho un quarto d'ora, Marty.»

Forbes si sporse verso di me con le mani giunte e l'espressione scossa. «Indovina chi è venuto a trovarmi stamattina.»

«Ho sentito che sono venute due persone.»

Forbes annuì. «Il mio avvocato. E poi un nostro vecchio amico.»

«Cioè?»

«Kyle Craig.»

Mi venne da vomitare. «È morto.»

«Be', allora vuol dire che è resuscitato, come Lazzaro. Te lo giuro, Alex: meno di quattro ore fa quel figlio di puttana era seduto lì dove sei tu adesso.»

Mi venne la pelle d'oca. « Non era Craig. Craig è morto. »

Forbes si innervosì. « Senti, se ti dico che... »

« Era come l'ultima volta che l'hai visto? »

Più calmo, Forbes rispose: « No. È invecchiato, come tutti ».

« Ti ha detto di essere Kyle Craig? »

« Non ce ne è stato bisogno. Ha semplicemente sorriso nel vedere la mia faccia, poi si è coperto la mano con un fazzoletto, ha preso la cornetta e mi ha detto: 'Ne è passato di tempo, eh, Marty?' Con il suo accento caratteristico. » Forbes era rimasto basito, perché era chiaro che non si trattava di un fantasma, ma di un uomo in carne e ossa, dell'età giusta, e con l'aria divertita.

« Tu lo hai chiamato Craig? »

« No, l'ho chiamato Kyle. Sono rimasto stupefatto e l'ho chiamato per nome. »

« E lui? »

« Sorrideva, poi ha riso. Non capisco. Dopo tutti questi anni... Come faceva a essere lui? »

« Non era lui » ripetei. « Che cosa voleva, comunque, questo... Pseudo Craig? »

« Riferire un messaggio a noi due. »

« Noi due? »

« Esatto. Un messaggio da parte di M. »

Mi irrigidii. « E cioè? »

« 'Non imparerai mai'. »

« E basta? »

« Questo è quel che ha detto. Poi mi ha sorriso, ha riattaccato e se n'è andato. »

Fissai Forbes. « 'Non imparerai mai'? »

« Non so che cosa volesse dire. Mi credi, vero, Alex? »

Ripensai al gavettone di sangue sul parabrezza e alla voce amplificata che aveva pronunciato parole praticamente identiche.

« Alex? »

Mi alzai. « Sì, ti credo, Marty. Devo solo controllare un po' di cose. »

# 58

Trovai Mahoney e Sampson nel saloon preferito di Ned a Capitol Hill, intenti a mangiare un cheeseburger. Posai sul tavolo una busta.

«Pseudo Craig è andato a trovare Marty Forbes al centro di detenzione di Alexandria, stamattina. Un vicesceriffo mi ha aiutato a recuperare le immagini registrate dall'impianto di videosorveglianza.»

«Davvero? E perché è andato da Forbes?» chiese Ned, tirando fuori le foto dalla busta. Inforcò gli occhiali, le guardò e fece la faccia stupita. Poi le passò a Sampson. «Gesù, allora avevi ragione, Alex» disse scuotendo la testa. «Questo signore assomiglia veramente a un Kyle Craig con qualche anno di più. Stesso colore di capelli, stesso taglio...»

«Fa venire i brividi» disse John.

«C'è anche la fotocopia della patente.»

Mahoney la cercò e la studiò. Era stata rilasciata in Pennsylvania.

«Gordon Harris, 27 Flintock Lane, Lancaster, Pennsylvania. Sembra autentica.»

«Quasi. A Lancaster, al 27 di Flintock Lane, abitava effettivamente un certo Gordon Harris. Ma è stato strangolato cinque mesi fa nel suo garage.»

«Con una cravatta?» domandò Sampson.

«No, una corda da pianoforte. Non ho ancora parlato con gli investigatori che si sono occupati del caso, ma presumo che la patente non sia mai stata ritrovata.»

Mahoney rifletté. «E tu perché sei andato a trovare Forbes?»

Gli spiegai del messaggio di M e del fatto che Forbes sosteneva che una persona che si faceva chiamare M fosse colpevole degli omicidi al largo della Florida che venivano addebitati a lui.

«Non me ne avevi mai parlato» replicò Mahoney.

«Nemmeno a me» disse Sampson.

«Le prime due volte sono andato a trovarlo in carcere in quanto terapeuta e quindi ero vincolato dal segreto professionale.»

Ned non era convinto, ma non polemizzò. Guardò di nuovo le foto di Pseudo Craig.

«Hai visto la seconda?» chiesi. «Quella in cui tiene la mano sul bancone davanti alla vicesceriffo Maines? È l'unica occasione in cui ha toccato qualcosa in tutta la struttura. Maines ha chiamato un tecnico che rilevasse eventuali impronte, ma le speranze sono poche, perché sul quel bancone posano le mani un sacco di persone.»

«Dovrebbero esserci telecamere anche all'esterno» disse Sampson.

«In molti punti diversi» disse Mahoney.

«Allora seguiamolo nelle riprese da quando esce dal penitenziario.»

«Fino alla macchina» dissi. «Che magari è un SUV BMW nero.»

Il cellulare di Ned emise un trillo. Ned lo guardò, sfiorò il display con il pollice e se lo avvicinò all'orecchio.

«Vuoi mangiare qualcosa?» mi chiese Sampson.

Guardai l'ora: erano le due. «No, vado a mangiare a casa. Nana ha appuntamento dalla sua dottoressa alle tre e ho promesso di accompagnarla.»

Mahoney chiuse la chiamata e ci guardò sbigottito. «Era il laboratorio. Hanno i risultati delle analisi sui campioni di sangue prelevati dalla tua macchina, Alex.»

«È sangue umano?» chiese Sampson.

«Sì» rispose Ned. «Di otto persone diverse.»

# 59

Nel palloncino che mi era stato lanciato sul parabrezza c'era sangue di otto persone diverse.

Non riuscivo a smettere di pensarci, mentre tornavo a casa, ma quando vidi che Jannie era in piedi e di buon umore, smisi di rimuginare.

«Mi sento benissimo» disse mia figlia. Effettivamente aveva un aspetto molto migliore, rispetto alle ultime settimane. «Quasi quasi vado a fare una corsetta.»

«Non se ne parla» dissi. «La dottoressa ha detto che devi aspettare ancora un po'. Ti sei ammalata anche perché hai chiesto troppo al tuo organismo. Non devi esagerare.»

«Ma papà...»

«Non sto scherzando. Se vuoi tornare a essere competitiva, devi recuperare completamente.»

Con mia sorpresa, Jannie non obiettò. «Di certo, se voglio provare a ottenere la borsa di studio alla University of Texas con la coach Wilson, devo dormire di più e mangiare meglio.»

Sorrisi. «Lo sapevo, che avresti deciso di provarci.»

«Sì, ai meeting dell'estate mi cimenterò in altre due discipline. Mi allenerò, darò il massimo e se si scoprirà che non sono portata per l'eptathlon, pazienza. Vorrà dire che mi concentrerò soltanto sulla corsa, in Oregon o da qualche altra parte. Va bene comunque.»

La abbracciai. «Mi sembra l'atteggiamento giusto.»

«Nana ha detto che lunedì posso tornare a scuola.»

«Da quanto sei sfebbrata?»

«Cinque giorni.»

«Vediamo come stai domenica.»

Entrò mia nonna.

«Non dimostri affatto la tua età, Nana. Ti darei massimo ottant'anni» disse Jannie.

Nana rise. «Oh, no, li dimostro tutti! Grazie, comunque.»

Uscimmo e andammo all'ambulatorio medico, che era nel quartiere di Cleveland Park. La geriatra che aveva in cura mia nonna da dieci anni, Patricia Long, ci trattenne un'oretta.

«Signora Hope, lei è una forza della natura» disse controllando i risultati delle ultime analisi del sangue. «Il colesterolo cattivo è molto basso e quello buono molto alto. Ha il fisico di una settantenne vispa e in ottima salute!»

«Secondo lei, allora, non toglierò il disturbo ancora per un po'?»

«Se sta attenta a non finire sotto una macchina...»

Ero molto contento e mentre la riaccompagnavo a casa ringraziai il Signore che me l'aveva messa accanto e che le stava concedendo lunga vita. Nana era la mia ancora e il mio vento.

Passammo un pomeriggio piacevole, tranquillo. Bree avvertì che sarebbe rientrata tardi e Ali tornò dopo un allenamento in bici con i Wild Wheels.

«Fra tre settimane c'è una gara in Pennsylvania» annunciò. «Una prova cronometrata di dieci chilometri in mezzo ai boschi. Posso andare?»

«Come ci andresti?»

«In furgone, con gli accompagnatori. Giovedì ci danno tutte le informazioni.»

«Allora aspettiamo giovedì.»

«Secondo il capitano Abrahamsen, come prima gara va bene» disse.

Jannie scosse la testa. «Com'è che non leggi più?»

Ali la guardò perplesso. «Sì che leggo. Perché?»

«Non eri il nerd della famiglia?»

«Secondo te non si può essere intelligenti e anche sportivi?» ribatté Ali irritato.

«Okay, scusa. Lasciamo perdere. Vai pure in mountain bike. Vai agli X Games!»

Ali sorrise. «Magari...»

Dopo cena Ali e Jannie si misero a studiare e mia nonna a guardare una puntata registrata di *Antiques Roadshow*. Io salii nel mio studio, chiusi la porta a chiave e guardai gli scatoloni con i documenti relativi a Kyle Craig.

Una parte di me avrebbe preferito non metterci le mani, perché ogni volta che li leggevo rimanevo turbato. Craig era un serial killer e aveva ucciso sotto il naso mio e di un sacco di altri agenti FBI. Quante vittime avremmo potuto salvare se avessimo capito meglio certi indizi e lo avessimo fermato prima?

Era per questo genere di riflessioni che di solito evitavo di riaprire quelle pratiche.

E poi avevo ancora da esaminare due scatole relative alle indagini su Edgerton, che avevano avuto inizio pochi mesi dopo che Craig aveva sparato al proprietario della boutique di cravatte.

Mi bastò guardare quelle due scatole per innervosirmi. Dentro ci poteva essere qualcosa di utile per arrivare a M, ma c'era anche tanto materiale capace di farmi precipitare in un buco nero mentale.

Scelsi il male minore e presi uno degli scatoloni di Kyle Craig, a caso. Lo aprii e vi trovai una foto che lo ritraeva il giorno in cui si era laureato all'accademia dell'FBI.

Aveva ventisei anni, aveva già incominciato a uccidere, ma aveva l'espressione dell'angelo vendicatore, o almeno così mi parve in quel momento. Era più giovane di Pseudo Craig, ma gli assomigliava in maniera impressionante.

Passai un'ora a leggere la sua storia e quella dei membri della sua famiglia allargata, prendendo nota dei cugini che avevano all'incirca la sua età, con un'approssimazione di più o meno tre anni.

Erano quattro. Due erano figli della sorella della madre, uno del fratello del padre e uno di sua sorella.

Trovai un documento che risaliva al periodo in cui Craig aveva fatto domanda per entrare nell'accademia dell'FBI, scritto dagli agenti che, nell'ambito delle indagini normalmente svolte sui candidati, avevano parlato con il cugino Ted Shaw, il figlio maggiore della zia materna.

Shaw aveva accennato a crudeltà nei confronti degli animali da ragazzino e in particolare all'abitudine di infilare petardi in bocca a rane e rospi per farli scoppiare.

*Come hanno fatto ad ammetterlo lo stesso all'accademia?* Era un campanello d'allarme che non si sarebbe dovuto sottovalutare. Molti serial killer iniziano la loro carriera di assassini proprio sfogando le loro tendenze sadiche su piccoli animali indifesi che...

Qualcuno bussò alla porta, facendomi fare un salto sulla sedia.

«Alex?» Era Bree.

«Finisco una cosa e ti raggiungo, amore.»

«Sto andando dai vicini di fronte. Quelli che stanno davanti ai Casey.»

«Quelli con il cane che abbaia?»

«Duplice omicidio» disse Bree. «Mi hanno appena chiamato.»

# 60

C'erano due agenti in divisa in piedi vicino a una volante parcheggiata davanti alla casa di fronte al villino di Jill e Neal Casey, gli amici di Nana, che erano usciti a vedere e avevano l'aria molto preoccupata.

«Abbiamo chiamato noi la polizia» disse Jill, che aveva più di ottant'anni e giocava ancora a tennis.

«Li ho trovati io» disse Ned, che era meno arzillo della moglie ma comunque lucido.

Spiegarono che la casa era stata di recente affittata ai Richardson, una giovane coppia di Newark. Mary era infermiera al George Washington Medical Center e lavorava di notte, Keith faceva day trading e, senza l'apparecchio acustico, era «sordo come una campana».

I Richardson avevano un Jack Russell che si chiamava Otto.

«Abbaiava in continuazione, tutta la notte» disse Jill. «Ma se andavi a bussare alla porta e Keith si era tolto l'apparecchio, buonanotte al secchio!»

«Oggi pomeriggio cercavo di leggere e il cane abbaiava. A un certo punto ha smesso» disse il marito. «Sono andato a protestare e ho trovato la porta di casa aperta. Ho sbirciato dentro e ho visto abbastanza da chiamare il 911.»

Bree e io li ringraziammo e attraversammo la strada per parlare con i due agenti.

«Siete entrati?» chiese Bree.

«Abbiamo pensato che volesse entrare lei per prima, capo.»

«Giusto. Grazie» rispose Bree e si avviò sulla veranda, dove indossammo copriscarpe, guanti e mascherina.

Bree aprì la porta. A destra dell'ingresso c'era una scala. Sul primo gradino c'era il cane, morto, con il collo spezzato.

Nel soggiorno oltre le scale c'era Mary Richardson riversa per terra vicino a un grande tavolo. Indossava un camice verde, guanti monouso e respiratore a pieno facciale e aveva una cravatta rossa e blu stretta intorno al collo.

Anche Keith Richardson aveva un abbigliamento simile a quello della moglie, ma era accasciato su una delle sedie intorno al tavolo e la cravatta che lo aveva ucciso era a motivi cachemire gialli e rossi.

Sul tavolo c'era tutto il necessario per dividere in dosi e confezionare quello che a occhio doveva essere un chilo di metamfetamina. Sul mucchio di cristalli c'era un foglio stampato.

*Di solito ho la pazienza di un santo, Cross, ma lo stramaledetto cane abbaiava troppo e loro due spacciavano ai minorenni. Mi fa piacere, quando posso essere utile.*

*M*

# 61

Bree e io tornammo a casa dopo le due di notte. Avevamo dovuto aspettare che arrivassero quelli del nucleo Gestione sostanze pericolose per via della droga in cucina, prima di poter procedere al sopralluogo.

*Spacciavano ai minorenni. Mi fa piacere, quando posso essere utile.*

« Come faceva a sapere che i Richardson spacciavano meth? » chiese Bree.

« Non lo so. Ma sono certo che prima o poi commetterà un errore. »

« Finora non è successo » ribatté lei. Sbadigliò. « Buonanotte. »

Avrei voluto dormire anch'io, ma non ci riuscivo. Ogni volta che mi assopivo, vedevo Pseudo Craig, il sangue di otto persone che si allargava sul parabrezza, i due spacciatori strangolati con una cravatta di seta.

Ma nei miei sogni comparivano anche il cane morto e gli scatoloni con i documenti sul caso Edgerton, sparsi lungo un sentiero in mezzo al bosco che percorrevo sulle tracce di M, una sagoma scura molto più piccola di quanto mi aspettassi.

Strangolare un individuo non è semplice e richiede molta forza, e decapitarlo è ancora più impegnativo. Eppure nel mio sogno M era minuto, aveva le spalle esili e correva, correva...

Mi svegliai di soprassalto verso le cinque e sentii gli uccellini che cinguettavano fuori dalla finestra. Intontito, ripensai all'M del mio sogno, piccolo, agile e svelto, che correva nel bosco lasciandosi dietro gli scatoloni di Mikey Edgerton.

Gli scatoloni di Mikey Edgerton. Dicono che, quando la paura ti blocca, devi farti coraggio e buttarti, se non vuoi vivere con dubbi e rimpianti per il resto dei tuoi giorni.

Mi alzai cercando di non far rumore e salii nel mio studio.

Mi chiusi dentro a chiave e aprii le ultime scatole di materiale sul serial killer che avevo visto morire sulla sedia elettrica qualche settimana prima e incominciai a leggere con un gusto amaro in bocca. Mi tornarono alla mente immagini che credevo di aver dimenticato, dapprima confuse e poi piano piano sempre più nitide, che mi riempirono di inquietudine.

# 62

*Undici anni prima*

John Sampson mi guardò e scosse la testa. Avevo mal di stomaco e mi bruciava la gola per il reflusso.

« Ci dev'essere qualche altro indizio, oltre alle cravatte » dissi. « Uno così colleziona trofei. »

Stavamo perquisendo un grande appartamento di Arlington, Virginia, con splendida vista sul fiume Potomac e sul Jefferson Memorial. Ci abitava Michael Edgerton, detto Mikey.

Dopo che Kyle Craig aveva ucciso Gerald St. Michel, il venditore di cravatte già noto alla giustizia per reati sessuali, tutti avevano dato per scontato che St. Michel fosse colpevole anche di altri omicidi, compreso quello di Kissy Raider.

Io, però, avevo i miei dubbi.

Ed evidentemente M li condivideva, come mi aveva fatto sapere circa tre settimane dopo l'uccisione di St. Michel, in quello che era stato il suo primo messaggio.

Era scritto a macchina su un foglio bianco, dentro una normalissima busta bianca, e molto conciso: *Non è St. Michel. Mi ringrazierai. M.*

Ero d'accordo con chiunque fosse a firmarsi M, e l'avevo messo da parte.

Poi era stata rapita Gladys Craft, una giovane donna bionda che correva a tarda sera a Falls Church, Virginia. Uno sconosciuto le aveva legato i polsi con una cravatta e l'aveva caricata su un furgone.

Craft era riuscita a fuggire mentre il furgone era fermo a un semaforo ed era stata in grado di fornire una descrizione, sia pur approssimativa, del suo aggressore e le ultime due cifre della targa del furgone, immatricolato in Virginia.

Sampson e io eravamo stati coinvolti nelle indagini per via della cravatta. Avevamo condotto un controllo incrociato per verificare se fra i proprietari di veicoli con targa della Virginia con quelle ultime due cifre ci fosse qualcuno con precedenti per reati sessuali.

E avevamo trovato una corrispondenza importante: Michael Edgerton, residente ad Arlington, che lavorava nella ditta di import/export di famiglia e risultava coinvolto in tre episodi di violenza ai tempi in cui frequentava il Fashion Institute of Technology di New York.

Le tre vittime avevano ritrattato l'accusa, con ogni probabilità pagate profumatamente dalla famiglia Edgerton. Le avevamo contattate e avevamo constatato che erano tutte e tre bionde, giovani e prosperose, ed erano state restie a parlare finché non avevamo descritto loro le circostanze degli omicidi.

Appena avevano sentito che le vittime erano state strangolate con una cravatta, erano scoppiate a piangere, perché anche con loro Edgerton aveva usato una cravatta per immobilizzarle.

E così ci eravamo convinti che a stuprare e uccidere Kissy Raider e le altre donne era stato Edgerton, non il proprietario de La Cravate. Lo avevamo messo sotto sorveglianza e nel frattempo avevamo continuato a scavare nel suo passato.

Quando avevamo trovato le prove che attestavano la sua presenza nei pressi del luogo dell'omicidio di sei delle otto vittime, il giudice aveva autorizzato la perquisizione dell'appartamento in cui Edgerton risiedeva, e dove ci trovavamo in quel momento.

«Non vedo nessun trofeo» disse Sampson.

«Lo so» risposi. «Ma è lui. Me lo sento.»

«Sì, ne sono convinto anch'io. Ma non è qui che conserva i suoi trofei.»

« Probabilmente no » replicai, e andai nel bagno.

Era pulitissimo, per un uomo che viveva da solo. Appesa a un muro c'era una foto di Edgerton, più giovane, a bordo di una barca a vela insieme alla famiglia, tutti sorridenti.

*Lo sapevate già allora, che Mikey era uno psicopatico. Quando avete fatto questa foto, avevate già comprato il silenzio di tre sue vittime.*

Al pensiero che se non fossimo riusciti a trovare le prove della sua colpevolezza quell'uomo avrebbe continuato a stuprare e uccidere, diventavo furibondo. E se non fossimo riusciti a trovare niente lì, difficilmente avremmo ottenuto un mandato di perquisizione per gli altri luoghi in cui Edgerton poteva aver nascosto le prove della sua efferatezza.

Senza rifletterci troppo, presi la bustina in cui avevamo repertato un capello di Kissy Raider. Sampson entrò nel bagno mentre lo stavo tirando fuori. Guardò la bustina e il capello.

« Ha nascosto i suoi trofei da qualche altra parte » dissi, e lasciai cadere il capello.

John restò zitto. Dopo un po' disse: « Chiamiamo la Scientifica ».

# 63

*Oggi*

Quella mattina, nel mio studio in mansarda, guardavo senza emozione il referto del laboratorio che attestava che il capello che avevo lasciato nel bagno di Edgerton era di Kissy Raider. Chiusi la cartellina e ne aprii un'altra, che conteneva l'autorizzazione del giudice, basata sul referto di cui sopra, a perquisire tutte le proprietà residenziali e commerciali della famiglia Edgerton.

Trovai il registro del materiale repertato, in cui erano elencati i vari oggetti ritrovati sotto il parquet della camera da letto di Mikey nella casa sul lago che gli Edgerton avevano nel Maryland occidentale. Lo lessi velocemente e mi soffermai sulle voci:

- otto (8) ciocche di capelli biondi in altrettante bustine trasparenti;
- otto (8) fotografie Polaroid di altrettante donne, tutte bionde.

Non avevo le foto, ma le ricordavo come se le avessi viste il giorno prima. Tutte le donne, compresa Kissy Raider, erano state ritratte ancora vive, legate, imbavagliate e terrorizzate.

Chiusi la cartellina, la rimisi nella scatola e vi posai sopra il coperchio. Non mi serviva vedere altro. Non avevo bisogno di leggere i risultati dei test del DNA che certificavano che le ciocche di capelli appartenevano alle otto donne uccise.

E il capello che avevo lasciato nel bagno di Edgerton? Non era un pensiero che mi avesse mai tenuto sveglio la notte.

Mikey Edgerton aveva stuprato e ucciso otto donne. Su questo non c'era il minimo dubbio.

Ritenevo che il fine giustificasse i mezzi? Sì, nel caso specifico. I familiari di Kissy Raider e delle altre vittime di Edgerton avevano avuto giustizia quando Edgerton era stato condannato e ancor di più quando lui stesso aveva scelto la sedia elettrica. Edgerton non avrebbe più fatto del male a nessuno.

Il giorno prima mi ero procurato un telefono usa-e-getta, sul quale mi arrivò un messaggio di Sampson.

*Sveglia il capo. Non risponde al telefono. Venite in Seventeenth Street, all'altezza di R Street. Deve assolutamente vedere di persona.*

# 64

Venti minuti dopo, Bree e io posteggiammo e ci incamminammo verso le due auto della polizia e le transenne in Seventeenth Street, nel Southeast di Washington.

Sampson ci venne incontro.

« Quante sono le vittime? » chiese Bree. Per strada non c'era nessuno, ma c'era gente in pigiama e vestaglia che guardava dalla finestra.

« Sei » rispose Sampson. « Per ora. Non abbiamo ancora incominciato le ricerche con le unità cinofile. »

Vidi che Bree incassava il colpo con una certa fatica. Sei vittime...

Sampson ci accompagnò verso una costruzione di mattoni malconcia e abbandonata che in passato aveva ospitato una piccola tipografia, circondata da una recinzione metallica. Al posto delle finestre c'erano tavole di compensato coperte di graffiti.

La porta d'ingresso era sfondata. Entrammo e venimmo subito investiti dal tanfo di escrementi e sudore.

Regnava la devastazione più totale, ma Sampson non ci fece caso e attraversò lo stanzone per uscire dall'altra parte, in un parcheggio dall'asfalto pieno di crepe.

Sul lato opposto del piazzale c'erano paletti di cemento alti un metro, uno ogni tre metri circa, con una catena fra uno e l'altro.

Su sei di questi paletti era posata una testa mozzata, che pareva fissarci con gli occhi sbarrati. Il sangue colato dal collo aveva disegnato sui paletti strisce rosse che sembravano tentacoli.

« Qui ci vuole un esercito » disse Bree.

Prese la radio dal cinturone e rientrò nell'ex tipografia. Sentii che impartiva ordini in tono deciso e chiedeva l'intervento della Scientifica. Io e Sampson, intanto, ci avvicinammo alle teste per esaminarle meglio.

« Non fa discriminazioni » commentò Sampson, e io capii a che cosa si riferiva.

Le teste erano di un maschio afroamericano e uno asiatico, un uomo e una donna ispanici e un uomo e una donna caucasici.

L'uomo ispanico e la donna caucasica dimostravano trentacinque, quarant'anni e tutti gli altri erano fra i venti e i trenta.

Notai che l'uomo caucasico era particolarmente grigio e lo toccai con la mano protetta dal guanto: era gelato.

« Le teste erano congelate » dissi. « Ecco perché il sangue cola. »

« Ci vuole un bel coraggio a spostare sei teste mozzate nel cuore della notte. Chi può fare una cosa del genere? »

« Il Macellaio, per esempio » risposi, nuovamente assalito dalla sensazione che qualcuno mi stesse provocando. « Tanner Oates aveva l'abitudine di congelare la testa delle sue vittime. Era una sorta di feticcio, per lui. »

« Oates è morto. L'hai visto morire. »

« Ho visto morire anche Mikey Edgerton » replicai. « E Kyle Craig. »

Prima che Sampson avesse il tempo di rispondermi, sentii un tonfo alle mie spalle seguito da un'esplosione che scosse l'ex tipografia e fece saltare le tavole inchiodate alle finestre. L'onda d'urto mi fece perdere l'equilibrio e lo scoppio mi assordò, ma subito dopo pensai a chi si trovava dentro l'edificio.

« Bree! » urlai. E corsi verso la porta della tipografia.

# 65

Quando chiudo gli occhi, spesso rivedo la scena: io che corro verso il fumo grigio e le fiamme che escono dalle finestre e dalla porta...

Il mio cervello sapeva che entrare nell'ex tipografia era l'ultima cosa da fare, che sarebbe stato meglio aspettare i vigili del fuoco, ma ricordavo com'era l'interno del locale: pavimenti di cemento, pilastri di acciaio, tanta spazzatura in giro, poco legno, quasi nulla di infiammabile. Corsi su per le scale, mi coprii la testa con la giacca e mi addentrai in una nube di calore e fumi tossici.

« Bree! » gridavo. « Bree! »

Ancora assordato dall'esplosione, vidi che la spazzatura alla mia destra bruciava con fiamme lente, surreali.

« Bree! »

Il calore era troppo intenso e mi costringeva a restare sulla sinistra. Non vedevo nulla. Mi infilai la giacca in bocca perché la stoffa facesse da filtro e mi consentisse di respirare aria più pulita e mi misi carponi per sfuggire il più possibile al calore e al fumo.

In basso la visibilità era migliore. Vedevo la base dei pilastri di acciaio, che sembravano alberi avvolti dalla nebbia, e avanzai a quattro zampe continuando a chiamare Bree.

Nessuna risposta. Mi guardai affannosamente intorno in cerca di sagome umane.

Mi cadde l'occhio su qualcosa alla mia sinistra e riconobbi i contorni di una donna distesa sul fianco, che mi dava la schiena. Mi avvicinai, temendo il peggio.

Quando le fui vicino e la voltai verso di me, vidi che era un'agente. Era gravemente ustionata, ma respirava.

La afferrai per il colletto, mi rialzai e incominciai a trascinarla fuori.

Scorsi la porta d'ingresso e il sole che brillava oltre la cortina di fumo e avanzai in quella direzione, scosso da accessi di tosse e da conati. Non appena mi videro spuntare con la collega ferita, diversi agenti vennero in nostro soccorso. Mi bruciavano gli occhi, vedevo malissimo. Sentivo arrivare le sirene.

«Il comandante Stone!» dissi, mentre il panico sconfinava nell'isteria. «Dov'è il comandante Stone?»

«Alex!»

Mi voltai, e la disperazione che avevo provato fino a un istante prima svanì di colpo nel sentire la sua voce. Quando mi abbracciò, mi dimenticai del bruciore alla gola e agli occhi.

«Oh, mio Dio» disse Bree, stringendomi a sé. «Ero fuori, in strada, ho sentito...»

«Credevo che fossi dentro» le dissi. «Ho avuto paura di perderti.»

«No, tesoro mio» replicò lei grintosa. «Non mi perderai. Mai. Hai capito?»

«Ho bisogno di sciacquarmi gli occhi e di un po' di ossigeno. Quel fumo è tossico.»

Bree scattò subito in modalità professionale. Si voltò e chiese ai residenti che erano usciti di casa per osservare la scena: «Qualcuno di voi ha una manichetta dell'acqua?»

Una donna rispose di sì e poco dopo Bree mi innaffiò la faccia per sciacquarmi gli occhi. Nel frattempo Sampson aveva fatto il giro della costruzione in fiamme e mi aveva portato una bombola di ossigeno.

L'agente ferita venne caricata a bordo di un'ambulanza che accese sirena e lampeggianti e corse via.

Mi sentivo sempre meglio a ogni respiro e colpo di tosse e dopo un po' il sapore disgustoso di quel fumo si attenuò. Anche gli occhi bruciavano sempre meno, sebbene mi sentissi come se avessi fissato il sole troppo a lungo.

«Dovresti comunque andare al pronto soccorso e farti visitare» disse Bree. «Almeno occhi e polmoni. Per favore.»

Me lo chiese con tanta sollecitudine che non potei non dirle di sì.

«Giusto perché tu lo sappia.»

«Cosa?» chiese.

«Penso che le teste fossero un'esca. Qualcuno ci ha voluto attirare qui per farci saltare in aria.»

Bree non fece in tempo a replicare, perché mi vibrò il telefono. Lo tirai fuori e guardai lo schermo, ma avevo la vista troppo annebbiata per poter leggere che cosa c'era scritto. Lo porsi a Bree. «Cosa dice?»

Bree prese in mano il telefono, rimase un attimo zitta e poi rispose: «'Tu e i tuoi cari dovete stare più attenti, Cross'. Firmato M.»

# 66

Quella sera Keith Karl Rawlins mi chiamò per dirmi che il mio telefono era stato effettivamente hackerato e compromesso da un insidioso pezzetto di codice che con ogni probabilità era stato scritto in Cina e che inoltrava tutto quello che facevo sul mio cellulare a un indirizzo nel dark web.

*Quindi M ascoltava tutto quello che dicevo e leggeva tutto quello che scrivevo.* Mi infilai sotto le lenzuola in preda a mille pensieri. Da quanto tempo mi spiava? Come aveva fatto a scoprire il numero del mio telefono usa-e-getta? Lo avevo dato solo ai miei familiari e colleghi più stretti: che fossero stati hackerati pure loro?

Quel pensiero mi agitò enormemente. M ascoltava tutto quello che dicevo, seguiva ogni mia attività sullo smartphone. E forse non sorvegliava soltanto me, ma tutti coloro che gli davano la caccia.

Che cosa aveva sentito nell'ultima settimana? Mese? Anno?

Non riuscii a chiudere occhio per tutta la notte. Nonostante la pomata prescritta dall'oculista del pronto soccorso, continuavano a bruciarmi gli occhi, e ogni tanto avevo un accesso di tosse.

La mattina dopo mi alzai per primo e feci il giro di tutte le stanze per controllare porte e finestre. Presi in considerazione l'idea di farmi installare un paio di videocamere intorno alla casa e mi chiesi quali altri dispositivi avrei dovuto far controllare, oltre allo smartphone.

Volevo che la mia famiglia non corresse rischi e, quando Ali e Jannie si alzarono, chiesi loro che programmi avessero per la giornata.

Sebbene stesse migliorando sensibilmente, Jannie aveva intenzione di passare la giornata in casa perché aveva tanto da studiare per mettersi in pari. Ali sarebbe andato con la scuola allo Smithsonian Museum e poi in bici con i Wild Wheels.

«Ti accompagno a scuola in macchina, stamattina» gli dissi.

«Posso prendere la metro.»

«Devo andare da quelle parti.»

Mio figlio era piuttosto perspicace, per la sua età. Non rispose, ma mi accorsi che si era insospettito. Bree ci raggiunse poco dopo. Aveva l'aria sconsolata.

«Come stai?» le chiese Ali.

«Così così» rispose lei. «Nancy Petit, un'agente che lavorava con noi, è mancata ieri sera a seguito delle ustioni riportate in servizio.»

Mi sentii male. Nancy Petit era l'agente che avevo trascinato fuori dall'ex tipografia in fiamme. «Mi dispiace» dissi.

«Il capo vuole istituire una task force e devo andare a organizzarla.»

«Vuoi che venga anch'io?»

«Sì» rispose lei. «La prima riunione è alle dieci.»

Prese il caffè e mangiò una fetta di pane tostato, poi la accompagnai alla macchina.

«Sii prudente. Quel messaggio è una minaccia per tutti.»

«Lo so» rispose Bree. «Motivo per cui chiederò che ci mandino un paio di agenti di guardia alla casa.»

«Grazie. Spero che M abbia commesso un errore a mandarci quel messaggio e che Rawlins riesca a rintracciarlo.»

«Fammi sapere.» Mi baciò, mi disse che mi amava e partì. Venti minuti dopo partimmo anche Ali e io.

«Perché mi accompagni in macchina, stamattina?» mi chiese subito.

Essere evasivi con Ali non paga: è troppo intelligente. «Mi hanno hackerato il telefono e minacciato» risposi. «Perciò per prudenza ti accompagno a scuola. Usa prudenza anche tu, mi raccomando. »

« Nel senso di non fare cose azzardate? »

« Nel senso di stare attento a quello che ti succede intorno. »

« Okay. Ce la posso fare. »

« Certo. Per un po' devi stare attento a ogni cosa che fai e dirmi sempre dove vai, a fare cosa e con chi. »

« Lo faccio sempre. »

« Bene. Continua così. E se noti qualcuno o qualcosa di strano, dimmelo immediatamente. Ci siamo capiti? »

« Ti mando un Wickr? Posso? »

Feci una smorfia. « No, niente Wickr. Non ho nemmeno la app sul telefono nuovo. »

Ali parve deluso e non parlò per tutto il resto del tragitto.

Quando mi fermai davanti alla scuola, mi salutò con una faccia preoccupata che nessun bambino della sua età dovrebbe avere.

« Pensi che ci succederà qualcosa, papà? »

# 67

Il capo dell'Investigativa, Bree Stone, controllò di avere il nastrino a lutto sul distintivo prima di raggiungere il leggio nell'aula magna della sede della Metro Police.

Fra i presenti c'erano i migliori investigatori del District of Columbia, compresi Alex Cross e John Sampson ed esponenti di ATF e FBI, fra cui Ned Mahoney.

Bree guardò un momento il pubblico seduto, mettendo in ordine i pensieri e cercando di non badare al fatto che il suo capo, il comandante Bryan Michaels, era in piedi in fondo alla sala a braccia conserte. Da quando le aveva affidato l'incarico, Michaels la stressava affinché portasse a casa sempre più risultati.

All'inizio Bree aveva pensato che il capo della polizia avesse aspettative troppo alte, ma con il tempo aveva imparato che faceva parte del suo lavoro. Se a lei era affidata la supervisione delle indagini sui casi più importanti, a Michaels era affidata la supervisione del suo operato.

«Buongiorno a tutti» esordì, e subito il brusio si spense. «Grazie di essere venuti, nonostante lo scarso preavviso.»

Vide un posto vuoto. «Qualcuno sa dov'è Ron Dallas?»

«L'ho chiamato tre volte, ma non risponde» disse la sua compagna di squadra, Elaine Conrad.

«Incominciamo senza di lui, allora» disse Bree, e premette un tasto sul portatile. Sullo schermo alla sua sinistra apparve la foto dell'agente Nancy Petit.

«Come tutti sapete, Nancy Petit era una delle nostre più valide collaboratrici. Se avete letto le sue caratteristiche e gli encomi che ha ricevuto nella sua troppo breve carriera, vi renderete conto del vuoto che lascia. È una tragica perdita per la sua famiglia e il suo compagno, Bill, ma anche per tutto il dipartimento. Ci mancherà tantissimo.»

Bree fece una breve pausa, poi si avvicinò al microfono e con voce autorevole disse: «È inaccettabile. Voglio che sia chiaro: noi non possiamo accettare che succeda una cosa così. Faremo di tutto per assicurare alla giustizia l'artefice del macabro spettacolo e dell'esplosione che è costata la vita alla nostra collega».

Si interruppe e sentì che l'atmosfera generale stava virando dalla rabbia verso la determinazione, com'era sua intenzione. Guardò negli occhi il comandante Michaels e annuì, prima di riprendere il discorso.

«Cerchiamo un individuo che si fa chiamare M.»

Riassunse brevemente la storia di M, dalla prima lettera ricevuta da Alex al messaggio inviato poco dopo l'esplosione nell'ex tipografia.

«Diamo per scontato che M sia responsabile sia delle teste che della bomba, quindi?» chiese Sampson.

«Data la tempistica del messaggio, direi che è un'ipotesi fondata.»

«Secondo me, è quasi una certezza. Se non è stato lui direttamente, è stato qualcuno che lavora per lui» intervenne Alex.

Mahoney alzò la mano. «Le teste sono state identificate?»

«Il medico legale sta verificando impronte dentali e DNA» rispose Bree. «Ma per arrivare a un'identificazione certa ci vorrà tempo.»

Un agente dell'ATF, Fred Allen, si presentò e riferì che i suoi operatori avevano prelevato alcuni frammenti dell'ordigno e campioni di residui chimici nell'ex tipografia per analizzarli nei loro laboratori e in quelli di Quantico.

Mahoney promise la massima collaborazione ma sottolineò che, poiché i reati commessi da M concernevano più Stati e comprendevano il sequestro di persona, a dirigere le indagini sarebbe stato l'FBI.

«Certo» rispose Bree. «Ma indagheremo anche noi con il massimo impegno, condividendo i risultati.»

Michaels fece un passo avanti. Alto e ossuto, da giovane era stato un Ranger e aveva mantenuto la postura.

«Abbiamo una descrizione fisica di questo M?» chiese. «Qualcuno lo ha visto in faccia?»

Bree rispose: «A me non risulta. Dottor Cross?»

# 68

Ci pensai su un momento e risposi: « Non posso dire di aver visto M, ma ho visto qualcuno che sostiene di essere in contatto con lui. Lo chiamiamo Pseudo Craig perché assomiglia in maniera incredibile a Kyle Craig. O, meglio, a come potrebbe essere Kyle Craig oggi, se non si fosse sottoposto a plastica facciale e non fosse morto ».

Michaels mi guardò diffidente. « Abbiamo una foto di questo 'Pseudo Craig'? »

« Sì » rispose Bree. Digitò un comando e sullo schermo apparvero le foto tratte dai filmati del centro di detenzione.

« Non mi ricordo bene Kyle Craig » disse Michaels.

Bree digitò sulla tastiera e replicò: « Le posso far vedere una delle sue ultime foto ».

Sullo schermo apparve una terza fotografia, scattata a Craig all'ingresso nel sistema penitenziario del Federal Bureau degli Stati Uniti. Nonostante la tuta da carcerato e le manette, l'espressione era arrogante.

« Sono due gocce d'acqua » commentò Michaels. « Siamo assolutamente certi che non sia lui? Potrebbe non aver cambiato i connotati? »

« No, lo ha fatto. »

« Lei come fa a saperlo? »

« Me lo ha detto lui. Mi ha preso di mira e tormentato fino all'ultimo istante della sua vita. Ero presente, quando è saltato in aria. »

« Non ha risposto alla mia domanda » ribatté il comandante Michaels. « Sono state effettuate analisi del DNA sul cadavere? »

«C'ero anch'io, comandante. Craig aveva un'altra faccia, ma era lui. Non c'era bisogno di nessun'analisi del DNA» intervenne Bree.

«Be', se non sono state fatte all'epoca, dobbiamo farle adesso» disse Michaels.

«Sì, mi sembra una buona idea» replicai. «Almeno sciogliamo ogni dubbio. Anche se, ripeto, io sono sicuro al cento per cento che Kyle Craig sia morto.»

«Richiederò formalmente l'esumazione dei resti. Ci vorrà qualche giorno, penso» affermò Mahoney.

Bree ordinò a un gruppo di investigatori di andare nel quartiere in cui era avvenuta l'esplosione per mostrare la foto di Pseudo Craig e vedere se qualcuno lo aveva notato. L'ATF si impegnò a fornire i primi risultati delle analisi sull'ordigno in giornata. Poi la riunione si sciolse.

Stavo per uscire con Sampson quando mi venne incontro un'agente dell'FBI che avevo visto seduta vicino a Mahoney. Aveva una quarantina d'anni, capelli castani corti e un piglio deciso.

«Kim Tillis» si presentò, stringendomi la mano. «È un onore per me conoscerla, dottor Cross. A quanto pare, abbiamo una conoscenza in comune.»

«Ah. E cioè?»

«Marty Forbes» rispose lei. «Abbiamo lavorato in squadra assieme per un periodo.»

«Capisco.»

«Non ci andavo particolarmente d'accordo, ma... Guardi, mi rendo conto di essere praticamente l'unica, però... io credo che Marty sia innocente.»

«A dire la verità, anch'io.»

Tillis parve sollevata, ma anche confusa. «Il comandante Stone non l'ha nemmeno nominato.»

«In che senso?»

«Marty dice di essere stato contattato più volte da M.»

« Forse al comandante Stone è passato di mente. »

L'agente FBI inarcò un sopracciglio e inclinò la testa prima di dire: « Vede? Io credo che sia quella la chiave ».

« La chiave di che? »

« La chiave di tutto » rispose Tillis gesticolando. « Ho suggerito a Mahoney di concentrarsi sulla vicenda di Marty, ma non ci sente. Invece io sono sicura che da lì arriveremmo a M, tanto più che i cadaveri sullo yacht erano decapitati e adesso saltano fuori tutte queste teste. »

Rimasi basito. Era assolutamente vero.

# 69

Nel primo pomeriggio entrai nell'Istituto di medicina legale di Washington insieme a Sampson, Bree e l'agente speciale Tillis.

Lavoravamo tutti nelle forze dell'ordine da parecchio tempo e avevamo una certa esperienza, ma nessuno di noi era del tutto a suo agio in quell'ambiente. La dottoressa Stacy Abbott ci accolse e ci fece strada lungo un corridoio verso tre sale autoptiche.

In tutti gli istituti di medicina legale in cui ero stato aleggiava un caratteristico odore di disinfettante e c'era un'alternanza di luci soffuse e violente che mi mettevano in subbuglio e mi scatenavano un senso di nausea ancora prima di vedere i cadaveri.

Avevo imparato a gestire quel senso di malessere perché quando si indaga su un omicidio l'Istituto di medicina legale è il posto dove i morti possono ancora dirci qualcosa. Ci vogliono professionisti attenti e capaci come la dottoressa Abbott per capire che cosa hanno da comunicare, ma spesso i cadaveri sanno essere eloquenti.

«Quanti ne avete esaminati finora?» chiese Sampson alla dottoressa prima di entrare nella sala delle celle frigorifere.

«Qualcuno» rispose lei.

«Analogie?» domandai.

«Sono stati decapitati tutti nello stesso modo» disse Abbott, che era alla soglia dei quaranta, un po' eccentrica ma palesemente molto intelligente.

Ci spiegò che il primo taglio era stato praticato sulla parte anteriore del collo con un colpo inferto con forza da dietro. La lama era penetrata in profondità e nel suo percorso da sinistra a destra aveva reciso carotide, laringe ed esofago, arrivando fino alle vertebre. Il secondo taglio partiva da destra e girava intorno alla parte posteriore del collo, ricongiungendosi al primo.

A quel punto la testa era stata ruotata con forza per spezzare la colonna all'altezza della sesta vertebra cervicale ed era stato reciso il midollo spinale per poter procedere al distacco.

«Che tipo di lama ha usato, secondo lei?» chiese Bree.

«Una lama di notevoli dimensioni» rispose Abbott. «Tre delle vittime erano uomini di corporatura massiccia, con il collo muscoloso, e i tagli iniziali sono molto profondi. Presumo perciò che abbia usato un coltello con un manico robusto e una lama a scimitarra da venticinque o trenta centimetri, molto affilata. Un coltellaccio da macellaio, insomma.»

Chiusi un momento gli occhi pensando a Tanner Oates, che uccideva servendosi di un coltellaccio da macellaio e decapitava le sue vittime all'altezza della C6.

«Siete pronti?» chiese la dottoressa Abbott.

«Per quanto possibile» rispose l'agente speciale Tillis.

«Hai mai visto qualcosa di simile?» chiese Bree.

«Sì, ma non è il mio sport preferito.»

«Ce la farai» le disse Sampson, seguendo la dottoressa nella sala delle celle frigorifere.

Era uno spazio rettangolare con il pavimento di mattonelle e tre file di comparti refrigerati per parte.

«Da dove volete cominciare?» chiese Abbott.

«Come le viene meglio, dottoressa» risposi. «Li vogliamo vedere tutti.»

Abbott consultò una tabella e andò ad aprire uno scomparto sul lato destro. Conteneva un sacco di plastica opaca con una testa dentro.

«Cadavere non identificato numero 2814» disse Abbott

sollevando il sacco. « Donna ispanica di età intorno ai venticinque, trent'anni, occhi castani, dentatura trattata odontoiatricamente. »

Bree e l'agente speciale Tillis consultarono un portatile e dopo un po' scossero la testa. « Qui non c'è. »

Dopo aver richiuso la testa nel comparto, Abbott consultò di nuovo la tabella e si accucciò per aprirne un altro più in basso.

« Cadavere di uomo non identificato numero 2823 » disse mostrandoci la seconda testa. « Afroamericano, ventenne o poco più, incisivi ricoperti d'oro, due cicatrici nel cuoio capelluto. »

Bree e Tillis guardarono la testa e poi il portatile, quindi Tillis disse: « No ».

Abbott richiuse lo scomparto e ci mostrò la terza testa, di un uomo asiatico.

« Zero assoluto » disse Sampson.

E andò sempre peggio: le sei teste non corrispondevano a nessuno dei sei cadaveri decapitati ritrovati sullo yacht al largo della Florida.

Tillis, sconfortata, confessò: « Ci speravo ».

# 70

Bree si accinse a uscire dalla sala delle celle frigorifere. « L'idea era buona. Peccato che non abbia funzionato. Adesso è meglio che vada: ho molto da fare. »

« Un momento » la fermai. Guardai il medico legale. « L'FBI qui ha diversi casi, dico bene? »

« Sì. Sia qui sia ad Alexandria. »

« Ci sono per caso altre tre teste? Di una donna asiatica e di due maschi, uno caucasico e uno ispanico? »

« Sì, le abbiamo qui » rispose la dottoressa Abbott. « Ma per farvele vedere ho bisogno di un'autorizzazione scritta. »

« Ero presente quando sono state trovate quelle tre teste » dissi. « In qualità di consulente esterno dell'FBI. »

L'agente speciale Tillis e Bree annuirono.

« Confermo » disse Sampson.

« Sono da un'altra parte. Vado a prenderle. »

La dottoressa Abbott fece più in fretta di quanto mi aspettassi. Tornò con un carrello di metallo su cui erano posate la testa della donna asiatica che avevamo trovato nella nostra macchina, quella del caucasico che era nello stipetto del bunker di Dwight Rivers e quella del maschio ispanico che era rotolata fuori dalla Porsche.

Abbott aprì i tre sacchi e noi osservammo le tre teste, confrontandole con le foto che Tillis aveva caricato sul portatile.

« Mio Dio » esclamò Tillis coprendosi la bocca con una mano. « Allora è vero che Marty è stato incastrato! »

« Sì » replicai. Mi avvicinai alle teste e le indicai una dopo l'altra. « Carlos Octavio, Ji Su Rhee e Gor Bedrossian. »

La dottoressa Abbott aveva l'aria perplessa. «Non capisco.»

«Sono tre trafficanti di esseri umani, ritrovati decapitati a bordo di uno yacht lo scorso anno. Dell'omicidio è stato accusato un agente dell'FBI, Martin Forbes, attualmente detenuto, ma quando queste teste sono state spostate in maniera che venissero ritrovate Forbes era già in carcere. Vuol dire che l'assassino è un altro.»

«Oppure che Marty ha un complice» osservò Sampson.

«Chi?»

«M? Pseudo Craig? Non possiamo escludere che Forbes...»

«Possiamo escluderlo con certezza, invece» lo interruppe Tillis in tono perentorio. «Decapitare le vittime, infierire su di loro con questa efferatezza... No, non è da Marty. Mi dispiace ma, per quante scorrettezze possa aver compiuto, Marty non è così.»

«Concordo» dissi. «Forbes va liberato.»

Tillis sorrise. «Per cominciare.»

«Insieme alla testa della donna asiatica abbiamo ritrovato un dito anulare con un anello di fidanzamento e una fede nuziale» dissi alla dottoressa Abbott. «Siete riusciti a stabilire se è di Diane Jenkins?»

La dottoressa aprì un file sul computer. «Gli anelli sono suoi, ma il DNA del dito non corrisponde. Non sappiamo ancora di chi sia.»

Il telefono di Bree vibrò. Si voltò per rispondere.

«E le altre sei teste di chi sono?» chiese Sampson.

«Scommetto che tre sono degli altri tre cadaveri che erano a bordo di quello yacht e che non sono mai stati identificati. Gli altri tre... non ne ho la più pallida idea. Immagino che ci siano casi irrisolti di cadaveri decapitati.»

Bree si voltò di nuovo verso di noi con espressione preoccupata. «Era l'ATF. L'ordigno che ha ucciso Nancy Petit era radiocomandato.»

Impiegai un momento prima di capire le implicazioni di quella novità. «M ci stava osservando» dissi.

« Lo so » disse Bree sbuffando. « Il che significa che poteva farci saltare in aria tutti quanti, mentre eravamo nell'ex tipografia, e non l'ha fatto. Non ha attivato l'ordigno nemmeno quando c'ero solo io o quando sei entrato tu, Alex. M ha scelto di far detonare l'esplosivo quando all'interno dell'ex tipografia c'era Nancy Petit. Perché? »

Non avemmo il tempo di rispondere, perché i nostri cellulari si misero a suonare, vibrare e trillare tutti contemporaneamente.

# 71

Quando Sampson, Bree e io arrivammo alla casa di Ron Dallas nel Northwest di Washington, la sua compagna di squadra Elaine Conrad era sotto shock. Non l'avevo mai vista in quello stato.

« Mi dispiace, Elaine » disse Bree.

« Grazie » rispose Conrad. E scoppiò in lacrime. « Gesù! »

Bree la abbracciò. « So che lavoravate assieme da tanto tempo. »

« Cinque anni » replicò lei, asciugandosi gli occhi.

« Raccontaci cos'è successo. »

Conrad spiegò che quella mattina, nel vedere che Ron non si era presentato per la riunione della task force, aveva provato ripetutamente a chiamarlo invano. Aveva provato a contattare anche la ex moglie, la figlia e una sua amica, ma nessuna di loro aveva notizie di Ron.

« Ho le sue chiavi di casa, come lui ha le mie » spiegò Conrad con voce tremula. « Così, in caso di necessità... Be', è di sopra. Nella stanzetta piccola a sinistra. »

Infilammo copriscarpe e guanti ed entrammo in una casa abbastanza simile alla mia, con un corridoio centrale e una scala piuttosto ripida. Bree mi precedette sul pianerottolo del primo piano, moquettato.

La porta del bagno era socchiusa. Sulla destra c'era la camera da letto di Ron Dallas, anch'essa con la porta aperta, in perfetto ordine. Del resto Dallas era stato nell'Esercito per otto anni, prima di entrare nella Metro Police.

Bree sbirciò nella camera a sinistra e assunse un'espressione sconcertata.

«Qui non si entra finché la Scientifica non avrà concluso il sopralluogo» ci informò, voltandosi. «M ha commesso un grosso errore.»

Si spostò per lasciarci guardare nello studio dell'ispettore Dallas, che era completamente a soqquadro. Ricordi di una vita erano in frantumi sotto librerie rovesciate, mobili e scatoloni aperti.

Sopra le macerie di quella che doveva essere stata una lotta epica giaceva il corpo di Dallas, che era muscoloso e addestrato e doveva aver combattuto fino all'ultimo respiro. Aveva il volto tumefatto per le botte che aveva preso e una cravatta argento e blu stretta intorno al collo.

Sulla camicia strappata era stato spillato un biglietto che diceva: *L'ispettore Dallas era una vergogna: corrotto, approssimativo, disinvolto nella gestione delle prove. Tu lo capisci, vero, Cross? M*

Lessi il biglietto in preda a un senso di nausea. Che cosa intendeva con *Tu lo capisci?*

Di cosa era al corrente M? Come faceva a saperlo?

«È stato in grado di uccidere Ron Dallas a casa sua: non è impresa da poco» osservò Sampson.

«Per questo ha ragione Bree» replicai, cercando di scacciare dubbi e perplessità. «M ha commesso un errore. In una lotta come quella che ci dev'essere stata prima che Dallas avesse la peggio, ha sicuramente perso sangue, cellule epiteliali, peli, capelli...»

«Ron non era corrotto» dichiarò la sua compagna di squadra dal piano di sotto.

Ci voltammo e guardammo giù.

«Era pulito» rincarò la collega della vittima. «Ve lo garantisco.»

«Anche perché, se era corrotto lui, significa che sei corrotta anche tu, giusto, Elaine?» disse Bree.

«Esatto» rispose lei. «E non voglio che pensiate questo.

Abbiamo messo subito in chiaro la cosa il primo giorno di lavoro in squadra assieme. Dallas era uno che seguiva le regole e io pure. Non eravamo approssimativi e non abbiamo mai fatto scorrettezze, lasciando prove false in giro per risolvere i casi. Mai.»

Le veniva da piangere.

«Elaine» disse Bree in tono più morbido.

«Sentite» insistette Conrad. «Se questo folle dice di aver ammazzato Ron perché era corrotto, mente. Ron aveva i suoi difetti, ma era un ottimo professionista, onesto e integerrimo.»

# 72

Quando Bree e io tornammo a casa, quella sera, cercammo di lasciarci alle spalle le brutture della giornata. Ma per quanto mi sforzassi di partecipare alla conversazione a tavola, continuavo a ripensare a quello che aveva detto l'ispettore Elaine Conrad.

Ronald Dallas era onesto e integerrimo.

Potevo definirmi tale anch'io? Ero stato più che disinvolto nella gestione delle prove. Che cosa sarebbe successo se M avesse svelato al mondo il mio segreto?

Sarebbe stata la fine, per me. Mi avrebbe distrutto la reputazione. Sarebbe stata la mia rovina. Non avrei più potuto né fare l'investigatore, né lo psicologo.

Mi sentivo con le spalle al muro, in trappola, indipendentemente da ciò che M aveva voluto dire con quella domanda: *Tu lo capisci, vero, Cross?* Mi aveva messo in uno stato di agitazione, ansia e confusione.

« Papà? » Ali mi riscosse dai miei pensieri. « C'è un assassino di poliziotti qui a Washington? »

« Sono stati assassinati due colleghi. »

« Perché? »

« Non lo sappiamo » rispose Bree. « Ma continueremo a indagare finché non lo scopriremo. »

« E con questo smettiamo di parlare di criminalità, per stasera » disse Nana con fermezza. Dopodiché chiese a Jannie com'era il libro che stava leggendo per il corso di letteratura inglese.

Mia figlia, che normalmente non era un'avida lettrice, alzò la testa con aria serissima.

« *Uno psicologo nei lager* » disse. « Parla di un uomo in un campo di concentramento e di come riesca a considerare la vita un miracolo anche in quelle condizioni. Non lo so spiegare, ma è davvero bello. »

Il telefono di Bree vibrò. Lei guardò il display e disse: « Scusate. Devo rispondere ».

Si alzò e uscì dalla stanza. La guardai ascoltando distrattamente Ali che faceva a Jannie una domanda sul libro e pensando che M mi aveva colpito nel punto più debole.

« Alex! » esclamò Nana.

Feci un salto sulla sedia. « Cosa c'è? »

Mi disse che mi doveva parlare un attimo, cosa che non prometteva mai nulla di buono. Annuii e la seguii in sala. Nel frattempo, su sua perentoria richiesta, Jannie e Ali incominciarono a sparecchiare.

Mia nonna aspettò di sentire acciottolio di stoviglie in cucina e incrociò le braccia: neanche quello era buon segno. « Non sarò qui per sempre. »

« Davvero? I vicini sostengono che sei immortale. »

Si irritò.

« È una cosa seria, Alex. Quando i bambini erano piccoli, ti dicevo sempre che a tavola non si parla di lavoro. Te lo ricordi? »

Alzai le braccia. « Ali mi ha fatto una domanda e io ho risposto. »

« E io ti dico che finché sarò viva io, non voglio che a tavola si parli di certe cose. »

Non volevo discutere e quindi la abbracciai e le promisi di starci più attento. Per il resto della serata riuscii a evitare che i ragazzi facessero ulteriori domande a proposito degli assassinii e mi trattenni dal rimuginare su M.

Ma quando Nana e i ragazzi si furono ritirati in camera e Bree già ronfava nel nostro letto con un libro aperto sul petto, mi resi conto che ero troppo agitato per andare a dormire. Misi il libro di Bree sul comodino, spensi la luce e salii in mansarda.

Nel mio studio c'era odore di chiuso. Aprii la finestra dietro la sedia pensando a Ron Dallas. Come aveva fatto M a entrare in casa sua? Com'era riuscito a uccidere un uomo grande, grosso e preparato come lui? E per quale motivo? E perché aveva fatto saltare in aria Nancy Petit?

Mi ritrovai a pensare a Pseudo Craig. Presi il fascicolo che avevo incominciato a tenere su di lui e guardai le foto tratte dai filmati delle videocamere nel centro di detenzione. Ricordavo quanto mi aveva colpito la somiglianza con Kyle Craig, quando mi aveva accostato in macchina e mi aveva tirato sul parabrezza un palloncino pieno di sangue.

Per la prima volta da quando Martin Forbes aveva accennato alla possibilità che Craig fosse vivo, il dubbio mi rodeva. Era impossibile, però, e lo sapevo. Mi sforzai di ricordare Max Siegel, l'agente dell'FBI che Craig aveva finto di essere dopo essersi sottoposto a radicali interventi di chirurgia estetica per cambiarsi i connotati, in Florida.

*L'uomo che ho visto morire non aveva il volto di Kyle Craig, ma era lui. Ne sono certo... o no?*

Mi sforzai di prendere in considerazione la possibilità, che avevo sempre negato, che invece Kyle Craig fosse ancora vivo. Se non si fosse fatto la plastica facciale... Se l'uomo che avevo visto morire, Max Siegel, fosse stato l'ennesima finzione architettata da Craig? Kyle Craig poteva essere vivo? Poteva essere M?

Rimasi alzato fin dopo mezzanotte a pensare a Pseudo Craig e ai ricordi che avevo del vero Kyle.

Ned Mahoney aveva detto che ci sarebbero voluti due o tre giorni per poter procedere all'esumazione della salma dell'uomo che era morto bruciato durante il mio viaggio di nozze.

Non potevo aspettare. Misi via le foto di Pseudo Craig e accesi il portatile.

Due minuti dopo ero su un sito a cercare un volo economico per il Sud.

# 73

Il giorno dopo, scendendo da un'auto presa a noleggio in una zona malfamata di North Miami Beach, mi sembrava di avere un cane gigante che mi alitava addosso, tanta era l'afa. C'era il clima di metà agosto a Washington.

Zuppo di sudore, mi incamminai verso una palazzina di due piani di un verde sbiadito, che aveva visto tempi migliori, con un giardinetto maltenuto e il portone di vetro sporco.

Lessi che i due appartamenti al piano terra ospitavano uno studio legale specializzato in reati legati alla guida in stato di ebbrezza. Al primo piano c'erano un appartamento in vendita e la *Cana Medical Arts*.

Salii al piano e scoprii che l'ambulatorio era aperto dalle 9.00 alle 12.00 e dalle 14.30 alle 17.00 dal lunedì al venerdì.

Mancavano dieci minuti alle due e avrei dovuto aspettare quaranta minuti, ma siccome ero lì, provai ad aprire la porta. La maniglia girò e mi ritrovai in un atrio vuoto, dalle luci soffuse.

Al banco della reception non c'era nessuno e anche il resto dell'ambulatorio sembrava deserto. Stavo per gridare « C'è nessuno? », quando dal corridoio arrivò il rumore di qualcuno che russava.

Seguii quel suono e mi trovai in uno studio con un'unica lampada accesa, su una grande scrivania in legno sulla quale erano posati i piedi di un uomo in camicia azzurra sgualcita e blue jeans, che dormiva sulla poltroncina girevole.

Aveva i piedi scalzi direttamente sotto la lampada, come se avesse voluto scaldarseli, e la luce metteva impietosamente in risalto unghie lunghe e stranamente spesse, giallastre e chiazzate di scuro, probabilmente a causa di un'infezione fungina.

Feci una smorfia di fronte a quello spettacolo schifoso, ma tirai fuori le credenziali ed entrai, mi sedetti davanti alla scrivania e bussai. L'uomo non si mosse. Bussai più forte.

L'uomo si svegliò di soprassalto e a momenti cadde dalla poltrona. Tolse i piedi dalla scrivania e si mise composto con aria inebetita. Aveva le guance cascanti e il doppio mento, era segnato dalle rughe e aveva l'incarnato tipico dei forti fumatori e gli occhi rossi. Dimostrava settant'anni, anche se sapevo che ne aveva soltanto cinquantuno.

Sgranò gli occhi e mi fissò. Poi si appoggiò allo schienale e chiese, spaventato: «Cosa c'è? Chi è lei?»

«Sono un investigatore e le vorrei rivolgere un paio di domande.»

Il dottor Julius Bombay si infuriò. «Non finirà mai questa storia? Ho pagato le sanzioni pecuniarie e tutte le conseguenze delle mie azioni. Cos'altro volete da me?»

«Non sono qui per la sua radiazione dall'albo, dottor Bombay» precisai. «Volevo chiederle una cosa a proposito di un suo vecchio paziente.»

L'ex chirurgo estetico cambiò subito atteggiamento.

Si zittì e mi squadrò da capo a piedi. «Per chi lavora?» chiese. «Ho la sensazione che non faccia parte delle forze dell'ordine.»

«Sono qui per Kyle Craig.»

«Non so chi sia» rispose distogliendo lo sguardo. Aprì un cassetto.

«Craig mi ha detto che lei lo ha operato per cambiargli i connotati. Ai tempi in cui lei operava di notte e in nero per pagare i debiti di gioco.»

Il dottor Bombay tirò fuori dal cassetto una pistola e me la puntò contro.

# 74

Guardai la pistola, una Remington 1911, forse calibro 45. Nelle mani giuste, un'arma mortale.

Ma la mano del dottor Bombay tremava, così come gli tremava la voce. «Chiunque lei sia, se ne vada! Questa è una persecuzione!»

Mi alzai con le mani in alto. «Non sono qui per indagare sull'ennesimo intervento chirurgico da lei effettuato illegalmente, dottore. Voglio solo che mi confermi che ha cambiato i connotati a Kyle Craig.»

Bombay si sporse in avanti, sempre puntandomi addosso la pistola. «Vada via!»

«Si calmi» dissi, iniziando a voltarmi. «Vado.»

Appena lui fece per rimettere la pistola nel cassetto, però, mi girai di scatto, gli afferrai il polso e glielo sbattei con forza sulla scrivania. Bombay lanciò un grido di dolore e mollò la pistola, che cadde per terra con un tonfo metallico.

«Stronzo» disse. Si guardò il polso dolorante, poi guardò me e quindi si inginocchiò per terra.

Sapendo che voleva recuperare la pistola, lo raggiunsi, lo afferrai per il bavero, lo costrinsi a rialzarsi e gli mollai un pugno nel plesso solare.

Lui si piegò in due con una serie di versi a metà fra il conato e il colpo di tosse. Lo feci sedere sulla sedia dove ero seduto io, andai a raccogliere la pistola dietro la scrivania e la scaricai.

A quel punto Bombay aveva ripreso fiato.

«È una domanda facile e basta che mi risponda sì o no: ha effettuato un intervento di plastica facciale a Kyle Craig, cambiandogli i connotati e trasformandolo nell'agente FBI Max Siegel?»

Bombay si strinse nelle spalle. «Non lo so. Può darsi. Vede, io non volevo nomi. Preferivo non sapere niente. Caso mai arrivasse gente come lei a farmi domande, era meglio che io fossi all'oscuro di tutto. Capito?»

Gli mostrai una foto di Pseudo Craig al centro di detenzione. «Ha mai visto quest'uomo?»

Bombay guardò la foto e fece di no con la testa. «Non mi pare. Non lo escludo, ma ricordo poco le fattezze dei pazienti pre-intervento. Tendo a concentrarmi su quelle post.»

«Ha delle foto? Conserva le cartelle? Posso dirle in che periodo lo ha operato.»

Bombay inarcò le sopracciglia. «In quel modo forse avremmo risolto. Purtroppo, però, ho perso tutto quanto per colpa dell'ultimo uragano. Tenevo tutto in un magazzino a Tampa.»

«Dottor Bombay?»

Sulla porta c'era una giovane donna con i capelli lilla, che guardò me, la pistola sulla scrivania e il suo principale.

«Sì, Emma?»

«Il suo paziente è arrivato.»

Bombay mi guardò. «Come vede, ho una visita.»

Lo disse con un'aria di rassegnazione tale che annuii.

Lui sospirò e si alzò. «Emma? Dove sono i miei sandali?»

Emma gli guardò i piedi, trattenne una smorfia disgustata, indicò nell'angolo e si scostò per lasciarmi uscire per primo.

# 75

Forse ero stato in aeroporti peggiori del Miami International, ma sinceramente non avrei saputo dire quando.

All'arrivo non ci avevo fatto caso, ma prima di partire dovetti aspettare quasi un'ora ai controlli di sicurezza, trovai le toilette in condizioni inaccettabili, non c'erano abbastanza posti a sedere nelle sale d'attesa e gli addetti erano scorbutici, quando non addirittura villani. Già l'incontro con il dottor Bombay mi aveva lasciato l'amaro in bocca, ma a quel punto ero proprio di pessimo umore. Non ero riuscito a trovare risposta a nessuno dei miei interrogativi e non avevo scoperto neppure se Kyle Craig avesse o meno fatto ricorso alla chirurgia estetica per assumere le sembianze di un agente FBI scomparso.

Ero partito nella speranza che il dottor Bombay mi dimostrasse in maniera inequivocabile che Craig non poteva essere ancora vivo, ma stavo tornando a casa con le pive nel sacco.

Atterrato a Washington, presi un taxi, diedi un indirizzo a un isolato da casa mia e aspettai di essere sul Fourteenth Street Bridge prima di reinserire la batteria nel mio cellulare usa-e-getta. Lo accesi e vidi che avevo otto messaggi scritti e altrettanti registrati in segreteria.

Non feci in tempo a leggerne o ascoltarne nemmeno uno, perché subito partì la suoneria. Era John Sampson.

«Dove ti sei cacciato, Alex?» mi investì. «Ho provato a chiamarti un'infinità di volte.»

«Avevo spento il cellulare.»

«Ah. Be', pazienza. Dove sei adesso? Posso mandarti due foto?»

« Sì, certo. Sono quasi a casa. »

« Ci metto un attimo. Te le mando, tu le guardi e ti richiamo. »

Fermo nel traffico, dieci minuti dopo sentii vibrare il cellulare. Lo presi, guardai le foto e sentii una fitta improvvisa di mal di testa.

Pseudo Craig a colori, di faccia e di profilo, in jeans, giubbotto di pelle, stivaletti da cowboy e berretto da baseball bianco con la visiera dietro, senza occhiali.

Mi squillò il telefono.

« L'hai visto? »

« Sì. Dov'era? »

« Union Station. Alle quattro di ieri pomeriggio. Te ne ho mandate due, ma ce ne sono tante, tutte tratte dai filmati di sorveglianza. È come se... è come se volesse farsi vedere, Alex. »

« Ah. »

« È passato volutamente davanti ad almeno quattro telecamere. »

« E poi dov'è andato? »

« Lo abbiamo perso dopo che ha preso la scala mobile per scendere sul binario della metropolitana. Purtroppo in quel punto l'impianto era guasto. »

*Maledizione!* gemetti fra me e me.

« Cos'ha intenzione di fare, secondo te, Alex? »

« Ci rifletto e ti richiamo. »

Subito dopo mi arrivò un messaggio di Ned Mahoney.

*L'autorizzazione della corte federale è arrivata: stasera procediamo all'esumazione. Suppongo ci vorrai essere.*

# 76

*Quantico, Virginia*

C'era nebbia e piovigginava sulle lapidi nere contrassegnate da codici alfanumerici fra i pini di quella zona remota della base dei Marine.

Era buio da un pezzo e ci trovavamo in un angolo non rappresentato sulle carte di quel vasto appezzamento di proprietà federale, dove era stato creato un anonimo cimitero per quei criminali talmente efferati che neppure le famiglie avevano voluto seppellirli.

Mahoney con altri due agenti dell'FBI, tre dipendenti del cimitero e io, tutti con impermeabile e stivali di gomma, cercavamo con la torcia la sepoltura B157, dove erano conservati i resti di Kyle Craig.

« Come mai non sono in ordine? » domandai.

Uno dei custodi, che si chiamava Cecil ed era leggermente gobbo, rispose: « Il comandante dei Marine che autorizzò questo cimitero dopo la guerra di secessione voleva scoraggiare in tutti i modi il culto di questi morti e quindi li rese difficili da localizzare, specialmente A1 ».

Stavo guardando una lapide marcata C42. « A1? »

L'uomo ebbe un attimo di esitazione, poi rispose sottovoce: « John Wilkes Booth ».

Aggrottai la fronte. « L'assassino di Lincoln? Credevo fosse sepolto a Baltimora in una tomba dove la gente mette monetine da un penny con l'effigie di Lincoln. »

Cecil scosse la testa. « No, la famiglia non volle avere nulla a che fare con lui. Nella tomba con le monetine è sepolta sua sorella. Booth è qui. Si può dire che questo cimitero nasca proprio con lui.»

«Chi altro c'è?»

«Non posso fare i nomi, ma sono tanti. La gente crede che siano sepolti altrove, e magari hanno pure la lapide e tutto il resto, ma la verità è che i cimiteri non vogliono criminali di tal specie in suolo consacrato e quindi li mandano qui. Senza dire niente a nessuno.»

Non avevo mai sentito parlare di quel cimitero, neppure ai tempi in cui lavoravo a Quantico nell'unità di Scienze comportamentali. Ero affascinato. «Su, ci sveli chi altro è sepolto qui.»

Cecil si voltò dall'altra parte.

«Giuro che non lo diremo a nessuno.»

Cecil era titubante, ma poi disse a bassa voce: «Siamo a meno di trenta metri da Oswald e Ruby».

Lo guardai a bocca aperta. «Lee Harvey Oswald? L'assassino di John F. Kennedy? E Jack Ruby, l'assassino di Oswald?»

«Anche John Wayne Gacy è qui nei pressi. Ci sono tutti i peggiori: ve l'ho detto.»

Stavo per replicare, ma Mahoney ci chiamò: «È qui. L'ho trovato».

Era tre file più in là, accucciato davanti a una lapide che stava illuminando con la Maglite. «Portate i fari e un Bobcat.»

Uno degli agenti FBI mise in moto il pickup con i faretti LED da cantiere e Cecil salì a bordo dell'escavatore.

Non osservai le operazioni e preferii guardarmi intorno, mentre la nebbia veniva dispersa dal vento e la pioggia incominciava a cadere più fitta.

Booth. Oswald. Ruby. Gacy.

Solo Dio e Cecil sapevano chi altri era sepolto in quel cimitero.

Mi avvicinai a Mahoney in preda a un senso di disagio. Mi

turbava camminare sulle spoglie di assassini, psicopatici e serial killer di ogni specie.

Uno degli operai sollevò la lapide e la posò da una parte e Cecil manovrò il Bobcat con grande maestria, rimuovendo un folto strato di aghi di pino e la terra argillosa sottostante.

Quando la benna toccò il metallo della bara, produsse un clangore che parve rimbombare dal sottosuolo. Gli altri operai scesero nella fossa con una scaletta di legno, una pala e due catene, con le quali tirarono su una semplice cassetta di acciaio e la assicurarono alla benna. Cecil la sollevò senza problemi.

Mentre le spoglie di Kyle Craig dondolavano sopra la fossa, Mahoney scosse la testa: «È così piccola che sembra la bara di un bambino».

Ripensai a Kyle Craig – o quello che ritenevo tale – negli ultimi attimi di vita, prima di morire bruciato in un'esplosione.

«Non era rimasto molto» replicai. «Due braccia e una gamba, carbonizzate.»

# 77

Arrivai a casa intirizzito verso mezzanotte e non vedevo l'ora di farmi una doccia bollente e buttarmi a letto. Bree mi aspettava sveglia. Quando entrai non disse nulla, ma la sua espressione era più che eloquente.

«Avrei dovuto chiamarti, lo so» dissi. «Ti ho mandato un messaggio, però, avvertendoti che andavo a Quantico.»

Bree non rispose e continuò a guardarmi impassibile.

Mi andai a sedere sul letto vicino a lei. «Senti, dovevo andare in un posto a parlare con una persona e, sapendo che forse sarei dovuto ricorrere alle maniere forti per farmi dire quello che volevo sapere, non ho voluto coinvolgere né te né nessun altro e ho tenuto il telefono spento. Appena sono tornato, mi ha chiamato Ned per dirmi di andare a Quantico e mi ha portato in un posto talmente segreto che è come se non esistesse.»

Bree rimase zitta un altro po', poi disse: «Quindi c'è una parte di Alex Cross inaccessibile anche alla moglie amatissima».

Capii che non sarei riuscito a cavarmela e mi arresi. Le raccontai del dottor Bombay e del cimitero di Quantico.

«John Wilkes Booth?»

«Ho avuto la medesima reazione» le confessai.

Bree si addolcì, incuriosita.

«C'è anche Ted Bundy?»

«Per averne la certezza bisognerebbe chiedere a un custode che si chiama Cecil, ma penso proprio di sì.»

Bree scosse la testa. «Incredibile. E nessuno lo sa?»

«Solo un gruppo estremamente ristretto di persone.»

«Tu credi che in quella bara ci sia Craig?»

« Sono talmente stanco e infreddolito che non so più cosa pensare. »

« Povero amore mio » disse lei. « Fai una bella doccia calda e vieni a letto. »

Le diedi un bacio. « Grazie della comprensione. »

Mi guardò di nuovo con espressione severa.

« Ricordati che continuo a non essere d'accordo sulla tua scelta di non dirmi niente di Miami. Siamo marito e moglie, compagni di vita... Ben più di una squadra. »

« Ti chiedo scusa. Non lo farò più. »

« Ti perdono » rispose, e spense la luce.

La doccia fu una goduria e non solo mi riscaldò le ossa, ma lavò via tutte le schifezze di quella giornata, dalle unghie del dottor Bombay alle tombe di quel cimitero sotto la pioggia battente.

Mi infilai sotto le coperte e mi lasciai alle spalle la giornata per scivolare in un sonno senza sogni.

Quando Bree e io ci svegliammo, decidemmo di trascorrere un weekend in famiglia.

Portammo Ali al Tidal Basin, dove lui partì per un giro in bici e noi per la nostra solita corsetta del sabato mattina. Vidi subito che allenandosi con i Wild Wheels mio figlio era migliorato molto, sia a livello tecnico che di resistenza.

Quando ci raggiunse a fine giro, glielo dissi.

« Allora posso andare a fare quella gara in Pennsylvania? »

« Ho letto il volantino e mi sembra interessante. Parlerò con il tuo allenatore, ma direi di sì. »

Ali lanciò una serie di gridolini di gioia e si allontanò, mentre io e Bree passavamo sotto il primo dei ciliegi giapponesi lungo la riva.

« Hai visto? » disse Bree indicandomi i rami. « Fra pochissimo saranno fioriti. »

« Hai ragione. Con una settimana di anticipo rispetto all'anno scorso. »

Corremmo fino al Jefferson Memorial e trovammo Ali fermo al semaforo di Maine Avenue ad aspettarci. Aveva in mano il cellulare e sembrava turbato.

«Il capitano Abrahamsen ha avuto un incidente!»

«Che cosa?»

«Ieri è slittato sulla ghiaia e si è ribaltato con i piedi nei pedali. Dice che si è fatto male a una spalla e che la settimana prossima lavora in una base dell'esercito a San Antonio.»

«Come fai a sapere tutto questo?» chiese Bree.

Ali spiegò che aveva scritto un messaggio al capitano per dirgli che sarebbe andato alla gara in Pennsylvania e per proporgli di allenarsi una volta insieme prima dell'evento e Abrahamsen gli aveva risposto che purtroppo non poteva, perché stava andando dal medico per la spalla e subito dopo sarebbe partito per il Texas.

«Pare che per almeno due settimane non potrà nemmeno pensare di andare in bici.»

«Mi dispiace» dissi. Scattò il verde e Ali partì davanti a noi. «Quando è la gara?» gli chiesi mentre attraversavamo di corsa Maine e poi Independence Avenue.

Ali rispose senza voltarsi: «Fra quattro settimane?»

«Be', allora il capitano ha tutto il tempo per recuperare» disse Bree.

Passammo il resto del weekend come se non dovesse finire mai. La domenica pioveva e restammo in casa a guardare la partita di basket e a mangiare le prelibatezze di Nana.

Bree stava leggendo, quando entrai in camera dopo aver dato la buonanotte ad Ali. Sospirai e dissi: «Un intero weekend tutto per noi. Ci voleva».

«Sì, ci voleva proprio» concordò Bree posando il libro sul comodino e spegnendo la luce. Mi venne vicino e mi abbracciò.

«Buonanotte» le dissi con un bacio.

«Chi ha detto che il weekend è finito?» disse lei. E rispose al mio bacio.

# 78

Avevo il sole negli occhi. Un raggio attraversava la finestra e mi trapassava le palpebre.

Strizzai gli occhi e vidi che era ancora buio. Ma fuori dalla finestra c'era qualcuno che mi stava puntando una luce sottile e potente negli occhi.

Mi buttai sul pavimento gridando: «Bree!»

Nessuna risposta.

La luce si spense.

«Bree!»

La porta della camera si aprì e Bree, in accappatoio, mi vide accucciato per terra e disse: «Ssst. Sono solo le cinque e mezzo. Dormono tutti».

«Un attimo fa fuori della finestra c'era qualcuno che mi puntava una luce negli occhi» bisbigliai.

Bree cambiò subito atteggiamento. Ci vestimmo in fretta e furia, prendemmo l'arma di ordinanza e corremmo fuori.

Sulla base dell'angolazione del fascio di luce, calcolammo che doveva essere venuto dal tetto della casa dei Morse, i nostri vicini, che stavano rifacendo la facciata e avevano i ponteggi tutto intorno all'edificio.

Poiché avevamo il codice della cassetta in cui tenevano le chiavi, entrammo a dare un'occhiata, armati di pistola.

In casa non c'era nessuno. Infissi, porte e pareti erano coperti da teli di plastica sporchi di segatura e qua e là c'erano mucchi di detriti da smaltire.

Trovammo impronte di piedi in abbondanza, di vari generi e dimensioni, sia al pianterreno che al primo piano, e soprattutto nelle camere da letto, dai cui abbaini si accedeva al tetto. La plastica di uno di questi era tagliata, ma affacciandoci a guardare sul tetto non vedemmo nessuno, né nulla che indicasse che ci fosse salito qualcuno.

Eppure quella era l'unica finestra della casa che non era sigillata.

Mi arrampicai sul tetto e mi spostai verso il punto da cui ritenevo mi avessero puntato quella luce negli occhi. Trovai tracce di segatura non ancora completamente disperse dal vento.

«Era qui sopra» dissi rientrando nella casa dei Morse. «Ma le prove della sua presenza stanno letteralmente volando via.»

Tornammo a casa nostra e Bree chiese: «Pensi che fosse M?»

«Non possiamo escluderlo.»

«Quindi ci spia? Il solo pensiero mi fa infuriare.»

«Sapessi a me...»

«Facciamo installare qualche videocamera, come dicevi?»

«Sì. Oggi le ordino. Le facciamo mettere a casa nostra e anche qui.»

«Non sarà meglio allontanare Nana e i ragazzi? Mandarli da tuo padre in Florida?»

Non era una cattiva idea, ma intuivo che si sarebbero opposti tutti e tre, per mille motivi. «Ci penso.»

Mi squillò il telefono. Keith Karl Rawlins.

«È mattiniero, Rawlins» dissi.

«Mi bastano cinque ore di sonno» replicò l'esperto informatico dell'FBI. «Mi sembra giusto che lei sia il primo a saperlo.»

Mi lasciò nella suspense. «Il primo a sapere cosa?»

«Che ieri sera sono iniziati i primi movimenti della criptovaluta usata per il riscatto di Diane Jenkins. Li ho tracciati attraverso ventiquattro passaggi volti principalmente a eliminare i metadati, che però a quanto pare non sono riusciti a togliere tutti i miei bug. Indovini un po' dove sono finiti gli Ethereum?»

# 79

*McLean, Virginia*

La mattina dopo Ned Mahoney e io arrivammo davanti a una cancellata in ferro battuto di una tenuta di campagna. La grande casa in stile coloniale era bianca con le persiane verdi.

« Continuo a pensare che avresti fatto meglio a non venire, Alex » disse Mahoney quando il pickup davanti a noi girò e si avvicinò al cancello. Ci fermammo subito dietro.

« Non sono d'accordo » dissi. « La mia presenza è utile. Servirà a metterli sotto pressione. »

« Abbiamo un mandato di perquisizione. »

« Perché scoprire subito le carte? »

« Che cosa speri di ottenere? » chiese Mahoney mentre tirava fuori dal finestrino del pickup un braccio per premere il pulsante del citofono. « Una confessione tipo: 'Sono M e ho fatto tutto questo a causa tua, Alex Cross'? »

« Esatto » risposi. Si udì un fischio sonoro e il cancello si aprì. « Se gestiamo la cosa nel modo giusto, potremmo ottenerla con notevole risparmio di tempo ed energia. »

Ned seguì il pickup oltre il cancello e lungo il viale che portava alla villa. « Fammi un favore: lascia parlare me. »

« Basterà la mia presenza. »

Parcheggiammo in una rotonda costeggiata di azalee che stavano incominciando a fiorire. Lungo il sentiero che conduceva alla porta d'ingresso c'erano invece cespugli di corniolo. Ignorammo le occhiatacce dei giardinieri in divisa e bussammo.

Ci aprì una donna latinoamericana sulla quarantina. «Sì?» Si sentiva musica classica in sottofondo.

Mahoney mostrò le credenziali. «FBI. Vorremmo parlare con la padrona di casa.»

La donna sgranò gli occhi davanti alle nostre credenziali. «La signora non sta bene. Chiamo il figlio. Sta qui vicino.»

«Andremo da lui dopo. Adesso dobbiamo parlare con la signora» insistette Ned. «Lei si chiama?»

Probabilmente la donna pensò che Ned le stesse chiedendo nome e cognome per controllare se fosse o meno in regola con il permesso di soggiorno, perché incrociò le braccia e, a testa alta, rispose: «Maria Joan. Ho la green card da sei anni e fra sette mesi otterrò la cittadinanza americana. Ho studiato, per arrivarci. E conosco la legge, il quarto emendamento. Non potete entrare senza un mandato».

Mahoney sorrise e prese un foglio dal taschino. «Ha ragione. Ma io il mandato ce l'ho. E se lei non ci lascia parlare con la signora, posso accusarla di intralcio alla giustizia.»

Le mostrò il mandato e Maria Joan lo lesse con cura. Poi annuì e ci lasciò entrare, sia pur di malavoglia.

L'atrio era ovale, con pavimento in ardesia e una fontana a cascata in fondo. Al centro c'era un vaso di fiori su un piedistallo con una corbeille che profumava l'ambiente.

Seguimmo Maria Joan lungo un corridoio, oltre una biblioteca e verso la stanza da cui provenivano le note del pianoforte, un ampio open space con una cucina che pareva presa da una rivista da una parte e una zona giorno arredata con altrettanto gusto dall'altra. C'erano due vasi di rose fresche e un elegante servizio da tè sul tavolo rotondo davanti a una donna su una sedia a rotelle, che stava guardando Bloomberg Television su un grande schermo a parete, ma il volume era azzerato. La musica classica proveniva dalle casse di un altro impianto.

Maria Joan si avvicinò alla donna, le diede una scrollatina e disse: «Ha visite, signora M».

# 80

Nel sentire le parole di Maria Joan, temetti di svenire.

*Ha visite, signora M.*

Anche Mahoney rimase sbalordito, ma si ricompose subito. Ci avvicinammo e vedere in faccia la signora fu un'altra sorpresa.

L'ultima volta che avevo visto Margaret Edgerton aveva il piglio e lo charme dell'imprenditrice di successo, ma nelle quattro settimane trascorse dall'esecuzione del figlio al Greensville Correctional Center nel modo barbaro e crudele che aveva scelto lui stesso aveva subito una profonda trasformazione.

Aveva l'aria stanca e indossava un paio di occhiali scuri, una veste da camera blu e calze spesse. Le tremavano leggermente le mani e nel vedere Mahoney e me assunse un'espressione sbigottita.

« Visite? » disse con voce leggermente impastata. « Credevo che la terapia per oggi fosse finita. Sono esausta, Maria. »

« Signora Edgerton, sono Mahoney, agente speciale dell'FBI » si presentò Ned, mostrandole sia le credenziali che il mandato. « Può andare, signora Joan. »

« Non è in grado di leggere niente di quello che le fa vedere » disse questa andando in cucina.

La signora Edgerton fece una faccia stupita. « Che cosa succede? »

« Siamo qui per parlare del rapimento di una giovane mamma, Diane Jenkins. »

La vecchia arricciò il naso e sollevò la testa, indignata.

« Un rapimento? » esclamò. « Io? Come osate! »

Fu scossa da un accesso di tosse e agitò una mano.

«Per piacere» protestò Maria Joan avvicinandosi con una bombola a ossigeno su un carrellino. «L'avete agitata e adesso le manca il respiro.»

Incominciai a sentirmi un po' in colpa.

La badante avvicinò la cannula al naso della signora Edgerton e poi ci disse in tono aggressivo: «Non potete tornare un'altra volta? Ha avuto un ictus tre settimane fa. Vede poco bene, soffre di attacchi di ansia...»

A quel punto mi sentivo veramente in colpa. Ma dissi a Mahoney: «Spiegale perché siamo venuti».

La signora Edgerton cercò di voltarsi verso di me. «Chi altro c'è?»

«Un consulente esterno, signora» disse Mahoney. «Torniamo a noi: il marito della rapita ha pagato il riscatto in quella che viene definita criptovaluta.»

«Tecnologia blockchain, sì. Una diavoleria. E quindi?»

E, senza dare a Mahoney il tempo di rispondere, allungò la mano sinistra verso di me e disse: «Risponda lei, consulente».

«Signora Edgerton» disse Ned. «Qui il capo sono io.»

«Me ne infischio» ribatté lei spostando la carrozzina nella mia direzione. «Avrò anche perso la vista, ma non il senno. E ci sento benissimo. Perciò, consulente, mi dica perché siete qui, lei e l'agente speciale.»

Mi schiarii la voce e risposi: «I soldi del riscatto sono passati per centinaia di conti digitali in tutto il mondo e ieri sono arrivati sul suo conto personale, signora. Cinque milioni di dollari in criptovaluta».

Fu come se non mi avesse sentito. Stringeva i braccioli della carrozzina con forza e aveva il volto contratto in una smorfia maligna e vendicativa.

«È venuto a darmi il colpo di grazia, Cross?»

Esitai, poi risposi: «No, signora Edgerton».

La vecchia scoppiò in una risatina. «Sì, invece. Ha mandato mio figlio a morire su quella sedia elettrica e ci manderebbe volentieri anche me.»

«Siamo qui per tutt'altro motivo» disse Mahoney. «Signora Edgerton, abbiamo un mandato federale che ci autorizza a sequestrare tutti i computer che avete in casa e negli uffici della ditta a Manhattan.»

La vecchia fece finta di non sentire. Si sporse in avanti con la stessa aria furibonda di quando aveva assistito all'esecuzione del figlio.

Gelida, con asprezza, sussurrò: «Gliel'ho detto, Cross: brucerà fra le fiamme dell'inferno. Se lo ricorda?»

«Sì. È lei M, signora Edgerton?»

«Non rispondere!» gridò un uomo alle nostre spalle. «Non dire una parola, mamma. Voi due, uscite immediatamente da questa casa. Me ne infischio, se siete dell'FBI! Non potete piombare in casa di una povera inferma e tempestarla di domande senza l'assistenza di un legale rappresentante.»

Ci voltammo e ci trovammo di fronte un uomo sui cinquanta che sembrava un toro. Era muscoloso, pelato, in tuta da ginnastica. Lo avevo già visto il giorno dell'esecuzione.

«Peter Edgerton?» disse Mahoney. «Abbiamo un mandato anche per le sue proprietà.»

Il figlio maggiore della signora Edgerton rimase basito. «Le mie proprietà? E perché mai? Che cosa pensate di trovare sul computer di mia madre, a proposito? Da quando ha avuto l'ictus, non lo usa nemmeno più!»

«I soldi di un riscatto sono finiti nel conto corrente di sua madre» spiegò Mahoney.

«Pete!» gridò la signora. «Non ho nemmeno un conto abilitato alle criptovalute!»

«Sì, mamma. Ce l'hai.»

«Che cosa?»

«Ne parliamo dopo» disse Peter Edgerton. Ci squadrò.

« Mi state prendendo per i fondelli? Davvero i soldi di un riscatto sono finiti sul conto di mia madre? »

« Sì. »

« Vuol dire che ce li ha messi un hacker. I rapitori. »

« E perché avrebbero dovuto fare una cosa del genere? » chiesi.

Peter Edgerton sembrò accorgersi di me soltanto in quel momento. Cambiò subito atteggiamento.

« Non esiste » esclamò. Guardò Mahoney. « Faccia uscire 'sto stronzo dalla casa di mia madre o giuro che investirò ogni centesimo del mio patrimonio in criptovalute in avvocati, pur di cancellarvi dalla faccia della Terra. »

« Signor Edgerton » disse Mahoney.

« Mandalo via, Pete! » gridò sua madre.

L'uomo cercava di controllarsi, ma lanciò a Mahoney uno sguardo di fuoco. « Vi assicuro la massima collaborazione, purché Cross esca dalla nostra proprietà. Vi lascerò perquisire casa mia, quella di mio fratello, la sede della ditta, tutto quello che vorrete. Non troverete niente di incriminante, ve lo assicuro. »

Mahoney mi guardò e mi indicò la porta.

Uscii senza obiettare. Sentii che Peter Edgerton diceva alla madre: « È andato via, mamma. Non tornerà più ».

Prima che uscissi dal portone, sentii che la madre gridava: « Brucerà comunque all'inferno, Cross! Dopo quello che ha fatto a Mikey, merita le fiamme eterne! »

# 81

Mentre percorrevo il vialetto verso il cancello, decisi che non aveva senso stare fuori ad aspettare che Mahoney e i suoi finissero la perquisizione.

Ritenevo improbabile che la signora Edgerton fosse M. Non aveva la prestanza fisica. Per quanto lucida, dopo l'ictus vedeva poco e aveva gravi problemi respiratori, ma suo figlio Peter era già più plausibile. Aveva un possibile movente e le disponibilità economiche per essere M, parte delle quali in criptovalute difficili da tracciare.

E se madre e figlio fossero stati complici? Se la loro fosse stata un'ossessione condivisa? Due cuori uniti dall'odio potevano decidere di anteporre la sete di vendetta a tutto il resto: denaro, vita privata, libertà personale.

*Però...*

I dubbi nascevano da un interrogativo fondamentale: perché avrebbero dovuto rapire una donna in Ohio? Non mi veniva in mente nessuna spiegazione ragionevole. Varcai il cancello e presi il cellulare per chiamare un Uber e tornare in centro.

Mentre avevo il telefono in mano, mi arrivò un messaggio dell'agente speciale Kim Tillis:

*A mezzogiorno sarò al centro di detenzione di Alexandria per dirlo a Marty. Vuole venire a dare una buona notizia, tanto per cambiare?*

Erano le undici e dieci. Risposi: *Ci sarò.*

Stavamo per restituire la libertà a un innocente. Quel pensiero mi indusse a sorridere. Era una soddisfazione molto più grossa, rispetto a mandare in carcere un colpevole. Era un'emozione più leggera, altruistica, bella.

In quello stato d'animo scesi dall'Uber all'ora dell'appuntamento e vidi che l'agente Tillis era con una donna più giovane in tailleur blu, allegra e sorridente.

Sandra Wendover mi strinse la mano. Era un avvocato d'ufficio.

« Sono così contenta, dottor Cross » disse con un gran sorriso. « Non capita spesso di poter far visita a un detenuto con notizie così belle. »

Risposi al suo sorriso. « È vero. »

Tillis aveva le lacrime agli occhi. « Il regalo più bello che potessimo fare a Marty » disse.

Varcammo le porte fino al controllo di sicurezza. Mostrai il documento e stavo per passare le scarpe nel metal detector quando mi sentii chiamare: « Dottor Cross? »

Era la vicesceriffo Estella Maines.

« Ha ricevuto il messaggio che le ho mandato venerdì? »

« Mi ha mandato un messaggio? »

« L'ho mandato alla Metro Police, veramente. »

« In questo periodo faccio solo consulenze esterne. »

« Be', si ricorda che mi aveva chiesto di prendere le impronte del visitatore di Dirty Marty? Quello di cui le ho fatto avere le foto? Be', sono nel database. Ha precedenti penali. Sappiamo chi è. »

Avevo il cuore a mille. *Finalmente!*

Senza lasciarmi il tempo di replicare, Kim Tillis disse: « Mi scusi, ma non usi quel nomignolo, per cortesia. Martin Forbes è innocente. Ci sono prove inequivocabili del fatto che hanno voluto incastrarlo, e verrà liberato ».

Estella Maines rimase senza parole e mi guardò.

« È vero. E il visitatore di Martin faceva parte del complotto per farlo marcire in galera. Chi è? Come si chiama? »

# 82

La collega e l'avvocatessa di Forbes entrarono a comunicargli la bella notizia. Io, ora che sapevo il vero nome e l'indirizzo più recente dell'uomo che chiamavamo Pseudo Craig, preferii non accompagnarle. Le pregai di fare i migliori auguri a Marty e me ne andai.

Per prima cosa chiamai Keith Karl Rawlins e gli dissi cosa cercare, poi telefonai a Ned Mahoney e gli diedi appuntamento al laboratorio sotto l'unità Crimini informatici di Quantico.

Quando aprii la porta di vetro del laboratorio, Mahoney era già lì. La musica techno che Rawlins ascoltava mentre lavorava era ad alto volume.

L'esperto informatico era seduto davanti a una tastiera e sei monitor. Ned era in piedi poco distante. Gli toccai una spalla e lui fece un salto.

«Non ti ho sentito arrivare» disse, quasi gridando, e mi mostrò i tappi di silicone che aveva nelle orecchie.

Rawlins, che fino a quel momento aveva mosso la testa a tempo di musica, spense l'audio e si voltò a guardarmi per nulla sorpreso. Mi indicò con un cenno il mio telefono sul tavolo. «Adesso che è pulito, se lo può riprendere.»

Presi il cellulare e me lo misi in tasca. «Che cosa ci sa dire di Nolan?»

«Ho raccolto un bel po' di informazioni.»

«Dica.» Mi avvicinai. «Senza accompagnamento musicale, per favore. Ho avuto una giornataccia.»

Rawlins non gradì, ma fece spallucce. «Peggio per lei.»

Digitò un comando e visualizzò i precedenti penali di

William Nolan, quarantasei anni, domiciliato a Encino, California.

«Guarda!» disse Mahoney. «È uguale identico a Kyle Craig.»

«Da tutte e tre le angolazioni» dissi scuotendo la testa.

«Ho confrontato le sue impronte con quelle di Craig. Nessuna corrispondenza.»

Finalmente era una certezza: Kyle Craig era morto e io non ero pazzo.

Sollevato, ascoltai Rawlins che ci riassumeva quello che aveva scoperto. Nolan aveva lavorato come stuntman e aveva recitato in alcuni film minori a Hollywood, poi a causa della dipendenza dalla coca aveva commesso furti e rapine.

Per furto di automobili aveva scontato tre anni al California Institution for Men a Chino. Era uscito quattro anni prima.

C'era il recapito telefonico della sua supervisora, che era in ufficio e ci disse che Nolan stava rispettando le condizioni della libertà vigilata. Era stato un detenuto modello e da quando era uscito aveva lavorato in un autolavaggio e poi in una ditta specializzata in decontaminazione di cantieri edili.

«Dove lo possiamo trovare?» chiese Mahoney.

«La sede della ditta è a Encino» rispose lei.

Quando telefonammo, però, ci dissero che Nolan si era licenziato sei settimane prima. Ai colleghi aveva detto di aver ottenuto una parte importante in un film.

Finita la telefonata, Rawlins si alzò dalla propria postazione, riaccese la musica techno e incominciò a ballare.

«Questa musica mi uccide» disse Mahoney. «Basta!»

L'esperto informatico alzò gli occhi al cielo e spense la musica. «Sa qual è il problema di quasi tutti gli americani e quasi tutti gli agenti dell'FBI, agente speciale Mahoney?»

«Mi dica» replicò Mahoney incrociando le braccia.

«Solo bastoni e niente carote» disse. «Si fanno un mazzo così dal mattino alla sera e quando raggiungono il risultato non festeggiano. Io credo che le vittorie vadano sempre festeggiate, soprattutto una come questa.»

«Ovvero?»

Rawlins sorrise. «William Nolan ha un conto corrente e due carte di credito con interessi molto alti, del tipo che danno ai clienti considerati a rischio, come gli ex detenuti.»

«E le usa?»

«Sei settimane fa ha pagato un biglietto aereo Los Angeles-New York, un biglietto ferroviario New York-Washington e poi ventidue notti al Regal Motel, un albergo a una stella di Gaithersburg. Ecco a lei la carota, Cross. Lo ha in pugno!»

# 83

*Gaithersburg, Maryland*

Il Regal Motel non aveva nulla di regale.

Le camere costavano ventidue dollari all'ora, sessantadue e cinquanta a notte e duecentotredici alla settimana, puzzavano di birra e fumo di sigaretta, avevano scendiletto logori e lenzuola piena di macchie sospette.

Un tempo il motel era usato prevalentemente da prostitute, poi lo sceriffo della contea di Montgomery era intervenuto e, secondo l'impiegata alla reception, adesso la clientela era costituita prevalentemente da senzatetto, tossicodipendenti e donne in fuga da mariti violenti.

«Ce ne sono tre o quattro, con i figli» disse a me, Sampson, Bree e Mahoney. Si chiamava Souk, era una ragazza sveglia e frequentava i corsi serali dell'American University. Indicò le foto segnaletiche sulla bacheca alle sue spalle: «Se si presenta uno di loro, chiamo lo sceriffo» spiegò. «Ho le copie dei provvedimenti di diffida.»

«Brava» dissi. «Ha visto quest'uomo?»

Le mostrai una foto dell'uomo al centro di detenzione.

«Sì» rispose Souk sicura. «Un metro e settanta, capelli chiari. Va e viene dalla 39B. Paga in anticipo settimana per settimana.»

«Lo conosce bene» osservò Mahoney.

«Sto attenta a tutti quelli che entrano ed escono mentre sono qui a lavorare, nel caso dovessi mai essere chiamata a testimoniare per qualcosa. Perché prima o poi qui qualcosa succederà: è un fatto statistico.»

« Siamo stati fortunati a trovare di turno lei, allora » disse Bree. « L'ospite della 39B è qui, in questo momento? »

Souk si strinse nelle spalle. « Ho appena preso servizio, non lo so. Come dicevo, entra ed esce. Sempre di fretta. »

« Ha una macchina? »

« Se ce l'ha, non la tiene qui. Dice di usare i mezzi pubblici. Perché? Che cos'ha fatto? »

« Vogliamo soltanto parlargli » disse Mahoney. « La stanza 39B ha un'altra uscita? »

« La finestra del bagno dà sul tetto... Ma da lì a terra è un salto di dieci metri. »

« Non c'è un'uscita antincendio? »

Souk scosse la testa. Uscimmo e ci dividemmo per salire al terzo piano del motel. Bree e Sampson arrivarono alla camera di Nolan da ovest, io e Ned da est. Ci posizionammo ai lati della 39B con le pistole in pugno e Mahoney bussò. Nessuna risposta.

Mahoney bussò più forte. « FBI. William Nolan, apra la porta. »

Per un attimo non ci fu alcun rumore e pensai che Ned avrebbe tirato fuori il passe-partout che ci aveva dato Souk. Poi però sentimmo un cigolio che poteva essere di un vecchio letto.

Mahoney gridò: « Signor Nolan, siamo... »

Sentimmo passi di corsa, poi una porta che sbatteva.

Ned aprì la serratura con il passe-partout, ma trovò la porta chiusa con la catena.

Ci si lanciò contro con tutto il suo peso e la abbatté. Entrammo nella stanza, passando in rassegna sacchetti di fast-food, bottiglie vuote, una sacca aperta piena di indumenti, il letto sfatto e la sigaretta ancora accesa nel posacenere.

Sampson si avvicinò alla porta del bagno.

Bussò e disse: « Nolan, apra questa porta! »

Non ottenendo risposta, abbatté pure quella.

La finestra del bagno era aperta. Dava sul tetto, che era piuttosto stretto.

Mi avvicinai, mi sporsi fuori e vidi Nolan. Sembrava il gemello di Kyle Craig. Era accucciato alla mia sinistra, a sei metri da me, vicino al bordo del tetto, con uno zaino mimetico in spalla.

« Non lo fare! » urlai.

Ma Nolan si lanciò nel vuoto.

# 84

L'ex stuntman si tirò su dalla posizione accucciata, prese la rincorsa, spiccò un salto sul piede destro e si lanciò dal tetto, muovendo freneticamente braccia e gambe come se corresse nell'aria.

Non volevo vederlo morire e chiusi gli occhi, aspettando di sentire il tonfo.

Invece sentii un colpo di pistola, o qualcosa di simile. Guardai giù e vidi che Nolan non era a terra, ma appeso a un albero, e più precisamente a un grosso ramo di uno dei pini dietro il motel, che si stava lentamente staccando dal tronco sotto il suo peso.

Mi voltai. «È appeso a un albero!»

Bree fu la prima a uscire dalla stanza.

«E come ci è finito?» chiese Mahoney correndo dietro di lei verso l'uscita.

«Per paura o per follia» borbottò Sampson.

«Chiamo lo sceriffo e chiedo rinforzi» disse Bree scendendo le scale a rotta di collo.

Mahoney prese in mano la situazione e ordinò a me di andare a ovest e a Sampson di andare a est, mentre lui e Bree avrebbero preso i mezzi con i quali eravamo arrivati.

Souk, l'impiegata alla reception, ci guardò con aria preoccupata. Le passai davanti di corsa chiedendo: «Cosa c'è dietro il motel?»

«Dei pini e una palude» rispose.

«E poi?»

«Non ne ho idea.»

Mentre correvo lungo il muro del motel, sentivo all'auricolare che Bree chiedeva rinforzi. Mi trovai di fronte una barriera di erbacce e rovi e dovetti districarmi, graffiandomi i vestiti e la pelle. C'erano rifiuti ovunque.

Arrivato sull'angolo, mi affacciai a sbirciare con la pistola in pugno. Dietro il motel c'erano pini e spazzatura e a cinque o sei metri dal palazzo, a due metri e mezzo di altezza, c'era Nolan che mi guardava.

Per una frazione di secondo gli lessi il terrore negli occhi. Poi si lanciò all'indietro e fece una sorta di capriola in aria per atterrare su un fianco, come un paracadutista. Emise un grugnito di dolore, ma si tirò su, prima carponi e poi in piedi, e scomparve alla mia vista.

« Sta andando a nord, verso la palude » comunicai via radio, e mi addentrai fra rovi e spazzatura.

Sampson stava facendo lo stesso sull'altro lato del motel, ma avanzare fra materassi sfondati, frigoriferi abbandonati e altro pattume era difficoltoso.

Bree disse all'auricolare: « Sampson, vai a est: incrocerai una strada direzione nord-sud ».

« Ricevuto. »

« Io continuo a inseguirlo » dissi al microfono pinzato al colletto.

Raggiunto il punto dove l'avevo visto scomparire, dai rami spezzati e dalla vegetazione appiattita capii che Nolan si era lasciato scivolare lungo l'argine fangoso della palude.

Mi sedetti a mia volta e scivolai sul sedere. Arrivato in fondo, le scarpe da ginnastica mi affondarono nel fango e quando tirai su i piedi rischiai di perderle. Ma continuai a rincorrere Nolan, cercando di accorciare le distanze. Era difficile, perché il terreno era infido e spesso cedevole e la vegetazione mi impediva di vedere che cosa c'era più avanti.

Sentii tuonare in lontananza e mi accorsi che il cielo si stava coprendo.

« Quanto è grande questa palude? » chiesi, con il fiatone.

« Sarà lunga un chilometro » rispose Bree.

« E dopo cosa c'è? »

« Una strada statale. »

« Falla chiudere. »

« Già fatto. »

« Vado in quella direzione » ci comunicò Mahoney.

Si incominciarono a sentire sirene in avvicinamento. Il vento soffiava più forte, ammassando le nubi.

Arrivai a un punto in cui la palude era meno profonda e vidi che Nolan era più avanti, coperto di fango, e arrancava fra la vegetazione.

C'erano ciuffi di canne ed erbe palustri, fitti e ravvicinati, e io provai a saltare da uno all'altro per evitare di affondare nel pantano.

La fortuna e l'equilibrio mi assistettero per un bel tratto, ma a pochi metri dalla meta scivolai e finii a faccia in giù nella melma.

Avanzai strisciando fino alla riva, come aveva fatto Nolan. Mi pulii gli occhi e proseguii, seguendo le orme infangate che aveva lasciato.

A un certo punto riconobbi il rombo di un motore che veniva messo in moto, un cambio di marcia e uno stridore di metallo sulla roccia.

« C'è qualche macchinario qui vicino? » chiesi. « Sono vicino alla statale? »

Nessuna risposta. Evidentemente quando ero caduto il microfono si era rotto.

Il rumore meccanico era sempre più forte. Ma come mai non sentivo traffico sulla strada? Avrei dovuto riconoscere il fruscio delle gomme sull'asfalto, il fischio dei freni...

La vegetazione diradava e due minuti dopo mi ritrovai in uno spiazzo disboscato. Alla mia sinistra erano accatastati centinaia di tronchi di pino vicino a un autocarro. Una settantina di metri alla mia destra erano posteggiati due pickup Chevy bianchi, dietro ai quali c'erano tre uomini con il casco che osservavano le manovre di due bulldozer, dandomi la schiena.

Nessuno di loro si accorse di Nolan che passava di corsa alle loro spalle per raggiungere il SUV BMW nero parcheggiato in fondo alla radura, vicino a una strada sterrata che si inerpicava verso nord.

# 85

Partii di corsa lungo la ripida discesa, un occhio a Nolan che ormai era vicino al SUV e uno ai tre operai, apparentemente ignari di quel che stava succedendo alle loro spalle.

Passando vicino a uno dei pickup, vidi dal finestrino che le chiavi erano nell'accensione.

Nolan era già salito sul SUV. Decisi che non avevo scelta.

Salii sul pickup, innestai la marcia, premetti l'acceleratore, sterzai e partii, schizzando terra e sassolini sui tre operai, che a quel punto si erano voltati e mi stavano correndo dietro.

Me ne infischiai: Nolan era già uscito dal cantiere.

Accelerai, sobbalzando sul fondo sconnesso, mentre in cielo saettava un fulmine. Un istante dopo cominciò a diluviare.

Guidando sotto una perturbazione atlantica primaverile di quell'entità è quasi impossibile vedere dove si va. La pioggia cade talmente forte che i tergicristalli non riescono a starle dietro e si è costretti a procedere a passo d'uomo.

E meno male che andavo pianissimo, perché a un certo punto Sampson spuntò da dietro un mucchio di ciarpame e me lo trovai davanti senza il minimo preavviso. Inchiodai e lo evitai per miracolo.

Sampson salì subito a bordo. «Vai!»

Schiacciai l'acceleratore e slittammo sul fango per un po', ma poi le ruote trovarono la ghiaia e riuscii a rimettermi in carreggiata e a imboccare lo sterrato.

«Come hai fatto ad arrivare prima di me?» gli chiesi, allungando il collo verso il parabrezza perché non vedevo un accidente.

« La strada gira intorno alla palude. » Aveva il fiatone. « Ho notato la radura e sono arrivato giusto in tempo per vedere Nolan che saliva sul SUV e te che correvi verso il pickup. A proposito, sembravi il mostro della palude. »

Non feci in tempo a ridere, perché lo sterrato diventava sempre più stretto e dissestato. Sobbalzavamo in continuazione e in due occasioni rischiammo addirittura di finire fuori strada.

« Non ce la faremo mai a raggiungere un SUV in queste condizioni » dissi. « Ho il microfono rotto. Chiama Bree e spiegale la situazione. »

« Capo? » disse Sampson al microfono.

« In ascolto » rispose Bree.

« Il ricercato è a bordo di un SUV BMW nero, in fuga da un cantiere edile su... »

« Eccolo! » gridai.

Eravamo sbucati da una curva e il SUV era davanti a noi e correva sbandando di qua e di là. Anche io facevo fatica a controllare il pickup, ma accelerai. O perlomeno ci provai.

Nessuno di noi due aveva la cintura e quando presi una grossa buca battemmo la testa contro il tettuccio. Rallentai per ritrovare l'orientamento e vidi che anche Nolan aveva rallentato, ma senza fermarsi. Subito dopo fummo investiti dagli schizzi di acqua, terra e sassolini sollevati dalle sue ruote posteriori. Nonostante l'acquazzone, il fango rossiccio ricoprì completamente il parabrezza.

Non vedevo più niente e fui costretto a frenare.

« È rimasto bloccato! » urlò Sampson. Aprì la portiera e saltò giù di corsa, ma scivolò sul fango e finì per terra.

Mentre scendevo anch'io dal pickup con un braccio davanti agli occhi per proteggermi dagli schizzi, mi resi conto che la pioggia di fango e sassi era cessata. E Nolan aveva aperto una portiera e stava uscendo dal SUV.

Feci per prendere la pistola, ma nonostante la pioggia battente vedevo chiaramente che lui era disarmato e fuggiva verso la strada asfaltata. Mi lanciai all'inseguimento, ma dopo pochi passi affondai nel fango fino al polpaccio e mi ritrovai a quattro zampe.

Provai a liberare il piede e persi la scarpa, ma mi consolò vedere che Nolan era scivolato in una pozza di fango spesso quanto un budino al cioccolato. Ci era finito dentro di faccia e annaspava cercando di rimettersi in piedi. Io ero in condizioni di riprendere la corsa, invece, e lo raggiunsi.

Quando arrivai a un passo dal suo SUV, Nolan era in piedi e barcollava. Sampson mi superò, mirando al medesimo obiettivo.

Sembrava di essere tornati ai tempi del liceo, quando giocavamo a football nella stessa squadra e intuivamo sempre che cosa stava per fare l'altro, senza bisogno di dirlo.

Mi chinai e partii alla carica. Io mirai basso, Sampson alto.

Lo abbrancammo contemporaneamente e lo scaraventammo a terra con tanta violenza che lasciò l'impronta di tutto il suo corpo bene impressa nel fango. Nella caduta, lo zainetto del sosia di Kyle Craig si ruppe mostrando le mazzette di banconote da cento dollari che conteneva.

# 86

Nolan sosteneva che gli avessimo fratturato un ginocchio, lussato una spalla e incrinato diverse costole e chiese assistenza medica e legale. Poi smise di parlare, com'era suo diritto. Mahoney lo prese in carico per portarlo in un carcere federale e ci salutammo dandoci appuntamento al mattino dopo.

Bree si mise al volante. Quando lasciammo Sampson a casa sua il temporale era cessato e quando arrivammo a casa nostra non pioveva più. Scesi a fatica, perché il fango che avevo attaccato ai vestiti nel frattempo si era seccato ed ero ricoperto di una patina color del rame.

«Sembri uscito da un film di zombie» disse Bree ridacchiando.

«Mi sento uno zombie» replicai, massaggiandomi le costole doloranti. «Ho preso una botta tremenda.»

Salimmo sulla veranda senza guardare i ponteggi della casa dei Morse, i nostri vicini.

«Pensi che Nana ti lascerà entrare in questo stato?» disse Bree. «Vatti a dare una lavata nel seminterrato.»

Sospirai. «Va bene. E prima di entrare, mi sciacquo con la manichetta.»

«Meglio ancora» disse Bree.

Mi chinai per darle un bacio, ma lei si ritrasse e rise. «Toglitelo dalla testa!»

«Il bacio dello zombie» dissi e la rincorsi, sollevando le braccia stile Frankenstein. Lei aprì la porta di casa, si voltò, mi fece una linguaccia e chiuse la porta.

Mi faceva piacere vederla di buonumore, scherzosa come

una ragazzina, meno poliziotta del solito. Anch'io mi ero comportato come un ragazzino. Era bello lasciarsi andare alla fine di una giornata lunga, difficile e piena di imprevisti.

Avevamo fatto enormi progressi nelle indagini. Non eravamo ancora arrivati a M, ma avevamo catturato una persona che lo conosceva. Nolan l'aveva detto chiaramente, sia a me che a Marty Forbes.

Feci una doccia lunga e bollente, meravigliosa. Quando entrai in cucina la cena era pronta. Nana aveva sperimentato una ricetta del *Rachael Ray Show*: pollo arrosto con salsa di senape e agrumi.

« Sei come nuovo » commentò mia moglie.

« Ci voleva. »

« Bree ha detto che eri coperto di fango dalla testa ai piedi » disse Ali.

« Esatto. »

« Ti sei fatto un selfie? »

« No. »

« Papà, non mi chiedi com'è andato il mio primo giorno di scuola? » disse Jannie.

Me ne ero completamente dimenticato. « Ah, già. Come ti senti? »

Jannie drizzò la schiena e sorrise. « Bene, a dire il vero. Quelle vitamine alla fine hanno fatto effetto. »

« Non ti è mai venuto sonno, durante il giorno? »

« Una volta, in sala studio. Ho posato la testa sul banco e ho sonnecchiato una decina di minuti. Quando mi lasci ricominciare gli allenamenti? »

Intervenne mia nonna. « Capisco che mordi il freno, ma se poi hai una ricaduta è peggio. »

Jannie assunse un'espressione sconfortata.

« Ha ragione Nana, lo sai anche tu » dissi. « Vediamo come ti senti alla fine di una settimana di scuola. Continua a prendere le vitamine e fai tutto lo stretching che vuoi. Se non ci sono problemi, la settimana prossima puoi ricominciare a correre.»

Mia figlia si mordicchiò l'interno della guancia, poi disse: «Mancano dodici settimane al primo di quei meeting».

«Sì, ma non devi esagerare. Non puoi partire a mille.»

«Ma a me piace partire a mille!» disse Jannie in tono scherzosamente piagnucoloso.

«E lo farai» dissi. «Ma fra dodici settimane.»

Jannie alzò le mani. «Mi arrendo.»

«A volte è giusto arrendersi e intraprendere una battaglia diversa» disse Nana.

«Chi l'ha detto?» chiese Ali.

«Io» rispose mia nonna. «Un attimo fa.»

«Dovresti scrivertele, Nana» consigliò lui.

«Scrivile tu» ribatté lei.

Ali guardò un momento nel vuoto e stava per dire ancora qualcosa, ma gli trillò il telefono. Lo prese, guardò lo schermo e sorrise.

«Vedi?» disse mia nonna. «Non riescono a rimanere concentrati sulla realtà, con quegli aggeggi che li distraggono ogni due per tre. Io gli parlo e lui...»

Ali rimise il telefono in tasca, si alzò, prese carta e penna e disse: «Sì, Nana, d'ora in poi scriverò tutte le cose che dici e un giorno o l'altro le posto su Twitter. Della serie: hashtag-Nana-dixit».

Ci fu un momento di silenzio, poi Jannie scoppiò a ridere. «Avrebbe successo!»

«Vero?» disse Ali alzando il pugno in segno di vittoria. «Nana diventerà virale!»

Mia nonna li guardò come se fossero impazziti e questa volta scappò da ridere a me e Bree. Dopo un po' si unì alla risata anche Nana. «Sinceramente, non vedo che cosa ci sia da ridere» disse. «Ma fa lo stesso: il riso fa buon sangue e allunga la vita.»

«Prendi nota!» disse Jannie e ricominciammo tutti a ridere.

# 87

Il pomeriggio del giorno dopo l'avvocatessa di William Nolan ci contattò per dirci che il suo assistito era disposto a parlare con noi e poco dopo Bree, John e io superammo i controlli di sicurezza della sede centrale del Bureau.

In ascensore e lungo i corridoi ripensai alle risate della sera prima. Erano andate avanti per un bel pezzo, perché ogni volta che Nana diceva qualcosa, qualcuno esclamava: « Prendi nota! »

Non ci divertivamo così da tanto tempo. Ali quella mattina a colazione aveva formalizzato il suo progetto: avrebbe raccolto una trentina di Nanaforismi e poi avrebbe « lanciato l'hashtag ».

« Pensi che questo segnerà la fine dell'era mountain bike? » chiese Bree.

« È venuto in mente anche a me. Specie dopo che ha annunciato che stasera salterà i Wild Wheels per occuparsi della presenza social di Nana. »

Sampson rise. « Quel ragazzino salta da un interesse all'altro. »

« Sperimenta » dissi. « Com'è giusto fare alla sua età. »

Ned Mahoney si affacciò sulla porta di un ufficio in fondo al corridoio e mi fece cenno di raggiungerlo. « Alex, siccome ce l'aveva con te, starai in cabina di osservazione. Se hai qualcosa da chiedergli, me lo dici all'auricolare. Comandante Stone? »

Bree si mise sull'attenti, mi guardò con finto compatimento ed entrò dietro di lui. John e io prendemmo posto nella cabina di osservazione, dove era già seduta l'agente speciale Kim Tillis.

Al di là del finto specchio, William Nolan aveva il polso sinistro ammanettato alla sedia e il braccio destro al collo. Era ingobbito e aveva l'aria afflitta e sofferente. La sua legale rappresentante era la stessa avvocatessa d'ufficio che difendeva Martin Forbes, Sandra Wendover.

«Finalmente» disse Nolan mentre Bree e Ned si sedevano. «Stavo per morire.»

«No, signor Nolan. Non è così grave.»

«Ho dolori lancinanti» insistette lui con un filo di voce.

«Il mio assistito ha riportato la frattura di tre costole, la rottura del legamento crociato anteriore del ginocchio destro e una lussazione alla spalla. Si configura il reato di uso eccessivo della forza» disse Wendover.

Mahoney sbuffò. «Le ricordo che il suo assistito si è lanciato dal tetto di un palazzo, è atterrato su un albero e quindi si è dato alla fuga. È stato indispensabile ricorrere all'uso della forza per fermarlo.»

«Guardi, non me ne frega niente» disse Nolan irritato. «So di avere la coscienza pulita: non ho commesso alcun reato. Un'infrazione, tutt'al più.»

«La trovo preparato. Ma la informo che lei è in stato di fermo in quanto è sospettato di sequestro di persona e strage» rispose Mahoney.

Nolan rimase sbigottito. Sbarrò gli occhi, fece una smorfia e disse: «A che cosa vi riferite?»

«Un momento. C'è un legame con il caso Forbes?» chiese Wendover.

«Sì.»

«Allora devo rinunciare all'incarico. Al mio assistito verrà assegnato un altro avvocato d'ufficio. Nel frattempo, gli consiglio di non rispondere a nessuna domanda.»

«Che cosa?» saltò su Nolan. «No, mi scusi. Stia qui. Non ammetterò niente perché non ho fatto niente.»

«Non ha decapitato cadaveri, M?» chiese Bree.

« Signor Nolan, le consiglio di non rispondere » disse Wendover.

Nolan scosse la testa con decisione. « Non so di cosa parlino. »

« È lei M, signor Nolan? » chiese Mahoney. « Risponda semplicemente sì o no. »

Nolan aggrottò la fronte. « È un nome o cosa? »

« Sì, è un nome. Lo sa benissimo. »

« Di un rapper? »

« Dichiara quindi di non essere M? » chiese Bree.

« Dichiaro di non essere né Emme, né Eminem né nessun altro, di non aver mai ucciso e meno che mai decapitato nessuno. »

Dalla cabina di osservazione suggerii a Mahoney e Bree di chiedergli del sacchetto pieno di sangue lanciato contro la mia macchina.

Bree annuì. « È sicuro, William? Perché il dottor Cross sostiene che lei gli ha lanciato sul parabrezza un palloncino pieno di sangue lungo la Beltway. »

« Un palloncino pieno di sangue? » si stupì Wendover. « Non risponda, signor Nolan. »

Lui la ignorò. « Era finto, no? Un gavettone come un altro. »

« Non era finto » ribatté Mahoney. « Era un cocktail di otto campioni diversi di sangue umano. Le analisi non sono ancora concluse, ma ho la netta sensazione che il DNA corrisponderà a quello dei cadaveri decapitati. La sua posizione è critica, Nolan. »

Lui impallidì e assunse un'espressione sbigottita.

« Vi saluto » disse Wendover raccogliendo le sue cose. « Ora io vado. »

« Aspetti! » disse Nolan. « Perché se ne vuole andare? »

L'avvocatessa lo guardò male. « Perché rappresento un innocente finito in carcere per le atrocità che adesso vengono imputate a lei. »

« Atrocità? » Nolan la guardò andare via. « Io non ho commesso nessuna atrocità! »

Wendover chiuse la porta. Stavo per raggiungerla nel corridoio, ma sentii che Nolan diceva: «Cioè, ammetto di aver fatto cose di cui non vado orgoglioso, ma non erano atrocità. E ho pagato per quello che ho fatto».

«Lei vede dove ci porta tutto questo, vero, William?» chiese Bree. «Il sangue sul parabrezza, le teste, i cadaveri... Qui parliamo di pena capitale.»

«Un momento, un momento.» Nolan parve dibattersi per un po', poi prese una decisione. «Il palloncino mi è stato dato. Mi è stato detto che era sangue finto, quello che usano nei film...»

Ci protendemmo tutti per sentire meglio.

«Chi è stato, signor Nolan?» domandò Bree. «Chi le ha dato quel palloncino? E chi le ha detto di andare a trovare Martin Forbes al centro di detenzione e fingersi Kyle Craig?»

Nolan chiuse gli occhi e rispose: «Uno che si fa chiamare M».

# 88

Quella sera poco dopo le sette, negli uffici della Sicurezza nazionale di Union Station, Mahoney, Sampson, Bree e io eravamo con la tenente Edith Prince della Transportation Security Administration, autorizzata ad accedere ai sistemi di sorveglianza sui trasporti pubblici.

Le chiedemmo di visionare alcune riprese nelle quali era inquadrato Nolan, risalenti a diversi giorni prima. Erano le 16.01 quando il sosia di Kyle Craig usciva dall'atrio della stazione ferroviaria per scomparire in quella della metropolitana.

« Dice di essere andato al deposito bagagli, prima di prendere la metro » riferì Bree.

Dopo qualche tentativo a vuoto, Prince trovò Nolan nei filmati di una videocamera puntata verso gli stipetti del deposito bagagli, aperto dalle sei del mattino a mezzanotte.

Nolan era stato ripreso in quel punto alle 15.54. Si avvicinava a uno degli stipetti più grandi, il C-2, che era aperto.

Ci infilava la mano dentro, tastava in giro e ritirava la mano stretta a pugno per infilarla nella tasca della giacca. Poi chiudeva lo sportello e si allontanava.

Esattamente come aveva descritto a Bree durante l'interrogatorio.

« Che cosa ha nascosto nella mano? » chiese Prince.

« Dice che dallo stipetto ha preso la ricevuta per ritirare un bagaglio al Willard Hotel » riferì Bree.

« Quindi ora dobbiamo scoprire chi ha messo la ricevuta nello stipetto e ha depositato il bagaglio all'hotel » disse Mahoney.

« Con l'hotel non vi posso aiutare » disse Prince, impartendo un comando al suo computer. « Per quanto riguarda lo stipetto... »

Tornò indietro a una velocità sei volte superiore a quella normale. Dovetti distogliere lo sguardo perché faceva male agli occhi. Pensavo al fatto che il sosia di Kyle Craig sosteneva di essere stato contattato due anni prima attraverso un server anonimo di Panama dall'indirizzo di posta elettronica di un certo M.

L'autore del messaggio conosceva i suoi trascorsi. Sapeva che Nolan era stato in carcere e che da quando era uscito cercava di restare pulito, ma che sgobbava giorno e notte per una paga miserrima.

M sapeva anche che Nolan aveva fatto l'attore e lo stuntman e gli aveva detto che lo trovava perfetto per alcuni ingaggi che aveva in programma. Il primo avrebbe richiesto cinque giorni di lavoro, che gli sarebbero stati pagati centomila dollari, venticinquemila subito e settantacinquemila a fine lavoro.

« Che mansioni svolgeva? » aveva chiesto Bree.

Nolan aveva fatto una smorfia. « Penso sia meglio che io non risponda. »

Mahoney si protese verso di lui. « Lei era in possesso del sangue di più cadaveri decapitati, William. Le conviene parlare, se non vuole incominciare a pensare al menu della sua ultima cena. »

Controvoglia, lo stuntman vuotò il sacco. Era stato lui ad addormentare con il cloroformio Marty Forbes nel motel di Fort Lauderdale. Era stato lui a mettergli la flebo e drogarlo e a tenere lontano il personale dell'hotel per quattro giorni, mentre Forbes era fuori combattimento.

« Ho aspettato che si svegliasse e me ne sono andato » spiegò. « Cinque giorni dopo ho ricevuto un pacco UPS con settantacinquemila dollari in contanti. Non so ancora cosa ho fatto per guadagnarli. »

«Ha partecipato a un complotto volto a mandare in carcere Forbes per omicidi che non aveva commesso» disse Bree.

«Non li ho commessi neanche io, però!» ribatté Nolan. «E che Forbes era finito in galera l'ho scoperto soltanto dieci giorni fa, quando mi è stato detto di andare a trovarlo e non dire niente.»

Nolan raccontò che M lo aveva ricontattato a febbraio, offrendogli duecentomila dollari per un mese di lavoro. Doveva stare al Regal Motel e tenersi a disposizione fino a nuovo ordine.

«Ordine che doveva arrivare da un indirizzo di posta elettronica di Panama?»

«No» rispose Nolan. «Mi ha fatto scaricare sul telefono una app che si chiama Wickr.»

Da quel momento in poi credetti a tutto quello che diceva. Ero già propenso a credergli prima, quando aveva detto che M lo aveva contattato con un indirizzo e-mail panamense, come aveva fatto con Marty Forbes. Ma M aveva contattato anche me attraverso Wickr, la app che cancellava i messaggi subito dopo che erano stati letti, e questo mi faceva pensare che...

«Stop!» esclamò Bree, riscuotendomi dai miei pensieri.

Il video sullo schermo del computer della Sicurezza nazionale si fermò sull'inquadratura di una ragazza caucasica con un abito floreale e un berretto di lana su dreadlock biondi, in piedi davanti allo stipetto C-2.

# 89

La tenente Prince fece ripartire le immagini al rallentatore. Alle 14.29 del giorno in cui Nolan era andato a prendere la ricevuta, una ragazza si avvicinava allo stipetto, tirava fuori uno zaino e una borsa di tela, si metteva la borsa a tracolla e lo zaino in spalla e si allontanava.

La vedevamo da diverse angolazioni e non avvicinava mai le mani alla parte superiore dello stipetto. Prince tornò indietro e trovò la ragazza vicino allo stipetto C-2 anche alle 12.40, quando ci metteva la roba e chiudeva a chiave.

Sampson disse: «Forse ha messo la ricevuta quando ha chiuso lo sportello. Non le si vedono le mani per otto secondi buoni».

«Possibile» risposi. «Torniamo indietro e rivediamola.»

Prince digitò un comando e il video tornò indietro a velocità sedici volte superiore a quella normale. Bisognava concentrarsi sullo stipetto C-2 e non guardare altro. Mi vibrò l'iPhone, segnalandomi l'arrivo di un messaggio. Lo ignorai.

«Lì» disse Bree indicando lo schermo.

«Visto» disse Prince, tornando alla velocità normale.

Alle 10.22 di quel mattino un uomo con un impermeabile scuro e un cappello da cowboy nero con protezione antipioggia trasparente apriva lo stipetto C-2, tirava fuori una valigetta e andava via. A causa del cappello, non lo si vedeva in faccia, ma quando si voltò notai che il cappello aveva una specie di banda intorno alla testa, seminascosta dalla protezione di plastica.

Non la vidi alle 9.45, quando il cowboy arrivava per la prima volta nel deposito bagagli e metteva la valigetta dentro il

C-2, chiudeva a chiave e se ne andava senza mostrare il volto neppure di sfuggita.

«Non vedo quando avrebbe potuto mettere la ricevuta» disse Bree. «Fa velocissimo: mette dentro la valigetta, tira fuori la valigetta. Basta.»

«Hai ragione» replicai. «Ma segniamoci l'ora e torniamo ancora indietro.»

Alle 8.12 un afroamericano grande e grosso, felpa blu con il cappuccio alzato e occhiali scuri, entrava nel deposito bagagli e si guardava intorno un po' agitato prima di avvicinarsi al C-2, aprirlo e infilarci dentro un braccio, fino al gomito.

Muoveva la spalla come se cercasse qualcosa e dopo un po' tirava fuori un computer portatile dentro una custodia, se lo metteva sottobraccio e andava via.

«Lui avrebbe potuto nascondere la ricevuta» disse Mahoney. «Perché scegliere uno stipetto grande per un oggetto così piccolo?»

«Okay, ma guardiamo quando ci infila dentro il computer» dissi.

Prince tornò indietro fino a ritrovare il tipo alle 6.48 con una borsa stile cartella, grossa e pesante, che metteva dentro il C-2.

Prima di chiudere a chiave lo stipetto, aveva una sorta di ripensamento e infilava di nuovo le mani dentro per prendere la cartella, tirava fuori il portatile e lo rimetteva nello stipetto spingendolo verso il fondo. Poi chiudeva a chiave e si allontanava con la cartella sottobraccio.

«Avrebbe potuto farlo entrambe le volte» osservò Sampson.

«È lui» disse Mahoney.

Mi vibrò di nuovo il telefono. Poi una terza e una quarta volta.

Esasperato, lo presi, guardai lo schermo e vidi che due messaggi erano di Jannie e tre di Nana. *Chiama appena puoi! È importante!*

«Scusate. Devo rispondere» dissi.

Mi spostai in un angolo e chiamai casa. Mia nonna rispose al primo squillo.

«Dimmi che andrà tutto bene» chiese con voce tremula.

«Cos'è successo, Nana?»

«Non sarà niente, ma Ali avrebbe dovuto essere a casa un'ora fa e non è ancora tornato. Stamattina mi aveva detto che oggi pomeriggio aveva da studiare geografia, e non risponde al cellulare. Magari non lo ha con sé, oppure si è dimenticato di nuovo di caricarlo, però...»

Mi preoccupai. «Avete controllato se la bici è nel casotto?»

«Sì, è lì. È andata Jannie a vedere poco fa.»

La mia ansia aumentò.

Mi vibrò il cellulare ed ebbi un moto di speranza. «Mi ha appena mandato un messaggio.»

«Sia ringraziato Iddio!» esclamò Nana.

Aprii il messaggio e mi sentii mancare la terra sotto i piedi.

*Il passato è presente, Cross. Vieni a cercare tuo figlio. M*

# 90

Tre ore dopo Bree, Sampson, Mahoney e Rawlins mi avevano raggiunto a casa e una squadra di agenti dell'FBI stava già indagando sul sequestro di Ali. Avevamo preferito non diffondere la notizia per paura di ritorsioni da parte di M.

Jannie aveva gli occhi gonfi per il pianto e Nana era scossa, anche se continuava a trafficare come al solito. In quel momento, preparava il caffè. Io cercavo di mantenere la lucidità e di restare obiettivo, professionale e distaccato.

Ma l'ostaggio nelle mani di M era mio figlio e avevo una paura terribile, perché sapevo di che cosa erano capaci i criminali come lui, quelli senz'anima.

Era l'unica spiegazione che mi davo: per commettere certe atrocità non si poteva avere un'anima. Occorreva essere totalmente privi di qualsiasi senso morale e senza una coscienza per tagliare la testa al prossimo, indipendentemente da quel che poteva avere o non avere fatto di male, per rapire una madre innocente e minacciare di mozzarle un dito, per incastrare un agente federale e portare avanti un gioco morboso e spietato contro di me, una persecuzione che durava ormai da oltre dieci anni.

Mio figlio Ali, il mio bambino, era diventato una pedina in quel gioco depravato.

Mentre Mahoney, Bree e Sampson cercavano di ricostruire la giornata di Ali, io mi sforzai di immedesimarmi in M, di provare a ragionare come lui nella speranza di anticipare le sue mosse.

M poteva torturare Ali per torturare me.

Poteva uccidere Ali per fare soffrire me.

Poteva uccidere Ali per distruggere la mia famiglia.

Poteva...

«Papà?» chiese Jannie, facendomi fare un salto sulla sedia.

«Sì?»

«Hanno ricostruito i suoi movimenti» mi informò. «Vieni a vedere.»

Andai in sala e vidi che sulla credenza di Nana avevano appeso una lavagna bianca e che Sampson, Bree e Mahoney stavano studiando quello che c'era scritto sopra.

«Ali è stato a scuola fino alle 15.20, quando è suonata la campanella» disse John.

«I gemelli Kent dicono di averlo visto andare a piedi alla stazione della metro di Fort Totten, diretto a casa per studiare e occuparsi dell'account Twitter di Nana, di cui aveva parlato tutto il giorno» aggiunse Bree.

«Cellulare?» chiesi.

Rawlins alzò gli occhi dal computer e disse: «Quando lui è uscito da scuola era acceso e lo rileviamo presente a un isolato dalla stazione di Fort Totten alle 15.37. Poi lo perdiamo e lo recuperiamo brevissimamente alle 19.20 appena a sud di Harrisburg, Pennsylvania».

«L'ora a cui mi è arrivato il messaggio di M» dissi.

«Esatto» replicò Sampson. «Da lì in poi, scompare.»

«Tre ore dall'ultimo contatto» commentò Bree.

«La mia sensazione è che ti voglia tenere appeso per un po'» disse Mahoney.

Annuii. Lo pensavo anch'io. Era il minimo che potesse succedere.

«Come stai?» mi chiese Bree.

«Siete qui con me, non ho tutto sulle spalle io...» risposi. «Abbiamo accesso ai messaggi sullo smartphone di Ali?»

Rawlins disse: «Sto lavorando proprio a quello. A quello e al cappello».

« Quale cappello? »

« Quello del cowboy a Union Station. »

« Papà! » urlò Jannie dalla cucina.

Mi voltai e corsi oltre i due agenti che stavano montando le attrezzature sul tavolo. Jannie era per terra, con la testa di Nana in grembo, e piangeva.

« Fa fatica a respirare, papà » disse singhiozzando. « Mi è praticamente crollata addosso! »

# 91

Mi sedetti per terra vicino a mia nonna, che aveva gli occhi chiusi e il respiro corto e affannoso.

«Nana?» Controllai il battito, che era accelerato ma non in maniera preoccupante.

«Ci sono» rispose lei debolmente, sbattendo le palpebre. «Ho avuto... un mancamento.»

«Chiamiamo un'ambulanza?» propose Bree.

«No» rispose lamentosa mia nonna. «Non voglio passare la notte in ospedale. È solo la preoccupazione per Ali, il pensiero di quanta paura avrà in questo momento... Mi portate lo spruzzino che ho sul comodino, per piacere? Adesso mi riprendo.»

«Vado io!» disse Sampson.

«Respira più lentamente, Nana» le suggerii.

Lei provò a seguire il mio consiglio e, quando John tornò con l'inalatore, se lo spruzzò nei polmoni e nel giro di una decina di minuti da quando era caduta in braccio a Jannie incominciò a sentirsi meglio. Dopo altri cinque minuti, si tirò su a sedere.

Ci guardò e disse: «Ricordiamoci questa grande verità: per rimanere vivi, bisogna respirare».

Sorridemmo.

«Prendi nota!» disse Jannie commossa, abbracciando la bisnonna.

Nana si rialzò e salì le scale senza bisogno di essere sorretta. Davanti alla porta della sua camera le chiesi: «Vuoi che Bree o Jannie ti diano una mano a prepararti?»

«No, grazie» rispose. «Ce la faccio da sola.»

Mi tenne la mano fra le sue guardandomi negli occhi con aria afflitta. «Pregherò per lui stasera prima di dormire e domattina appena sveglia.»

«Lo so.»

Nana mi strinse la mano fra le sue. «Ne ho passate di cotte e di crude nella vita, e tu pure. Ma ho fede.»

Le diedi un bacio in fronte e la abbracciai, cercando di non crollare. «Lo so. Anch'io. Grazie di avermelo ricordato.»

Nana entrò in camera e chiuse la porta.

Incontrai Jannie sulle scale. Disse che era stanchissima e stava andando a letto.

«Anch'io vado a dormire» disse Bree.

«Io resto alzato ancora un po'» risposi, e tornai in sala.

Rawlins alzò gli occhi dal computer. «Dovrei arrivare ai messaggi di Ali nel giro di cinque minuti. Questa invece è l'immagine più chiara che sono riuscito a ottenere del cowboy di Union Station.»

Spostò il computer in maniera da mostrarci l'ingrandimento della parte anteriore del cappello. Nonostante la protezione antipioggia, si vedevano le due spade incrociate e il cordone dorato con il tipico nodo.

«Che cos'è?» chiesi.

«US Army Cavalry» disse Mahoney. «Lo stetson che portava anche il generale Custer.»

Rimasi un momento spiazzato. Rawlins raddrizzò di nuovo il computer e incominciò a digitare. «Okay. Sono dentro Verizon e il suo account, dottor Cross. Ho qui tutti i suoi dati.»

Mi avvicinai all'esperto di crimini informatici in preda al solito senso di inspiegabile malessere. Aveva diviso in due lo schermo per visualizzare sia il cappello del cowboy che una lunga stringa di dati.

«Che cosa devo cercare?» mi chiese.

«Gli ultimi tre giorni di messaggi, telefonate, utilizzo dati, cronologia delle ricerche... Tutto quello che Ali ha fatto con il suo smartphone.»

«Okay» rispose Rawlins, e iniziò a digitare.

Stavo per distogliere lo sguardo, ma mi cadde di nuovo l'occhio sul logo della US Cavalry.

«Adesso usano i carri armati al posto dei cavalli, dico bene?» chiesi.

«Carri armati e artiglieria pesante» confermò Mahoney. «Perché?»

«Ecco i messaggi di Ali» disse Rawlins. «L'ultimo è verso un numero con il prefisso di San Diego. Lo riconosce?»

Scossi la testa. «E che cosa dice il messaggio?»

Rawlins evidenziò il numero e ci cliccò, visualizzando il seguente messaggio: *Sono qui. Non vedo l'ora.*

«È delle 15.32, cinque minuti prima che il telefono venisse spento» disse Sampson.

«Leggiamo tutti i messaggi da e verso quel numero» dissi. «Procedendo a ritroso.»

Erano ventidue, ma non ebbi bisogno di leggerli tutti per capire chi aveva rapito mio figlio.

Gli scambi riguardavano la mountain bike e i percorsi migliori da seguire per un giro in bici all'uscita da scuola. Il primo messaggio della giornata era: *Qui capitano W. Cambio di programma e di telefono. Il mio è finito in acqua e non funziona più. Oggi pomeriggio voglio provare a tornare in sella. Mi accompagni?*

Il giorno prima Ali aveva ricevuto un messaggio di Abrahamsen all'ora di cena, dal numero consueto, mentre Nana ci divertiva con i suoi aforismi. Ricordavo benissimo che si era illuminato nel leggerlo.

*Sì, sono tornato dal Texas. Spalla ancora troppo dolorante per andare in bici. Spero tu stia bene, mio giovane amico.*

«È lui M?» Ero incredulo. «Arthur Abrahamsen, capitano dell'Esercito, ex carrista, ora nell'intelligence della Difesa?»

# 92

Alle cinque del mattino dopo, la villa in stile coloniale sul lato est di Eaglebrook Court, a Fort Hunt, Virginia, era buia come quando Sampson e io avevamo posteggiato il furgone per tenerla d'occhio poco dopo mezzanotte.

Nel giardino davanti alla casa c'era un cassone per rifiuti edili. Rawlins aveva scoperto che Abrahamsen aveva chiesto un permesso per ristrutturare la sua casa. Vicino al cassone era parcheggiato il pulmino con le insegne del gruppo sportivo ciclistico delle forze armate.

Immaginavo Abrahamsen che invitava mio figlio a salirci e Ali che accettava con entusiasmo.

Mahoney corse verso di noi, salì sul nostro furgone e chiuse la portiera.

«Fra poco i vicini incominceranno a svegliarsi e si chiederanno che cosa ci fa qui 'sto furgone» dissi.

«Dobbiamo aspettare l'autorizzazione del giudice» disse. «Ho portato una termocamera che dovrebbe rilevare l'eventuale presenza di persone all'interno.»

La termocamera assomigliava a una pistola dotata di monitor. La puntai verso la casa di Abrahamsen e la accesi.

Sul monitor vedemmo che la casa emanava un calore intenso.

«Deve avere il riscaldamento al massimo» disse Mahoney. «Non si notano variazioni di temperatura da un punto all'altro.»

«Forse è proprio per questo che tiene il riscaldamento acceso» osservò Sampson, seduto al posto di guida.

Squillò il telefono di Ned, che rispose, rimase in ascolto un momento e chiese: « ETA? » Ascoltò la risposta e riattaccò.

« Il giudice sta esaminando la documentazione allegata alla richiesta di mandato » disse poi prendendo un iPad per cercare la casa su Google Earth. « Appena firma, ci portano il mandato. Voglio che quelli dell'Antisequestri incomincino a prepararsi. »

La Hostage Rescue Team è l'unità FBI preposta al recupero degli ostaggi. Avrei dovuto rallegrarmi del fatto che stava per intervenire, ma essendo il padre dell'ostaggio avrei preferito guidare io le operazioni, riempire di pugni Abrahamsen e riportare a casa il mio bambino.

« Cos'era? » chiese Sampson indicando la casa del capitano. « Ho visto muoversi qualcosa sul lato. Laggiù. »

Inforcai il binocolo, ma non vidi nulla. Puntai di nuovo la termocamera verso la casa.

Continuava a emanare calore elevato, specie in corrispondenza di porte e finestre, che apparivano di un rosso intenso. Ma anche le pareti erano calde, e risultavano arancioni.

Stavo per spegnere la termocamera quando dalla macchia arancione sul lato della casa si staccò una macchietta più piccola e più gialla, che assunse poi la forma di un uomo.

« C'è qualcuno in giardino » dissi. « Proprio... »

La sagoma salì a cavalcioni di qualcosa, assunse una posizione seduta e uscì dal raggio di azione della termocamera.

« Ha preso la bicicletta! » dissi. « Sta andando verso il retro della casa! »

« Mount Vernon Trail » disse Mahoney prendendo la radio. « Uomo in fuga! » comunicò.

# 93

Sampson mise in moto e innestò la marcia. Io avrei voluto scendere ed entrare in casa di Abrahamsen a cercare Ali.

Ma, senza un mandato firmato da un giudice, non potevo farlo. E nel frattempo il capitano – o M, o chi per lui – si stava dando alla fuga.

Albeggiava, quando Sampson svoltò a tutta velocità in Waynewood Road e accelerò verso la Mount Vernon Trail e la George Washington Parkway per poi fermarsi nel punto in cui la pista ciclabile incrociava la strada panoramica.

Lui guardò in direzione nord, io in direzione sud. Non vedemmo niente, ma c'era poco da vedere.

« Non può essere sparito così in fretta » disse Mahoney. « Sarà andato a sud. »

Imboccò la George Washington Parkway e accelerò.

Abbassai il finestrino e guardai fuori, alle prime luci del mattino, per seguire il percorso della pista ciclabile che si snodava fra gli alberi ancora spogli.

« Rallenta » dissi. « Rischiamo di perderlo. »

« Alex ha ragione » disse Mahoney guardando l'iPad. « Il satellite mostra che qui la pista si allontana dalla strada e si inoltra nel bosco. »

« E dove incrocia di nuovo la strada? » domandò Sampson.

« Fort Hunt Road » rispose Mahoney.

« Chiama un elicottero » dissi, mentre Sampson accelerava.

Mahoney prese la radio, ma in quel momento gli suonò il cellulare.

Stavo ancora tenendo la testa fuori dal finestrino nel tentativo di avvistare il ciclista fra gli alberi.

*Dove sei, M? Dove stai andando? E dov'è mio figlio?*

«Fra poco arriviamo a Fort Hunt Road» disse Sampson, e mise la freccia.

La pista ciclabile era visibile in uno spazio aperto a nord dell'incrocio. Il nostro uomo non era ancora arrivato.

«Fermati un po' più avanti» suggerii. «Lo aspettiamo al varco.»

Sampson si fermò in Fort Hunt Road, oltre la pista ciclabile. Io guardai verso nord e non vidi nulla. Poi guardai verso ovest e scorsi un uomo in bici che scendeva lungo la pista ciclabile e attraversava la strada.

«Eccolo!» esclamai.

Sampson innestò la marcia e partì a gran velocità verso il punto in cui la pista ciclabile piegava a est verso il fiume.

«Il giudice ha firmato!» esclamò Mahoney. «Stanno inviando il mandato via fax alla HRT.»

«Cosa c'è più avanti?» chiesi.

Mahoney consultò l'iPad e disse: «Gira qui a sinistra. Io credo che sbucherà dal bosco e prenderà il sottopassaggio. Se non lo fermiamo qui, poi per altri cinque o sei chilometri non lo prendiamo più».

«Sarebbe un grosso problema» dichiarò Sampson. Scalò, svoltò a sinistra sgommando e poi premette di nuovo l'acceleratore.

«Eccolo!» gridai, vedendo Abrahamsen che sbucava dal bosco e andava verso il fiume Potomac. «Prendiamo il sottopassaggio. Precediamolo!»

Sampson superò Abrahamsen, che non ci degnò nemmeno di uno sguardo e continuò a pedalare a testa bassa.

La radio di Mahoney gracchiò. «La HRT è partita.»

«Vai» disse Mahoney.

Prendemmo il sottopassaggio e girammo a destra verso la

rampa che portava alla strada che attraversava il parco. Sampson si fermò e io scesi, attraversai la strada e corsi nell'erba per una quarantina di metri.

Abrahamsen arrivò così veloce che feci appena in tempo a sbarrargli la strada e mettermi in posizione di tiro.

«Fermo o sparo!»

# 94

Abrahamsen frenò così forte che sbandò, slittò sulla ghiaia e cadde dalla bici, rotolando nell'erba. Si portò una mano alla spalla e gridò di dolore.

«Oddio! La mia spalla! Le costole! Oddio!»

«Tieni le mani bene in vista e prega» dissi, afferrandolo per la maglietta e strattonandolo. «Sei nella merda fino al collo.»

Abrahamsen gridò. «Lasciatemi! Devo restare fermo! Cosa fate?»

«La dichiaro in arresto» disse Mahoney, mostrandogli il distintivo.

«Che cosa?» chiese il capitano, affannato. «Cosa sta dicendo?»

«Per omicidio e sequestro di persona» aggiunsi. «Dov'è mio figlio?»

«Arthur Abrahamsen, ha il diritto di non rispondere...» incominciò Mahoney.

«Ali?» domandò Abrahamsen. «E io cosa ne so? Non lo vedo da quando...»

«Sappiamo che lo tieni prigioniero» dissi spingendolo a terra e appoggiandomi alla sua spalla destra.

Il capitano lanciò un altro grido. «Santo Cielo, Cross. Perché non mi credi?»

«Abbiamo i messaggi» ribattei. «Dicci dov'è.»

«Messaggi? Quali messaggi?» si stupì Abrahamsen. «Io gliene ho mandato uno soltanto. L'altro ieri, per dirgli che ero tornato.»

«Poi però il tuo smartphone è finito nell'acqua e ha smesso

di funzionare e hai incominciato a usarne uno usa-e-getta, con il quale gli hai mandato diversi messaggi» ribattei. «Invitandolo a fare un giro in bici insieme. Dov'è mio figlio, M?»

Abrahamsen gemette. «E chi è M? Io non ho invitato Ali a fare nessun giro insieme. State sbagliando persona.»

«Non credo proprio» dissi io, mentre Mahoney gli liberava i piedi dai pedali. «Stiamo perquisendo casa tua.»

«Bravi» replicò il capitano. «Non troverete né Ali, né nient'altro. Avete preso un granchio.»

La radio di Ned gracchiò, poi si sentì la voce del comandante della Hostage Rescue Team. «Agente speciale Mahoney?»

«In ascolto» rispose Ned, avvicinandosi la radio alla faccia.

«Qui non c'è nessuno. La casa è praticamente vuota. C'è l'intonaco fresco alle pareti e il riscaldamento al massimo. Sembra di essere in una sauna.»

«Altrimenti ci mette una vita ad asciugare» spiegò Abrahamsen con una smorfia. Mi guardò. «Senti, Cross, a me tuo figlio sta simpatico. È uno dei ragazzini più in gamba che abbia mai conosciuto. Giuro sulla Bibbia che non è con me e che non lo vedo da una decina di giorni.»

Mi vibrò il cellulare nella tasca e lo tirai fuori con un brutto presentimento. Lessi il messaggio Wickr e poi guardai negli occhi il capitano Abrahamsen. Mi veniva da piangere.

«Ti credo, Arthur» dissi. «Scusami. Avrei dovuto immaginarlo: M ha usato anche te contro di me.»

# 95

Mi sentii scuotere per una spalla e mi svegliai in preda a un terribile mal di testa. Aprii gli occhi e vidi che ero nel mio studio in mansarda, la testa posata sui dossier di Edgerton e una bottiglia di Jack Daniel's mezza vuota vicino.

Bree era accucciata vicino a me e mi guardava preoccupata. «Perché non sei venuto a dormire a letto?»

La guardai confuso, poi mi tornò in mente. «Sono venuto a cercare una cosa e mi sono reso conto di essere completamente impotente di fronte a M. La situazione è fuori dal mio controllo. E così ho posato la fronte sui pugni e ho pregato per lui. E poi devo essermi addormentato.»

«Non stento a crederlo, vista la quantità di whiskey che hai bevuto.»

«Per la prima volta nella mia vita ho avuto così paura da cercare di annegare i dispiaceri nell'alcol.»

«Oh, amore» esclamò lei, abbracciandomi.

Rimanemmo stretti l'una all'altro per un po', e in quel calore affettuoso che ci legava ritrovai la lucidità.

Ci staccammo, Bree mi diede un bacio e poi fece una smorfia schifata. «Hai l'alito pesante e una faccia che fa spavento.»

«Grazie.»

«Non c'è di che. Sampson mi ha detto che M ti ha mandato un Wickr.»

Annuii e le indicai il foglio dove l'avevo trascritto essendomi scordato di immortalarlo con uno screenshot. Non me lo sarei comunque dimenticato:

*Hai notato che sono sempre tre passi avanti a te? Tuo figlio ora soffre a causa dei peccati del padre. Presto succederà anche al resto della famiglia. E alla vecchia, che ha già avuto una crisi respiratoria.*

Bree lesse.

E mentre lei leggeva, io rimuginai sulle parole *ora soffre a causa dei peccati del padre*, che mi scatenavano immagini incontrollabili e insopportabili.

Quali peccati? Che cosa avevo fatto per spingere M a perseguitarmi per così tanti anni?

« Credo sia meglio allontanare Nana e Jannie » disse Bree.

La guardai istupidito.

« Dice che succederà anche al resto della famiglia, Alex » insistette lei. « Devono andare in un posto sicuro. »

Non risposi e rilessi l'ultima frase: *Presto succederà anche al resto della famiglia. E alla vecchia, che ha già avuto una crisi respiratoria.*

C'era qualcosa che mi lasciava perplesso, ma non riuscivo a capire cosa.

« Alex » disse di nuovo Bree.

Di colpo capii cos'era stato a insospettirmi e compresi tutte le implicazioni di quell'ultima frase. Mi schiarii la voce. « Va bene. Chiamo Ned e gli chiedo se ci presta la sua casa al mare. Ci andate tu, Nana e Jannie. Almeno sarete al sicuro. Puoi lavorare anche da lì. »

« E tu? »

« Io voglio restare vicino a casa. »

Bree mi guardò perplessa. « Va bene. Vado a dire a Nana e Jannie di fare i bagagli. »

# 96

Sette giorni dopo il sequestro di Ali, salii le scale di casa depresso e abbacchiato, terrorizzato al pensiero della serata solitaria che mi aspettava.

Avevo un mal di testa feroce e tremavo talmente tanto che per infilare la chiave nella toppa dovetti posare la borsa della spesa e usare tutte e due le mani. La porta si aprì e la spalancai con un calcio.

Raccolsi la borsa ma rimasi lì fermo, riluttante a entrare in casa.

La notte dormivo pochissimo, incapace di staccare la spina. Non riuscivo a pensare ad altro che ad Ali e alle innumerevoli cose terribili che M gli poteva fare.

Quando prendevo sonno, gli incubi erano così realistici che più volte mi ero svegliato gridando e poi avevo pianto a lungo. L'idea di passare un'altra nottata così, nella casa vuota, mi deprimeva al punto che presi in considerazione l'idea di salire in macchina e andare a raggiungere la mia famiglia nel Delaware.

Ma Ali aveva bisogno di me, per quanto malconcio fossi. Entrai, chiusi la porta e andai verso la cucina alla cieca. Posai la spesa sul tavolo, accesi la luce e mi guardai intorno prima di tirare fuori il cellulare.

Niente. Nessun messaggio.

Stavo per posarlo, quando partì la suoneria. Bree. Attivai il vivavoce.

« Novità? » mi chiese.

« È arrivato il referto. Il DNA lo conferma: in quella bara è sepolto Kyle Craig. »

«Per certi versi è peggio, non ti pare?»

«Sì.»

«Nient'altro?»

«M non si fa vivo da sei giorni» dissi, con lo stomaco chiuso. «È una tortura.»

«Devi per forza stare lì da solo?»

«Ho cenato con Ned, John e gli altri.»

«Sono preoccupata per te, Alex» disse Bree. «Non sei più tu.»

«Be', ci sarà un motivo...»

«Devi essere forte per Ali.»

«E invece mi sento più debole che mai.»

Dopo un attimo di silenzio, mi chiese: «Hai bevuto?»

«No, oggi no. E non intendo farlo.»

«Vuoi che torni, amore? A tenerti compagnia?»

«Domani vengo. Sto dal mattino alla sera.»

Bree disse, con voce più leggera: «Che bello! Farà bene a tutti quanti».

«Famigliaterapia.»

«Esatto. Ne hai più che mai bisogno, in questo momento.»

«Vero.»

«Ti amo, Alex. Prima di andare a dormire richiamami. A qualunque ora, okay? Prometti?»

«Prometto. Anch'io ti amo. Saluta tutti.»

«Non mancherò» rispose lei. E riattaccò.

Posai il telefono e rimasi un momento lì a guardare la spesa. Dopo un paio di minuti di immobilità, presi il telecomando e accesi il piccolo televisore che avevamo messo sopra il frigorifero per Nana.

Feci un po' di zapping fermandomi su due canali di news locali. Un incendio scoppiato durante la notte era costato la vita a quattro bambini.

Spensi la tv imprecando fra me e me contro i giornalisti, prevedendo che prima o poi si sarebbero accaniti anche su di noi.

Posai le mani sul tavolo e chinai la testa, affranto.

Era naturale che fossi depresso: le indagini sembravano a un punto morto. Nei filmati di videosorveglianza della stazione della metropolitana di Fort Totten Ali non compariva, malgrado i suoi amici lo avessero visto andare in quella direzione.

Alcuni agenti dell'FBI avevano svolto indagini discrete nei pressi della scuola e della metropolitana, ma nessuno sembrava ricordare di aver visto Ali, o di aver assistito a qualcosa di particolare il pomeriggio in cui era sparito.

Altre piste si erano rivelate fallimentari. Il Willard Hotel, per esempio, non aveva videocamere nel deposito bagagli e i facchini non ricordavano il bagaglio che M avrebbe dovuto lasciare lì per William Nolan due settimane prima.

E di mio figlio non si sapeva nulla, neppure se fosse vivo o...

Non c'erano progressi e io ero solo in casa ad aspettare che M battesse un colpo. Come ogni sera, ero roso dall'ansia. Come ogni sera, presi dal sacchetto della spesa una bottiglia di Jack Daniel's e la aprii.

Versai in un bicchiere una dose abbondante e la ingollai in un sorso. Rabbrividii per la palla di fuoco che mi ustionò prima la gola e poi lo stomaco e me ne versai un'altra in previsione della terza.

Nel giro di una mezz'oretta avrei sentito meno dolore e poi avrei raggiunto uno stato mentale in cui avrei vissuto brevi istanti di piacevole oblio e lunghi periodi di strazio, in cui non riuscivo a non pensare che ad Ali.

E alla fine della serata e della bottiglia il mondo si sarebbe oscurato e io non avrei sentito più niente.

# 97

Avevo parecchio alcol in corpo, ma ero ancora lontano dall'oblio quando mi venne un attacco di claustrofobia e non riuscii più a stare in casa. Barcollando, andai in cucina a prendere una borraccia, la riempii di whiskey fino all'orlo e, prima di chiuderla, ne bevvi due belle sorsate. Poi la posai, aprendo la bocca per attenuare il bruciore, e mi misi una mano sullo stomaco, che minacciava di rivoltarsi.

Uscii dalla cucina e mi appoggiai al muro per tenermi in equilibrio, poi aprii la porta per uscire in veranda. Era quasi aprile, la sera era tiepida e la brezza portava profumo di azalee in fiore.

L'ideale per passeggiare da sbronzi, pensai.

Siccome non volevo luci ma buio, non mi incamminai verso Capitol Hill, bensì verso i cantieri navali, nella direzione di Anacostia.

Il Southeast di Washington non era più un quartiere pericoloso come ai tempi in cui imperversava il crack e gli episodi di violenza erano frequenti, ma continuavano a esserci zone malfamate.

Avrei dovuto stare attento, guardarmi intorno per cogliere eventuali segnali di pericolo. Invece vagavo senza meta, bevendo un sorso di whiskey ogni tanto.

Poco prima delle undici entrai in un'enoteca e comprai una bottiglia di whiskey da mezzo litro per rabboccare la borraccia. Da lì in poi si fece tutto confuso.

Imboccai un vicolo buio e senza nome, poi un altro e un altro ancora. A un certo punto inciampai, caddi e fui tentato di restare sdraiato lì. Poi però sentii delle voci, gente che litigava.

Mi alzai, bevvi un sorso e mi incamminai verso le voci, che però poco dopo cessarono. Alla fine mi fermai vicino a un cassonetto e mi ci appoggiai perché non mi reggevo più in piedi. In preda alle allucinazioni, vedevo Ali nell'ombra con M alle sue spalle, senza volto e senz'anima.

« Vieni avanti » dissi con voce impastata. « Fatti sotto. Sono disarmato. È con me che ce l'hai, no? Eccomi. Non prendertela con Ali, che è solo un bambino. Anche tu sei stato bambino, no? Prenditela con me. Facciamola finita. Qui. Adesso. Prendi me. »

Ma la notte era immobile e silenziosa.

Furibondo, iniziai a sferrare pugni in aria.

« Fatti sotto! » dissi. « Comportati da uomo! »

Ma non c'era nessuno e mi sentii ancora più depresso e disperato di quando ero arrivato a casa quella sera. Facendo così non aiutavo Ali, ma non riuscivo ad accettare che mio figlio fosse in pericolo di vita e preferivo cercare di dimenticare. Ormai ero l'ombra di me stesso.

« Basta » dissi a voce alta. « Sono un uomo finito. »

Mi appoggiai a una recinzione metallica e mi lasciai scivolare con il sedere per terra, in mezzo ai rifiuti, incurante di tutto.

« Hai vinto, M » borbottai, cedendo alla stanchezza. « Sono un uomo distrutto. »

# 98

Non so quanto tempo rimasi in quel vicolo, perso nell'oscurità. A un certo punto sentii rumore di freni e mi ritrovai abbagliato dai fari di un veicolo.

Avevo mal di testa e quando strizzai gli occhi mi accorsi di vedere doppio. Un camion della spazzatura stava venendo a svuotare il cassonetto.

Ero così stordito che lì per lì non capii né dov'ero, né come ci ero arrivato. Poi la parte più primordiale del mio cervello mi ordinò di andare a casa e mettermi a letto.

Mi rialzai barcollando. Mi girava la testa ed ero ancora ubriaco, ma sapevo da che parte dovevo andare per tornare a casa. Passai davanti al camion della nettezza urbana.

«Fatti aiutare, amico» mi disse l'autista. «Ci sono passato anch'io. Ci sono un sacco di gruppi di autoaiuto.»

Non risposi. Lo salutai con la mano e proseguii verso l'imbocco del vicolo. Stava schiarendo. Mi incamminai verso nord mentre la città si svegliava a poco a poco.

Passando davanti ai negozi ancora chiusi non riuscii a fare a meno di specchiarmi nelle vetrine: gobbo, malfermo sulle gambe, sporco e puzzolente come un barbone alcolizzato, di quelli che quando li incontri per strada chinano la testa e non ti guardano in faccia.

«Devo smettere» dissi a voce alta, quando il mal di testa divenne insopportabile. «Devo disintossicarmi.»

Sapevo a chi rivolgermi, ma il GPS nella mia testa mi spingeva verso Fifth Street, verso casa. Ero quasi arrivato quando sentii la risata di un bambino da una finestra aperta e ripiombai nello sconforto pensando ad Ali.

Un passo dopo l'altro, arrivai davanti a casa, salii in veranda e sentii tuonare in lontananza. Si era alzato il vento e profumava di pioggia primaverile.

Cercai le chiavi e non degnai quasi di uno sguardo il nastro di plastica rosa che sventolava legato a un palo dei ponteggi dei vicini. La facciata era stata sabbiata riportando i mattoni a vista.

Aprii la porta con lo stomaco in subbuglio. Entrai e mi venne da vomitare. Corsi nel bagno adiacente alla cucina.

Essendomi liberato lo stomaco dall'alcol che avevo ingurgitato mi sentivo meglio, ma la testa continuava a farmi un male insopportabile. Ingollai due bicchieroni di acqua e vidi il cellulare che avevo dimenticato sul tavolo della cucina.

Controllai i messaggi: zero. Lo posai di nuovo. Dovevo darmi una lavata e riposare un po', prima di mettermi in viaggio per il Delaware.

Stavo per entrare in camera, quando sentii uno spiffero che arrivava dalla mansarda. Pensando di aver lasciato la finestra aperta, decisi di salire a chiuderla prima che incominciasse a piovere.

Salii le scale come uno zombie e, arrivato sulla porta del mio studio, rimasi basito.

Alla mia scrivania era seduto un uomo che aveva divorziato dalla propria anima.

Mi puntava contro una pistola.

«Buongiorno, Cross» disse. «Stai passando un brutto periodo, eh? Mi dispiace. Sono anni che aspetto questo momento e, sinceramente, sono deluso dalla tua reazione, tenuto conto che tuo figlio è in pericolo.»

# 99

Dimostrava quaranta, quarantacinque anni ed era atletico, di carnagione chiara, con alcuni lividi in faccia. Indossava una camicia da lavoro verde oliva sporca di segatura e sulla scrivania c'erano un casco da muratore e una cintura porta attrezzi.

Aveva il collo taurino, la testa completamente pelata e occhi azzurri come il ghiaccio, con ciglia chiare e sottili. Non lo avevo mai visto in vita mia, ma sapevo lo stesso chi era.

« M » dissi. « Dov'è mio figlio? »

Mi puntò addosso quegli occhi glaciali, dalla luce malvagia e crudele. « Sottoterra. In mezzo ai vermi. »

La mia paura peggiore sembrava essersi realizzata. Fu un pugno nello stomaco. *Ali? Sottoterra?* « No! » mormorai. « Perché? »

M non rispose e si limitò a inclinare la testa prima a sinistra e poi a destra, scrutandomi come per prendere nota di ogni mia più piccola manifestazione di dolore. Più mi osservava, più sembrava divertito. Alla fine sorrise.

Capii che godeva della mia sofferenza. Era un sadico e giocava con la sua vittima per sentirsi potente.

Avendo capito il suo gioco, mi sentii più forte e gli tenni testa. « Non è vero. »

« Ah, no? »

« No. »

Si strinse nelle spalle. « Quando l'ho lasciato, non aveva speranze di farcela. Ma poco importa quando se ne andranno definitivamente lui, tua nonna, tua moglie o tua figlia, nella seconda casa di Ned al mare. Già ora, Cross, tu e la tua famiglia siete ricordi dolceamari per me. »

*È solo una provocazione* pensai, e ritrovai la speranza. Ali era ancora vivo, quando M lo aveva lasciato. Dovevo cercare di farmi dire dove e quando. «Come ti chiami?»

«Dipende dal momento. Ho scoperto che i nomi non sono poi così importanti, nel lungo periodo.»

Guardai le tende gonfiate dal vento e la pioggia che entrava dalla finestra. Doveva essersi introdotto nello studio passando dai ponteggi della casa accanto.

Si voltò e chiuse la finestra. Le tende smisero di svolazzare.

«Sei venuto per uccidermi?» chiesi.

«Mi duole dire che sei una vera delusione. Questo è un momento di svolta, verso nuove e più grandi avventure.»

«Chi sei? Perché fai questo? Sto per morire: almeno dimmi perché.»

M sorrise. «Chi sono? Perché faccio questo? Sono una moltitudine di nomi e ho molteplici obiettivi, Cross. Ma ciò che il mondo deve sapere è che mi sono dimostrato migliore del miglior investigatore sulla faccia della Terra, lo Sherlock Holmes dei nostri giorni, nel suo campo e sul suo terreno di gioco. Innumerevoli volte.»

Mi tornò in mente un articolo di molti anni prima, un mio profilo sul *Washington Post Magazine* in cui ero stato definito in quei termini iperbolici.

«Hai letto quell'articolo?» chiesi.

«Sì, e da allora gioco con te nel mio tempo libero. Pianifico, realizzo, ti batto e tu ti incasini e pasticci ogni volta. Il miglior investigatore sulla faccia della Terra?» Sbuffò. «Non credo proprio.»

Mi resi conto che, nel sottotesto di quelle risposte strafottenti, M mi stava dicendo molto di sé. Mi aveva mostrato le crepe nella facciata e forse mi aveva persino fornito lo strumento per allargarle.

«Hai vinto tu» dissi. «Hai ragione. Mi hai battuto. Comunque ti chiami e qualunque sia il tuo scopo, penso tu ti possa definire il miglior criminale sulla faccia della Terra.»

M fece un verso gutturale, ma non disse niente e si limitò a guardarmi.

«È logico» dissi. «Se batti il miglior investigatore, vuol dire che sei il numero uno.»

Dopo un attimo, replicò: «È logico, sì».

«Parleranno di te per anni a venire.»

M borbottò fra sé.

«Verrai ricordato insieme con gli immortali» dissi. «John Wilkes Booth, Ted Bundy, Lee Harvey Oswald, John Wayne Gacy, Kyle Craig.»

M ridacchiò e disse: «Io sono meglio di tutti loro messi assieme».

«Probabile. Verseranno fiumi di inchiostro sulle tue gesta. Magari ci faranno pure un film. Ma uscirà postumo.»

M tacque e continuò a guardarmi.

«Sai che esiste un cimitero apposta per quelli come te?»

«Non capisci, Cross. Come me non c'è nessuno.»

«Oh, sì. Sadici, assassini, serial killer. Criminali così feroci, rei di tali atrocità che i famigliari si rifiutano di avere a che fare con loro persino da morti. Nemmeno i normali cimiteri li vogliono e così finiscono in un angolo remoto della base dei Marine a Quantico, sotto una lapide senza nome. Anche tu finirai là. Pensavo ti interessasse saperlo.»

Vidi che la sua espressione da impassibile si faceva spietata.

«Molti altri hanno tentato di entrare nella mia testa» disse sollevando la pistola. «Non si rendevano conto di cosa sono capace di fare. E tu nemmeno.»

Sentii montare il terrore.

Alzai le mani e dissi: «Non sparare, M. Ti prego...»

«Zitto!» intimò lui perdendo ogni traccia di emozione e diventando totalmente asociale e amorale. Mi puntò la pistola al volto e disse: «Benvenuto fra i morti, Cross».

# 100

Dicono che, nel momento surreale in cui ci si trova davanti a morte certa, si abbia l'impressione che il tempo rallenti.

Le neuroscienze dicono che il tempo non rallenta.

È il cervello che, di fronte alla possibilità di spegnersi, rilascia sostanze chimiche che attivano parti usate di rado. In tali condizioni si accendono sinapsi inaspettate e rapidissime, che ricevono ed elaborano le informazioni a una velocità cento volte superiore alla norma.

Per questo motivo chi pensa di stare per morire ha l'impressione che il tempo scorra più lentamente.

Nella frazione di secondo fra le ultime parole di M e l'attimo in cui premette il grilletto vidi ogni sua sfumatura di espressione, sentii il cattivo odore che emanava, udii tintinnare i vetri e il rumore delle ossa che si spezzavano prima che il sangue gli sgorgasse dal petto.

M si inarcò e sussultò.

E così il proiettile mi sfiorò l'orecchio destro e andò a piantarsi nel muro alle mie spalle.

M si accasciò, ma posò la mano sinistra sulla scrivania per tenersi su e riprovò a fare fuoco.

Io però ero già vicino e gli strappai la pistola di mano con la sinistra, mentre con l'avambraccio destro lo colpivo violentemente al petto.

Finimmo contro una libreria e poi per terra, ma io avevo il pugno pronto, il gomito sollevato per colpirlo di nuovo.

M non si muoveva più.

Per un attimo temetti di averlo ucciso senza dargli il tempo di dirmi dove teneva prigioniero mio figlio, ma poi mi accorsi che respirava, anche se debolmente, e che dalla ferita continuava a uscire sangue.

«Ottima mira, John» dissi con un filo di voce. «È fuori combattimento, ma ancora vivo. Serve un'ambulanza.» Buttai la pistola di M da una parte, mi tolsi la felpa e gliela premetti sul foro di uscita. M aprì appena gli occhi, tossì e rantolò cercando di riempirsi i polmoni di aria.

«Stai fermo. Stanno arrivando i soccorsi. Hai diritto di non rispondere alle domande e a un legale rappresentante.»

Continuai a informarlo dei suoi diritti e lui a un certo punto aprì meglio gli occhi. Vi lessi paura.

«Non mi sento più le gambe» sussurrò quando ebbi finito.

Le sirene erano più vicine.

«Dov'è mio figlio?»

M chiuse gli occhi.

«È finita, M. Dov'è mio figlio?»

Non rispose.

Gli avrei volentieri dato un pugno in faccia, ma sentivo i passi di qualcuno che saliva di corsa le scale.

Mi rialzai, tremante, in preda alla nausea. Entrò per primo Ned Mahoney, seguito da Bree.

«Tutto bene?» mi chiese Ned.

«Sto certamente meglio io di lui» risposi. E andai ad abbracciare Bree.

Aveva le lacrime agli occhi, ma mi respinse. «Scusami, ti amo, ma sei tutto sporco di sangue.»

«Il suo» precisai. In quel momento arrivarono i soccorritori e nello studio non ci si muoveva più. «Usciamo.»

Scendemmo al pianterreno e rimanemmo a guardarci in faccia per un po'.

«Non ti lascerò mai più fare da esca» dichiarò Bree.

«E io non berrò mai più un goccio di whiskey in vita mia.»

# 101

*Presto succederà anche al resto della famiglia. E alla vecchia, che ha già avuto una crisi respiratoria.*

M si era fregato da solo con quelle parole.

Quando avevo ricevuto quel messaggio, la settimana prima, avevo intuito che c'era qualcosa di strano, ma non avevo capito.

*Ha già avuto una crisi respiratoria...*

Come faceva M a sapere che Nana aveva avuto una crisi respiratoria? Lo sapevamo solo in sei: Bree, Nana, Jannie, Sampson, Mahoney e io.

Non avevamo chiamato l'ambulanza, né nessun altro.

C'era un'unica spiegazione: M aveva nascosto in casa nostra delle cimici o altri dispositivi di sorveglianza.

Bree, Nana e Jannie erano partite per il Delaware per stare qualche giorno nella casa al mare di Ned e due ore dopo Keith Karl Rawlins si era presentato a casa mia, fingendosi il tecnico di una ditta di disinfestazione. Aveva detto che durante i lavori nella casa vicina era stata scoperta un'infestazione di termiti e si era offerto di effettuare un controllo a titolo gratuito.

E così avevamo scoperto che M ascoltava tutto quello che dicevamo in quattro stanze della casa e ci spiava attraverso due videocamere a fibra ottica, una in cucina e una nel mio studio in mansarda.

Come e quando avesse installato quei dispositivi era un mistero, ma era certo che inviavano i dati a un transponder wireless montato su un palo del telefono di fronte a casa nostra, il quale a sua volta li inviava in rete via satellite.

Rawlins e io ci eravamo poi visti con Mahoney fuori da casa mia e Rawlins aveva chiesto di smontare il transponder e analizzare i dati. Io però avevo bocciato l'idea.

« M non sa che sappiamo » avevo sottolineato. « Possiamo approfittarne per stanarlo. »

« E come? » aveva chiesto Mahoney.

« Farò io da esca. Ho la sensazione che mi stia portando a un confronto diretto attraverso Ali. »

E così avevamo deciso che io avrei recitato la parte dell'uomo distrutto, depresso e autolesionista, incapace di reggere quel gioco mortale, in maniera che M accelerasse i tempi nel timore di non riuscire ad arrivare allo scontro finale.

Supportato dalla presenza di agenti in borghese che sorvegliavano casa mia da tutti i lati e con un microfono nascosto nel colletto, da quella sera avevo incominciato a ubriacarmi sistematicamente. Era stata un'escalation e, un po' per finta e un po' per davvero, mi lanciavo in lunghi monologhi sconclusionati da ubriaco.

C'erano volute sei notti di disperazione e intossicazione alcolica prima che uno degli agenti di Mahoney vedesse agli infrarossi la sagoma di un uomo, che era entrato nella casa dei Morse alle tre di notte e un'ora dopo si era introdotto nel mio studio in mansarda attraverso i ponteggi.

Per avvisarmi, l'agente dell'FBI aveva legato un nastro di plastica rosa a un palo dei ponteggi.

Quando ero entrato nella mansarda, Rawlins si era collegato alla videocamera e insieme a Bree e Mahoney aveva osservato tutta la scena da un furgone posteggiato dietro l'angolo, mentre Sampson si era arrampicato sul tetto della veranda per sparare a M.

Mentre i soccorritori portavano via M in barella gli chiesi: « Dov'è mio figlio? »

« Sottoterra » rispose.

Pur ferito e paralizzato, godeva della mia angoscia.

# 102

Passammo quattordici ore da incubo senza poter parlare con M, senza sapere dove avesse nascosto mio figlio. Fu operato d'urgenza e subito dopo venne portato in terapia intensiva per complicazioni legate all'anestesia.

La TAC evidenziò che il proiettile era rimbalzato contro la quarta vertebra toracica, aveva trapassato il polmone destro ed era fuoriuscito dalla gabbia toracica fratturando diverse costole, incrinando più vertebre e lesionando in maniera grave il midollo spinale.

«Mi ha detto che non si sentiva più le gambe» comunicai al chirurgo.

«Dato l'edema, la perdita di sensibilità da metà sterno in giù perdurerà a lungo, sempre che sia reversibile» spiegò lui.

«Quando possiamo parlargli?»

Ottenemmo l'autorizzazione a interrogare il paziente verso le dieci di quella sera, mentre era in terapia intensiva, dopo che ci era stato riferito che M si era abraso i polpastrelli con qualche sostanza chimica per non lasciare impronte digitali.

«Voglio andare da solo» dissi a Bree, Mahoney e Sampson quando fummo fuori dalla camera dove era piantonato. «Se siamo più di uno, cercherà di manipolarci.»

«Ho fatto installare una videocamera nella sua stanza prima che ce lo portassero» disse Mahoney. «Seguiremo il colloquio dal corridoio.»

«In bocca al lupo» disse Sampson.

«Grazie, amico» risposi.

Mahoney e Sampson si allontanarono.

Presi un bel respiro e guardai Bree. «Speriamo di farcela.»

Lei mi prese una mano fra le sue e sorrise, con gli occhi lucidi. «Lo libererai, Alex. È il tuo mestiere.»

Mi diede un bacio e raggiunse Ned e John. Feci un cenno al piantone ed entrai, pregando di riuscire a trovare le parole giuste.

M era semisdraiato nel letto fra monitor e macchinari che gli ronzavano tutto intorno.

Mi guardò con gli occhi arrossati senza dire una parola, finché non fui al suo capezzale.

«Mi puoi dire dove tieni prigioniero mio figlio?»

«Te l'ho già detto» rispose. Era ancora intontito e faceva fatica a parlare. «È sottoterra.»

«Dimmi dove, così recupero la salma e gli faccio il funerale.»

«Sei in gamba: prima o poi lo troverai.»

«Senti, hai vinto tu. Lo ammetto. Mi hai superato in astuzia. Continui ad avere in pugno la situazione» dissi con tutta la sincerità che mi riuscì.

«Ciononostante, passerò la mia vita su una carrozzina e dietro le sbarre.»

Forse erano i farmaci, ma suonò sincero. Decisi di cambiare tattica.

«Quando hai smesso di dare ascolto al tuo cuore?» gli chiesi.

«Non so di cosa parli.»

«Sì, invece. Sono certo che in passato eri in grado di distinguere il bene dal male a livello istintivo. Ne hai perso memoria?»

M deglutì e alzò le spalle. «Da bambino a un certo punto sono stato affidato a una famiglia che mi portava in chiesa. Erano religiosi, leggevano le Scritture e altre cazzate.»

«Ma, a parte questo, ti ricordi di aver mai saputo discernere in cuor tuo fra il bene e il male?»

M strizzò gli occhi. «Cosa c'entra questo con tuo figlio?»

« Rispondimi: te lo ricordi? »

M chiuse gli occhi. « Sì, credo di sì. »

« Io ne sono certo. È una capacità innata. Sai che il cuore ha un suo sistema nervoso? Veramente. Il cuore si sviluppa prima del cervello. Anche attraverso il cuore pensiamo e apprendiamo. »

M aprì gli occhi. « E quindi? »

« Quando hai smesso di dare ascolto al tuo cuore? »

M scosse la testa. « Non capisco cosa... »

« Sì che capisci » lo interruppi. « Hai smesso di dare ascolto al tuo cuore quando hai creduto che si fosse irrimediabilmente infranto. Da lì in poi hai incominciato a dare ascolto alle voci rabbiose nella tua testa. Quanti anni avevi? Tredici? Quattordici? »

# 103

Non erano domande oziose.

Molti assassini hanno subito un trauma importante nella prima adolescenza, quando avevano gli ormoni in rapida crescita ed erano preda di emozioni forti e spesso contrastanti.

Il trauma è amplificato dagli ormoni e dai bruschi cambiamenti di umore. Io credo che in tali circostanze un evento traumatico possa danneggiare gravemente le strutture cerebrali, provocando una serie di cortocircuiti che portano a nevrosi e a odiare se stessi e il mondo.

Quando rivolsi quelle domande a M, si adombrò e chiuse gli occhi.

Aspettai che mi rispondesse per quasi cinque minuti d'orologio, ma a spezzare il silenzio erano soltanto i bip dei macchinari e il suo respiro.

«Avevo quattordici anni» disse poi M aprendo gli occhi. «Mia sorella fu violentata e uccisa. Andai a cercare il colpevole con una catena e lo ammazzai di botte.»

«È da allora che hai smesso di dare ascolto al tuo cuore? Da prima di uccidere quell'uomo?»

«Dopo» rispose M. «Quando mi resi conto che avevo goduto a pestare quel bastardo fino a farlo crepare e che volevo farlo di nuovo.»

Annuii. «Comprensibile.»

«Cosa?»

«Che un evento del genere metta a tacere il cuore e ti faccia divorziare dall'anima.»

Continuai a guardarlo negli occhi e vidi che contraeva involontariamente le guance.

«Io non ho né un cuore né un'anima.»

«Certo che sì!» ribattei. «Il proiettile non ti ha colpito il cuore e, se vuoi, puoi ancora dargli ascolto. Se hai il coraggio. Potresti ritrovare la speranza.»

«Speranza di che?»

«Di redenzione.»

Scoppiò a ridere. «Non c'è redenzione per uno come me.»

«Sì, invece. Chiudi gli occhi.»

Temetti che mi mandasse a quel paese, invece abbassò le palpebre.

«Dai ascolto al tuo cuore» dissi con voce sommessa. «C'è ancora. Ascolta cosa ti dice di fare.»

M prese fiato, deglutì, cambiò posizione nel letto e poi aprì gli occhi. «Ho fatto troppe cose.»

«Ma puoi ancora stare a sentire cosa ti dice il cuore. Come quando eri piccolo. Come quando avevi l'età di mio figlio.»

M contrasse la mascella e si morse le labbra.

Lo osservavo attentamente, cercando di non lasciar trapelare la mia disperazione. Ogni minuto che passava, la situazione di Ali si faceva più critica.

«Mi dispiace, Cross» disse M dopo un po'. «Ormai sono diventato sordo a certe stupidaggini.»

«Non sei sordo: hai semplicemente staccato il ricevitore.»

«Che differenza fa? Non cambia niente.»

«Potrebbe cambiare te.»

Mi accorsi di averlo colto alla sprovvista e decisi di insistere. «Ali ti è sicuramente simpatico. Ha un entusiasmo contagioso.»

«Parla un sacco.»

Sorrisi. «In continuazione.»

«È un ragazzino sveglio.»

«Molto.»

M guardò il soffitto, poi di nuovo me. « La vita è piena di ingiustizie. »

« Tu ci tenevi d'occhio » dissi. « Avrai visto Ali sorridere, avrai sentito la sua risata. » Mi interruppi per non farmi prendere dall'emozione. « Ha una vita davanti » continuai. « Chissà che cosa farà da grande, se tu gli darai la possibilità di diventarlo dando ascolto al tuo cuore. »

M restò zitto, senza guardarmi, per dieci minuti.

Alla fine mi alzai con un sospiro e mi avviai verso la porta.

La aprii, pronto a uscire. « Cross » disse a quel punto M.

Mi sforzai di contenere l'emozione e mi voltai a guardarlo impassibile.

« Il formicaio » disse.

# 104

L'elicottero dell'FBI sorvolò la proprietà di Dwight Rivers nella Shenandoah Valley e si posò sul prato fra i pannelli solari e la villa. Era mezzanotte passata. La luna piena conferiva al panorama una strana colorazione azzurrina.

Avevamo telefonato a Rivers, che nel frattempo era stato dimesso dall'ospedale ed era tornato a casa. Sosteneva di non essere più andato nel formicaio da quando l'FBI lo aveva messo sotto sequestro per via della testa mozzata ritrovata al suo interno.

«Il nascondiglio perfetto, se ci pensi» disse Mahoney.

«Chi andrebbe mai a cercare in una scena del crimine ancora sotto sequestro?» disse Bree prima che il pilota ci desse il permesso di scendere.

Saltammo giù e partimmo di corsa verso il bunker di Rivers. In casa le luci erano accese, ma lui ci stava aspettando vicino a un quad parcheggiato di fronte all'ingresso del formicaio, con le stampelle.

«Lucchetto e sigilli sono intatti» disse.

Puntammo le torce sui sigilli, che non sembravano essere stati manomessi. Mahoney li fotografò e quindi li ruppe.

Rivers ci diede la combinazione del lucchetto ed entrammo. Il survivalista ci seguiva, con le stampelle, per accendere interruttori, mettere in moto generatori e illuminare il bunker in ogni sua parte.

«Se suo figlio è qui dentro, lo troveremo» dichiarò.

Non potei fare a meno di notare l'ironia della sorte: l'uomo che avevo sospettato di omicidio al punto da entrare abusivamente nella sua proprietà mi stava aiutando a cercare mio figlio.

«Grazie» dissi, avviandomi verso le scale. Mahoney e Sampson salirono, Bree e io scendemmo.

«Ali?» chiamavamo a gran voce. «Ci senti, Ali?»

Aprimmo tutte le porte e controllammo ogni piano di quel labirinto, cercammo in cucina, nell'armeria, nella sala controllo, nel locale con l'accumulatore dell'impianto fotovoltaico e in quello con il potabilizzatore. L'accesso al laboratorio, nel quale era stata ritrovata la testa mozzata, era chiuso con i sigilli. Li ruppi ed entrammo.

La prima cosa che notai fu che la porta di acciaio in fondo al laboratorio – chiusa a chiave e con i sigilli - era abbattuta e giaceva sul pavimento del corridoio. Per il resto il locale mi parve uguale alla prima volta che c'ero stato, salvo per gli attrezzi insanguinati, che l'FBI aveva sequestrato e portato ai laboratori.

Notai una bottiglia di acqua minerale e alcune scatolette di cibo vuote sparse qua e là.

«Senti l'odore?» chiese Bree.

«Escrementi» risposi debolmente.

Non ci volle molto a capire da dove arrivava la puzza. Lo scarico nel pavimento emanava forte odore di urina e in uno stipetto chiuso c'erano sacchetti di plastica pieni di feci e carta igienica usata.

Mahoney e Sampson ci raggiunsero. «Trovato niente?»

«Mi ha preso per i fondelli anche stavolta» replicai, scuotendo la testa sconsolato.

«Ma qualcuno è stato effettivamente prigioniero qui dentro» disse Bree.

«Faccio venire la Scientifica da Quantico» disse Mahoney. «Usciamo e lasciamo che ci pensino loro. Almeno sapremo se il prigioniero era Ali.»

«Non ho bisogno della Scientifica» ribattei. Indicai lo scarabocchio disegnato con un dito nella polvere su uno degli stipetti. «Ali fa sempre questo tipo di scarabocchi.»

Bree annuì. «E ci sono impronte che potrebbero essere sue vicino a quella porta.»

Mi avvicinai e osservai le molte impronte sovrapposte, alcune delle quali avevano le dimensioni dei piedi di mio figlio. Puntai la torcia nel corridoio e vidi che ai piedi della scala a pioli c'erano un cannello ossiacetilenico con relativa bombola e una lama da sega usata.

«M dev'essere sceso da questa scala a pioli e aver abbattuto la porta con la fiamma ossidrica. Essendo il laboratorio sotto sequestro, sapeva che non sarebbe venuto nessuno. Il nascondiglio ideale per un ostaggio» disse Bree.

Ero furibondo.

«Ali!» gridai nel condotto di lamiera. «Ali, mi senti?»

«Alex?» disse Mahoney. «Non c'è più. È andato via. Dobbiamo uscire e lasciare il campo alla Scientifica.»

«Io resto» dissi.

«No, tu vieni a casa con me» ribatté Bree. «Ho bisogno di te. E anche Nana e Jannie. Torneremo da M domani mattina.»

La guardai in preda a un tumulto di emozioni al pensiero di aver trovato il posto in cui era tenuto prigioniero mio figlio quando lui ormai non c'era più.

Annuii e uscii oppresso dal terrore di non rivedere mai più il mio bambino. Ringraziai Dwight Rivers per la collaborazione, ma mi veniva da piangere.

«Lo troverà» disse lui. «Ho capito come hanno fatto ad andare e venire: hanno usato il verricello sul tetto. Ho visto la fune penzoloni.»

«Siamo stati noi» rivelò Sampson.

«Che cosa?»

«È una storia lunga e ora è troppo tardi» dissi, incamminandomi verso l'elicottero.

Bree mi prese per mano. Io continuavo a pensare a mio figlio, al giorno in cui era nato, a quando aveva mosso i primi passi, alle sue prime parole.

Quando aveva imparato ad andare in bicicletta, mentre giocava sulla spiaggia davanti alla casa di Ned.

Non smisi di pensare ad Ali nemmeno quando presi posto in elicottero e mi allacciai le cinture. Ali e le sue passioni: gli zombie, le freccette, la mountain bike. Il mio bambino dai mille interessi, sempre allegro e con il sorriso sulle labbra.

Mentre l'elicottero si alzava in volo, Bree scoppiò in singhiozzi e mi posò la testa sulla spalla. La abbracciai, cercando di consolarla. Sentivo la presenza di Ali così intensa e pervasiva che credetti addirittura di udire la sua voce nel vento.

# 105

I nostri cellulari si misero a suonare contemporaneamente alle quattro e mezzo del mattino.

Lessi il messaggio di Mahoney e imprecai. «Non è possibile!»

«Maledizione!» gridò Bree.

Ci vestimmo in fretta e furia e ci precipitammo giù dalle scale.

«Che cosa succede?» chiese Nana, uscendo dalla sua camera.

«Torna a letto.»

«Avete dormito poco o niente!»

Non le rispondemmo nemmeno. Corsi alla macchina, misi il lampeggiante sul tetto e partii, con Bree seduta accanto a me che dava ordini via radio. La nostra non era l'unica sirena che ululava nella città deserta. Arrivammo al George Washington University Hospital in sei minuti d'orologio.

«Circondate la zona nel raggio di dieci isolati» ordinò Bree via radio. «Non lasciate entrare o uscire nessuno e perquisite tutti i veicoli.»

Sampson era già al reparto di terapia intensiva. «È armato e in divisa da poliziotto» ci comunicò.

«E come ha fatto?» chiesi, mentre Bree riferiva la notizia.

«Guarda.»

Si avvicinò alla camera di M. La porta era aperta.

Ivan Marky, il giovane piantone che avevamo conosciuto la sera prima, era nel letto, nudo e con la gola tagliata.

«Si è messo i suoi vestiti, è andato dalle due infermiere di turno e minacciandole con la pistola si è fatto consegnare tutti i narcotici e gli antibiotici che avevano, ha preso i loro cellulari, li ha chiusi a chiave in un armadietto e se n'è andato» disse Sampson.

«Quando è successo tutto questo?»

«Quaranta minuti fa.»

«Quaranta minuti fa?» esclamò Bree. «Scherzi?»

Chiusi gli occhi e ripensai a quando Sampson aveva sparato a M, al suo sguardo terrorizzato, al fatto che mi aveva detto di non sentire più le gambe. Il medico aveva confermato le lesioni vertebrali e al midollo. Com'era possibile?

«Non so come faccia a stare in piedi, figurarsi scappare dall'ospedale» osservai. «Ma se lo ha aiutato qualcuno, ormai saranno lontani. Potrebbero già essere usciti dalla città.»

«Nelle sue condizioni, non ce la può fare» disse Bree.

«Nelle sue condizioni, è riuscito a tirarsi su, togliersi la flebo, tagliare la gola al piantone e dileguarsi!»

«Lo prenderemo, Alex.»

«Prima che faccia del male ad Ali?»

«Alex, non dobbiamo pensare che...»

«Perché, Bree? Prima di venire ad aspettarmi al varco a casa nostra, ha portato via Ali dal bunker di Rivers e lo ha trasferito in qualche altro posto. Dio solo sa che cosa farà adesso» mormorai, poi scossi la testa disgustato. «'Ascolta cosa ti dice il cuore'... Come ho potuto essere così imbecille?»

«Hai cercato di farlo parlare, Alex. Sei stato molto bravo.»

«Lui di più, visto che ci ha fregato.»

«Vai a casa, dormi un po' e vedrai le cose in maniera diversa.»

«Tu hai dormito ancora meno di me.»

«Ma sono più lucida. Sono più ottimista, sento che Ali tornerà a casa. Perciò ti prego: vai a casa, riposati e chiamami. In questo stato non sei di aiuto a nessuno.»

Non risposi. Mi voltai e me ne andai, senza nemmeno salutare Sampson. Presi l'ascensore e poi un taxi fino a casa in preda a un misto di rabbia e di scoramento.

Avevo cercato di risvegliare in M un briciolo di umanità e avevo fallito miseramente.

Tentai di farmi venire in mente le altre cose che mi aveva detto durante il colloquio in ospedale. Era davvero stato in affidamento? Aveva davvero massacrato a colpi di catena l'uomo che aveva stuprato e ucciso sua sorella? O si era inventato tutto?

L'orologio in cucina segnava le sei e cinque, quando entrai e accesi la luce. Erano settimane che dormivo troppo poco, ma ero talmente su di giri che non potevo nemmeno pensare di mettermi a letto. Se fossi andato a coricarmi, non avrei fatto che pensare ad Ali.

Che cosa stava passando in quel momento? Soffriva? Chiusi gli occhi al pensiero che avremmo potuto ritrovarlo strangolato con una cravatta o senza testa, ora che M era di nuovo a piede libero.

Guardai la macchina per il caffè e poi l'armadietto dove tenevamo i liquori. L'idea di bere whiskey mi nauseava, ma l'alcol avrebbe potuto darmi l'obnubilamento che cercavo e forse mi avrebbe aiutato a scivolare in quell'oscurità senza passato e senza futuro, fuori dal tempo...

Suonarono alla porta.

Alle sei e dieci del mattino?

Suonarono di nuovo. Corsi ad aprire perché non volevo che Nana e Jannie si svegliassero. Ero stordito e disorientato e sentivo che mi stava per venire mal di testa.

Mi trovai davanti Dwight Rivers, con le stampelle e il fiato corto.

«Signor Rivers» dissi.

«Ho preso la macchina e sono venuto subito da lei» disse. «Volevo che fosse il primo a vederlo.»

«Vedere cosa?» chiesi, ma lui si voltò e tornò verso il marciapiede, senza rispondere.

Con le stampelle si avvicinò a un pickup camperizzato, aprì la porta e mi fece cenno di andare a vedere.

Il sole era già abbastanza alto e dovetti strizzare gli occhi. Per un attimo, dentro il camper non vidi niente.

Poi un movimento su una delle cuccette in fondo.

« Cosa c'è? » chiese una voce di donna, in tono spaventato. « Chi c'è? »

Dalla cuccetta più in alto una vocina più fievole rispose: « È mio papà, signora J ».

# 106

Rischiò di scoppiarmi il cuore per la gioia. Saltai sul camper e corsi verso le cuccette. Rivers accese la luce e vidi mio figlio. Sembrava appena tornato da una guerra e si sforzava di sorridere fra lacrime di dolore e di felicità.

«Ali» sussurrai, stupefatto di averlo di fronte e scioccato dal suo aspetto.

Era scalzo e a torso nudo, coperto di graffi, tagli e lividi, aveva la camicia che indossava il giorno della sua scomparsa avvolta intorno alla testa, sporca di sangue. Mi guardò con l'aria stralunata e poi chiuse gli occhi.

«Chiami il 911!» gridai a Rivers.

«Non posseggo cellulari.»

«Che cosa?»

«Sono anticonformista.»

«Siamo caduti entrambi, ieri notte» disse la donna sulla cuccetta sotto a quella di Ali, anche lei lacera e sanguinolenta. «Come se non fosse bastato tutto il resto, lui ha battuto la testa e io mi sono rotta un braccio e forse anche una gamba.»

Avevo preso il mio smartphone e stavo digitando il 911. «Un attimo solo, signora.»

Rispose un'operatrice e le descrissi la situazione.

«Lo tenga sveglio» mi raccomandò quando le spiegai che Ali aveva un trauma cranico.

Lo scossi delicatamente per fargli aprire gli occhi.

«Non ti addormentare» gli dissi.

«Papà?» disse con un sorriso stanco.

«Sono qui» risposi, prendendogli la mano.

«I soccorsi saranno lì fra due minuti» mi informò l'operatrice.

«Sto sognando, papà?»

Sapevo di dovermi mantenere calmo e controllato per il suo bene, ma quella domanda mi spezzò il cuore e, cercando di soffocare il pianto, risposi: «No, Ali. È tutto vero. Siamo di nuovo insieme».

Gli vidi scendere le lacrime sulle guance. Poi sorrise.

«Lo sapevo, che ce l'avremmo fatta» disse. «Vero, signora J?»

«Tu non hai mai avuto dubbi» replicò la donna. «Nemmeno quando li avevo io.»

Le sirene erano ormai vicine.

«Mi scusi, signora. Lei chi è?» chiesi.

«Mi chiamo Diane Jenkins» rispose. «Vivo nell'Ohio.»

Rimasi sbalordito, poi sorrisi incredulo e dissi: «Ma certo, signora Jenkins. La stavamo cercando».

«Posso chiamare mio marito?»

«Certo. Dopo che l'avranno visitata i medici.»

«Papà?» disse Ali, mentre due ambulanze si avvicinavano a tutta velocità.

«Sono qui» risposi, stringendogli la mano.

«La signora J se la cava egregiamente con la fiamma ossidrica.»

«L'idea però è stata tua» replicò lei.

Ali aveva di nuovo chiuso gli occhi.

«Resta sveglio, tesoro» dissi, scrollandogli il braccio.

«Ho sonno, papà. Siamo stati svegli tutta la notte. Voglio dormire.»

«Lo capisco, ma vorrei che stessi sveglio ancora un pochino» risposi.

«Sto per fare un giro in ambulanza?» chiese sentendo le sirene vicino al camper.

«Sì» risposi, provando un moto incommensurabile di affetto.

«Hai una faccia, papà...» disse Ali sorridendo e passandosi la lingua sulle labbra mentre i paramedici salivano sul camper.

«La faccia del padre più felice del mondo, immagino» dissi, di nuovo commosso.

«Permesso» disse uno dei soccorritori.

Lasciai la mano di mio figlio.

Lui sgranò gli occhi. «No, non te ne andare.»

«Non ti preoccupare, tesoro mio, ti seguo passo passo.»

# 107

Due giorni dopo, al terzo piano del reparto di neurologia del Georgetown University Medical Center, Diane Jenkins mi venne incontro sulla carrozzina spinta da un inserviente, con il braccio destro ingessato e una vistosa fasciatura alla gamba.

A fianco a lei c'era il marito, Melvin. Venne dritto verso di me e mi strinse la mano. «Le chiedo scusa per quello che ho detto, dottor Cross.»

«Acqua passata» risposi. Guardai la moglie. «Ci ha fatto prendere un bello spavento, con quella gamba.»

Diane Jenkins scosse la testa. «Non avevo mai sentito parlare di sindrome compartimentale, ma il dottore mi ha detto che sono stata fortunata, perché ho rischiato di perderla dal ginocchio in giù. Come sta Ali?»

Sorrisi. «Lieve commozione cerebrale, ma nessuna frattura. Dal taglio ha perso molto sangue e sembrava più grave di quello che era. È stanchissimo, però. Vuole andare a trovarlo?»

«Molto volentieri.»

Guardai Bree, Ned Mahoney e John Sampson, che aspettavano nel corridoio davanti a una stanza. L'inserviente spinse la signora Jenkins verso di loro.

Melvin Jenkins mi guardò. Sembrava a disagio. «Dottor Cross, sono felicissimo che Diane sia uscita viva da questo incubo. E mi chiedevo se... Se avete idea di dove siano finiti i cinque milioni di dollari che mi sono fatto prestare per pagare il riscatto.»

Gli posai una mano sul braccio. «Sì, sappiamo dove sono. E sono certo che l'ignara depositaria di quei soldi li restituirà senza problemi, una volta che scoprirà che M glieli ha bonificati per depistarci e renderla complice dei suoi reati. »

Jenkins si rilassò e mi abbracciò. « Grazie. Entriamo? »

Gli posai una mano sulla spalla. « Le sarei grato se assistesse da remoto, Melvin. Devo fare questa cosa da solo. »

Mi accorsi che era riluttante a lasciare la moglie, ma annuì. « Dalla stanza accanto? »

« Esatto. »

Raggiunse gli altri nella camera adiacente, in cui erano stati predisposti diversi schermi in maniera che potessero seguire in diretta ogni istante. L'inserviente accompagnò dentro la signora Jenkins e io, prima di entrare nella stanza di Ali, chinai il capo e ringraziai per l'ennesima volta Dio per averlo salvato.

Dopo averlo tenuto sedato il tempo necessario a valutare la gravità del suo stato, i medici avevano scalato le dosi per farlo svegliare. Quando entrai, era in posizione semisdraiata e sembrava bello vispo.

« Signora J! » esclamò nel vedere Diane Jenkins. « Cos'è quella roba che ha alla gamba? »

« Un drenaggio. Ho preso un colpo talmente forte che il gonfiore ha fermato la circolazione del sangue e mi hanno dovuto operare. »

Ali fece una faccia leggermente disgustata e Diane Jenkins rise.

« Siamo vivi grazie a te, Ali. »

Ali mi guardò. « Il merito è di tutti e due. »

Alzai le mani. « Motivo per cui siete qui entrambi. Raccontatemi tutto dall'inizio. »

# 108

Diane Jenkins disse che il giorno in cui era stata rapita si era trovata un uomo nascosto sul sedile posteriore della macchina, che le aveva tappato la bocca con la mano coperta da un guanto. L'ultima cosa che rammentava era il terrore che aveva provato e la puntura nel collo.

Il rapitore l'aveva portata in tanti posti diversi, prima del bunker: questo lo ricordava. Faceva fatica a mettere a fuoco i luoghi in cui l'aveva tenuta prigioniera, tuttavia, e aveva completamente perso la cognizione del tempo. Aveva un vago ricordo del mezzo con cui la trasportava da un nascondiglio all'altro.

Alla fine si era svegliata nel laboratorio di Rivers, con le mani legate davanti e le porte chiuse dall'esterno. Aveva a disposizione cibo e acqua, ma nessuna via di fuga. E non aveva più né la fede nuziale né l'anello di fidanzamento.

Per un po' aveva provato a gridare, ma non era arrivato nessuno. Un giorno o due dopo, quando l'effetto dei sonniferi che M le aveva fatto prendere era completamente passato, aveva visto M che portava lì Ali, privo di sensi, drogato e legato. Lo aveva implorato di lasciarli andare, ma lui l'aveva ignorata e se ne era andato chiudendoli dentro a chiave.

«Non sapevo che cosa fare» disse. «Ma Ali ha avuto un'idea.»

Ali spiegò che sarebbe dovuto passare a prenderlo il capitano Abrahamsen e invece si era presentato M al volante di un Suburban. Indossava la divisa del gruppo sportivo dell'Esercito e gli aveva detto che correva con Abrahamsen e che il capitano aveva avuto un contrattempo e aveva mandato lui.

« Lo so, sono stato un cretino, ma era vestito uguale identico al capitano e così gli ho creduto. Mentre guardavo fuori dal finestrino, mi sono sentito pungere a una gamba e ho visto che mi aveva fatto un'iniezione. Basta, è l'ultima cosa che mi ricordo. »

Raccontò che all'inizio aveva avuto paura. Ed era rimasto male e si era arrabbiato, quando aveva capito che M lo aveva imbrogliato mandandogli quei messaggi. « Poi però mi sono concentrato sulla fuga. »

« Concentrato è dir poco » precisò la signora Jenkins. « Era diventata un'ossessione. »

« Fa sempre così » dissi. E strizzai l'occhio ad Ali, che riprese il suo racconto.

Nonostante i polsi legati, era riuscito ad aprire tutti gli armadi e i cassetti del laboratorio e a recuperare una serie di strumenti utili, quali martello, scalpello, trapano elettrico completo di punte, tre lampade frontali con due pile di riserva, una sega con lame di ricambio, un vecchio orologio da polso ancora funzionante e un cannello ossiacetilenico con relativa bombola, mai usato prima e ancora nella confezione.

Ali avrebbe voluto usarlo subito per abbattere la porta di acciaio e uscire da quella prigione. Nella scatola c'era il libretto d'istruzioni, non poteva essere troppo difficile, no? La signora Jenkins però gli aveva fatto notare che la bombola era piccolina e non era detto che bastasse per abbattere la porta.

Così avevano deciso di indebolire prima cardini e serratura con gli altri attrezzi e ricorrere alla fiamma ossidrica solo all'ultimo. Grazie all'orologio Ali aveva preso nota degli orari ai quali M si presentava nel laboratorio a controllarli, più o meno una volta ogni ventiquattr'ore, sempre fra le due e le tre e mezzo del mattino.

Dopo aver nascosto per bene gli attrezzi rubati, Ali aveva chiesto a M di slegarlo, perché le fascette gli avevano provocato un'escoriazione ai polsi. M lo aveva accontentato senza commentare e gli aveva portato persino una pomata antibiotica. Poi li aveva chiusi di nuovo dentro e se n'era andato.

Prima ancora di incominciare la loro opera di demolizione, Ali e Diane Jenkins avevano accusato sintomi di spossatezza e avevano capito che M aveva drogato l'acqua nelle bottiglie. Avevano deciso di non berne più, ma erano molto rallentati nei movimenti.

Erano partiti dal cardine centrale, cercando di praticare un taglio meno visibile possibile con la sega.

« Prima che M tornasse, pulivamo tutto quanto » disse Ali. « Ma ogni volta che arrivava tremavamo al pensiero che se ne accorgesse. »

M invece non si era accorto di nulla e due giorni dopo, quando lo spessore del cardine centrale si era ridotto a mezzo centimetro da due centimetri e mezzo che era, erano passati a quello in basso.

Ci avevano lavorato altri due giorni, poi un giorno e mezzo per quello in alto. La sesta mattina M non si era visto e si era presentato il settimo giorno intorno all'una di notte.

Sembrava nervoso, agitato. Aveva lasciato scatolette e acqua minerale ed era andato via di corsa. Era la notte in cui, due ore più tardi, si era introdotto nel mio studio in mansarda passando per i ponteggi intorno alla casa dei vicini.

Ali e la signora Jenkins dissero che, con il senno di poi, avrebbero potuto scappare in quella giornata di pausa, invece di aspettare il ritorno di M, ma per iniziare a usare la fiamma ossidrica volevano essere sicuri di avere a disposizione almeno ventiquattr'ore di tempo per abbattere la porta e fuggire il più lontano possibile da quella prigione.

# 109

Mentre io affrontavo M nel mio studio in mansarda, Ali e la signora Jenkins avevano cercato di manomettere il meccanismo di chiusura della porta del laboratorio.

Rivers aveva fatto costruire tutte le porte con lamiere di carri merci ferroviari e le aveva dotate di meccanismi di chiusura tali che, come disse Ali: «Non sarebbero riusciti a forzarli nemmeno gli zombie dell'Apocalisse».

Per perforare quell'acciaio spesso due centimetri Ali e Diane Jenkins avevano usato un piccolo trapano che andava ricaricato in continuazione e i lavori procedevano lentissimi.

Mentre noi attendevamo che i medici ci dessero il permesso di interrogare M, Ali aveva deciso di passare alla fiamma ossidrica e aveva preso il cannello ossiacetilenico.

Per fortuna Diane Jenkins gli aveva impedito di accenderlo, sostenendo che un bambino di dieci anni non poteva maneggiare un cannello ossiacetilenico e, nonostante le proteste di mio figlio, glielo aveva strappato di mano. Quando l'avevano rapita, aveva appesi al collo gli occhiali da sole graduati. Offrivano una protezione limitata, ma senza quelli avrebbe perso la vista.

«Avresti dovuto vederla, papà» disse Ali. «Era intimorita, ma quando l'ha accesa e ha iniziato a usarla, sembrava che non avesse fatto altro nella vita.»

Dopo aver reciso completamente il cardine in alto, era passata alla serratura, tagliando i tratti fra un buco di trapano e l'altro e, quando la bombola si stava esaurendo, aveva completato il cerchio lasciando che Ali proseguisse le operazioni a colpi di martello.

Dopo una quindicina di martellate, la porta aveva ceduto ed era caduta facendo un baccano infernale. Avevano trovato la scala a pioli e si erano infilati nel condotto.

Facendosi luce con le lampade frontali, erano riusciti ad arrivare in cima al bunker di Rivers. Erano usciti sul tetto e per scendere a terra si erano serviti del verricello e della fune, come Sampson e me due settimane prima.

La signora Jenkins all'inizio aveva paura di calarsi nel vuoto e voleva aspettare lì che Ali chiamasse la polizia, ma lui era riuscito a convincerla, dicendole che M usava sicuramente quella via per salire e scendere dal bunker e che era meglio togliersi da lì al più presto.

« È stata l'esperienza più terrificante della mia vita, ma Ali è stato molto incoraggiante » disse la signora Jenkins.

Conclusa la discesa in corda doppia, avevano sentito arrivare una macchina e avevano spento le lampade frontali. I fari si erano avvicinati alla casa e loro avevano dato per scontato che si trattasse di M.

Erano corsi via verso ovest, avevano attraversato il prato in direzione del bosco e, appena lo avevano raggiunto, avevano riacceso le lampade frontali. Non avevano la minima idea di dove si trovassero. Avevano camminato per un'ora e mezza senza mai incrociare una strada.

Il bosco era sempre più fitto, la salita si faceva più ripida e avevano deciso di fermarsi e aspettare l'alba per proseguire. Non lo sapevano, ma erano all'interno dello Shenandoah National Park.

Avevano sentito arrivare l'elicottero che ci aveva portato al bunker di Rivers e poi le sirene.

« Abbiamo pensato che fossero un buon segno » disse Ali. « E quindi siamo tornati indietro. Però, quando le sirene hanno smesso di suonare, non sapevamo più da che parte andare. »

« Peraltro le pile delle lampade frontali si stavano esaurendo» disse la signora Jenkins. «E così siamo finiti giù per un dirupo.»

Rimasi sbigottito. «Che cosa?»

«Siamo rotolati giù per una specie di scarpata.»

«Ripidissima» disse Ali. «Me lo ricordo.»

Diane Jenkins era finita sui massi e pietroni in fondo alla scarpata e si era fatta male a un braccio e a una gamba.

Ali non ricordava di aver battuto la testa, ma a un certo punto era svenuto.

«Ho cambiato la pila alla lampada frontale e sono andata a cercarlo» disse Diane. «Aveva perso un bel po' di sangue, ma è rinvenuto.»

A quel punto aveva iniziato a piovere ed era passato di nuovo il nostro elicottero.

«Ci siete passati praticamente sopra la testa» spiegò Diane. «Noi gridavamo come matti, ma non ci avete sentito.»

Stavo già per dire che in effetti mi era parso di sentire la voce di Ali nel vento e che mi ero dato del visionario, ma lo tenni per me. Lo avrei confidato ad Ali una volta che fossimo stati da soli.

Diane disse che non si erano mai fermati, perché altrimenti sarebbero morti di freddo.

«Ma avevamo tre gambe in due» disse.

«E una testa e mezza» aggiunse Ali con una risatina.

«La tua funzionava almeno per tre quarti» precisò Diane.

Avevano proseguito il cammino, per quanto faticosamente, aiutati dalla lampada frontale, finché non aveva albeggiato e la pioggia era cessata.

«Con la luce abbiamo visto un sentiero nel bosco oltre una parete rocciosa e poi abbiamo trovato la strada sterrata.»

Ne avevano percorso meno di trecento metri quando avevano visto arrivare Dwight Rivers con il suo camper. Stava andando dal ferramenta a comprare delle serrature nuove per le porte del bunker.

«Si è fermato subito?» chiesi.

«No, è passato oltre nonostante noi gli facessimo segno di fermarsi» rispose Diane. «Ma poi ha frenato e ha fatto retromarcia.»

«Mi ha chiesto: 'Sei Ali Cross?' Io gli ho detto di sì e la signora Jenkins si è presentata e gli ha chiesto se ci prestava il suo cellulare, ma lui ha detto che era contrario agli smartphone e ci ha fatto salire. Ci siamo sdraiati sulle cuccette e abbiamo dormito quasi tutto il viaggio fino a casa.»

«Fine della storia» disse Diane. «Suo figlio è il mio eroe, dottor Cross.»

«Anche il mio, signora J» replicai.

Ali era raggiante. «Quando torno a casa, ho diritto a un gelato in quanto eroe?»

«Sentiamo che cosa dice il dottore. Ma ho la sensazione che Nana potrebbe già portartene una vaschetta con più gusti quando verrà a trovarti.»

Dall'occhiata che scambiò con Diane Jenkins, capii l'intensità del rapporto che mio figlio aveva instaurato con lei. «Vuole conoscere la regina degli aforismi in carne e ossa e mangiare il gelato con noi?»

Lei rise, mi guardò e rispose: «Con molto piacere, Ali».

# 110

*Undici settimane dopo*

Quando emerse dalla galleria dei giocatori nello stadio della University of North Carolina, a Chapel Hill, Jannie sembrava tornata quella di una volta.

C'eravamo tutti, compreso Damon, il maggiore, che era in vacanza dal college per la pausa estiva. Saltammo tutti in piedi a fare il tifo per lei.

Ali aveva ancora una lunga cicatrice violacea in testa, ma a parte un po' di insonnia e qualche sbalzo di umore, si stava riprendendo bene. Gli spalti all'ombra erano affollati, ma noi non ci badavamo: eravamo insieme a sostenere la nostra Jannie nella seconda giornata del meeting organizzato dalla USA Track & Field per gli atleti delle scuole superiori.

Ted McDonald, il primo coach che aveva manifestato interesse per Jannie, ci aveva spiegato che lo scopo dei quattro giorni di gare era trovare nuovi talenti. Erano presenti almeno una quindicina di allenatori della prima divisione NCAA.

Molti di loro erano venuti a trovarci a casa, oppure ci avevano contattato telefonicamente o via mail, e sebbene gli atleti fossero quasi duecento, sapevamo che avevano gli occhi puntati su Jannie.

Fino a quel momento lei aveva sopportato bene la pressione, grazie anche a McDonald, che era venuto in aereo dal Texas.

Era presente quando Jannie si era qualificata per la finale nei quattrocento, la gara che più le si confaceva, e aveva mancato di un soffio la finale degli ottocento. Aveva gareggiato per la prima volta anche nel lancio del giavellotto, arrivando diciottesima su venticinque, che tutto sommato era un buon risultato.

Jannie ignorò gli allenatori dei vari college e corse verso di noi per mandarci baci, sorridendo. Sembrava contentissima.

« È bello vederla così rilassata » commentò Nana. « Di nuovo in forma. »

« Aveva bisogno di riposo e vitamine, di mangiare le cose buone che cucini tu e di fare un po' di pesi. »

« E dell'aiuto di McDonald » aggiunsi io, guardandolo sull'erba. Capelli chiari, alto e snello, parlava con uno dei giudici di gara. « Non so come avremmo fatto a gestire la situazione, senza di lui. »

« Anch'io lo trovo fondamentale » disse Bree. « La tiene con i piedi per terra. »

Bree si allontanò per prendere da bere. Damon e Ali scesero verso il campo per parlare con Jannie prima del salto in lungo.

Mia nonna aprì il suo tascabile e cominciò a leggere, lasciandomi solo con i miei pensieri.

Nonostante la caccia all'uomo su scala regionale e l'allerta nazionale, con la diffusione di video e foto, l'uomo che si faceva chiamare M continuava a essere uccel di bosco.

Nel frattempo, però, avevamo acquisito molte informazioni su di lui. Il suo DNA corrispondeva a quello ritrovato su ventisei scene del crimine in diverse parti del mondo, secondo i database di FBI e Europol.

M era sicuramente stato a quel campeggio sul lago e aveva lasciato cellule epiteliali anche addosso alla direttrice della catena di asili nido e a Katrina Nixon.

Il suo DNA era stato ritrovato a bordo dello yacht dei trafficanti di esseri umani e nell'appartamento dell'ispettore Ron Dallas.

Ma senza impronte digitali e altri dati importanti, M continuava a sembrare imprendibile.

Ali sarebbe potuto rimanere molto più traumatizzato da quel che aveva passato, ma a parte chiedersi continuamente perché M se la fosse presa proprio con lui, si era già lasciato catturare da due nuove passioni: le isole Galapagos e la programmazione. Naturalmente continuava ad andare in mountain bike e a frequentare il capitano Abrahamsen, che era rimasto molto sollevato nell'apprendere che il suo giovane amico stava bene.

Un'altra cosa positiva era stata veder prosciogliere Martin Forbes, che era uscito dal tribunale libero e deciso a essere più saggio.

«Mi hai salvato la vita, Cross» aveva detto abbracciandomi. «Non me lo dimenticherò mai.»

Bree e io, consci del fatto che M rimaneva un pericolo per la nostra famiglia, avevamo fatto installare un impianto di videosorveglianza esterno e interno e avevamo proibito a Jannie, Nana e Ali di uscire da soli.

Bree e io eravamo sempre attentissimi ogni volta che ci trovavamo in luoghi molto frequentati, come quel giorno al campo sportivo. Fino a quel momento, però, non avevamo ancora visto nessuno che potesse essere M.

Iniziò la gara di salto in lungo. I primi salti di Jannie non furono niente di speciale, ma le consentirono di qualificarsi alle finali. Si classificò settima su otto, a mezzo metro dalla prima, e ci venne incontro sconsolata.

«Posso fare meglio» disse.

«Lo so» risposi.

«Volevo far vedere qualcosa di buono al coach.»

«Ci sono ancora i quattrocento.»

Questo la consolò e le ritornò il sorriso.

Nella finale dei quattrocento metri piani, in quinta corsia, Jannie partì velocissima e affrontò l'ultimo rettilineo con tre atlete davanti.

A centoventi metri dalla fine, nonostante gli infortuni e i

problemi di salute di quegli ultimi due anni, mia figlia sembrò trovare la marcia giusta, quella che temevamo avesse perso, e accelerò.

Ci alzammo in piedi per sostenerla con il nostro tifo, mentre lei colmava il distacco e raggiungeva le atlete in testa a cinquanta metri dal traguardo per poi vincere la gara con sette decimi di vantaggio.

« È di nuovo lei! » gridò Ali saltellando di gioia.

« Avete visto che roba? » disse Damon. « Alla fine sembrava che le altre fossero ferme! »

« Abbiamo visto, abbiamo visto » rispose Nana. « Sia noi sia gli allenatori in cerca di talenti. »

Aveva ragione. Erano tutti in piedi e guardavano il cronometro con il sorriso stampato sul volto, oppure scuotendo la testa increduli. McDonald ci guardò e ci sorrise, agitando in aria il pugno con aria trionfante.

Intanto, sulla pista, Jannie si era fermata e aveva rovesciato la testa all'indietro e alzato le braccia al cielo per manifestare tutta la propria soddisfazione.

# 111

Per il resto della giornata Jannie e io parlammo con diversi allenatori, che la invitarono a visitare i loro campus, accennando alla possibilità di una borsa di studio. Il coach della University of Oregon ci ricordò che era stato il primo a dimostrare interesse per Jannie, già al primo anno di superiori.

Quando si congedò, Jannie disse: «Non so che cosa fare».

McDonald, che era presente, sorrise. «Per fortuna non devi prendere una decisione né oggi né a breve.»

«Grazie di essere venuto, coach» disse Jannie abbracciandolo. «Mi è stato di grande aiuto.»

«Grazie a te per lo spettacolo che mi hai regalato. Ci risentiamo martedì, allora?»

Jannie aveva le lacrime agli occhi. «D'accordo.»

McDonald se ne andò.

«Andiamo a mangiare?» chiese Jannie. «Sto morendo di fame.»

«Dottor Cross? Jannie?»

Ci voltammo e vedemmo che ci stava venendo incontro la coach Wilson, della University of Texas. Era l'unica con cui non avevamo ancora parlato.

«L'unicorno esiste ancora» disse. Sorrise e strinse la mano a Jannie e poi a me.

Mi guardò. «Jannie è davvero un unicorno, e da più punti di vista. La vittoria nei quattrocento metri piani oggi è stata impressionante.»

«Nelle altre tre specialità sono andata peggio» disse Jannie.

«Non credere» rispose la coach. «Non hai ottenuto la vit-

toria o piazzamenti importanti, ma ti ho trovato competitiva in tutte le gare e questo è ciò che caratterizza le atlete che possono fare la differenza nelle prove multiple, che sono quelle che cerco io.»

Si interruppe e, dopo un attimo di silenzio, riprese: «Non posso chiederti di rinunciare ai quattrocento, dove dimostri un inequivocabile talento da prima divisione, per dedicarti all'eptathlon, ma ritengo che tu abbia il potenziale per ottenere risultati importanti a livello mondiale».

Jannie sospirò lentamente. «Non lo so...»

«Non devi decidere adesso» rispose Wilson. «Ma qualsiasi strada sceglierai di intraprendere, la University of Texas ti offre una borsa di studio completa. E ti ricordo che McDonald abita lì...»

Jannie sorrise. «Lo so.»

«Sei fortunata ad avere l'appoggio di un coach come lui.»

«Lo so. Grazie.»

Wilson ci salutò, promettendo di farsi viva. Mia figlia si asciugò gli occhi nella manica.

«Tutto bene?»

Jannie sorrise fra le lacrime. «Sì, benissimo. È che... a quanti altri diciassettenni viene data la possibilità di realizzare il loro sogno?»

«In casa mia, sei l'unica» risposi. La abbracciai. «Non sai quanto io sia...»

«Papà!» Ali mi chiamò, correndoci incontro.

Alzai una mano e guardai Jannie. «Sono molto orgoglioso di te, Jan...»

«Papà!» insistette Ali.

«Un momento!» lo fermai. «Sto cercando di dire a tua sorella...»

Lasciai la frase a metà, perché vidi che mi stava mostrando il telefono con aria terrorizzata.

«È di nuovo lui, papà!» disse. «Mi ha mandato un Wickr, ma ho fatto lo screenshot.»

Presi il telefono, lessi il messaggio e capii che il gioco di M non era ancora finito.

*Complimenti per la fuga, Ali. E complimenti a tua sorella, la regina dell'atletica leggera. Salutami tuo padre. Digli che da dove ero seduto ho visto sua figlia correre con il cuore.*